主编 凌翔

U0577316

尖叫的农具

——当代中国农耕文化记忆

徐斌 著

天津出版传媒集团

天津人民出版社

图书在版编目 (CIP) 数据

尖叫的农具 : 当代中国农耕文化记忆 / 徐斌著 . ——
天津 : 天津人民出版社，2021.10

（当代作家精品 / 凌翔 主编 . 散文卷 . 人文和州丛
书精品书）

ISBN 978-7-201-17689-5

Ⅰ . ①尖… Ⅱ . ①徐… Ⅲ . ①散文集－中国－当代
Ⅳ . ① I267

中国版本图书馆 CIP 数据核字（2021）第 189193 号

尖叫的农具——当代中国农耕文化记忆
JIANJIAO DE NONGJU——DANGDAI ZHONGGUO NONGGENG WENHUA JIYI

出　　版	天津人民出版社	
出 版 人	刘　庆	
地　　址	天津市和平区西康路 35 号康岳大厦	
邮政编码	300051	
邮购电话	（022）23332469	
电子信箱	reader@tjrmcbs.com	

责任编辑　岳　勇
封面设计　陈　姝
主编邮箱　jfjb-lx2007@163.com

印　　刷　三河市金元印装有限公司
经　　销　新华书店
开　　本　710 毫米 ×1000 毫米　1/16
印　　张　16.5
字　　数　220 千字
版次印次　2021 年 10 月第 1 版　2021 年 10 月第 1 次印刷
定　　价　55.00 元

为农具立传，为农耕留影

何　叙

> 为什么我的眼里常含泪水？
>
> 因为我对这土地爱得深沉。

这是艾青新诗《我爱这土地》中的两句，也是我越来越喜欢的两句。每次我向亲朋好友或者外地来宾介绍美丽的和县时，我都仿佛变成一只翠鸟，在用温柔的喉咙歌唱。

我虽然生在县城长在县城，但是由于工作的关系，经常到乡下调研、考察工作，对于乡村情有独钟。我时常栖息于金色的油菜、油绿的麦苗、金黄的稻穗、洁白的棉花之中，时常沉浸于泥土的气息、清新的空气、温馨的农事、悠闲的牧歌之中。我觉得乡村像座鸟巢，而我就像一只候鸟，我依恋着它，离不开它。

我到石杨镇绰庙社区参观三月三庙会，看到灵巧的秧马、精致的棉花拔、亭亭的追肥器等农具，到善厚镇王店村、功桥镇考塘村、台湾农民创业园看到犁耙、碌碡、水车、驼峰、掼桶、风车、夹泥盆等农具，仿佛看到旧日乡村生活的动人场景，体验到几十年前乃至几百年几千年前的农耕生活，体验到土地的博大精深和其对生于泥土而又归于泥土的所有生命的倾情呵护。

有时间我也读书，比如《诗经》中，从整地到种植、管理、收藏的农具、农事几乎都有，反映出古代农业生产活动的完整过程。读到《硕鼠》中"砍砍伐檀兮，置之河之干兮"那句，仿佛能听到从遥远的古代传来的清晰的斧斫之声。

在唐代著名诗人张籍的诗集中，也有许多关于乡村生活的优美诗篇。如《夜到渔家》中有"遥见寻沙岸，春风动草衣"句，草衣就是蓑衣，以稻草、莎草或棕榈编成，是以前农民劳作时对抗风雨的战袍。《野老歌》中有"岁暮锄犁傍空室，呼儿登山收橡实"句，锄犁是两种农具，现在还在少量使用。印象最深的是《江村行》，诗中"南塘水深芦笋齐，下田种稻不作畦""江南热旱天气毒，雨中移秧颜色鲜"等句，再现千年前的江南农村插秧场景，如在眼前。

前不久，徐斌老师把《尖叫的农具——当代中国农耕文化记忆》书稿送给我看，请我作序。我欣然同意。原因有二：

一是他希望能够借助对传统农具的描写，和对过去农耕生活的追忆，为农具立传，为农事立言，为昔日农村留下真实影像和文字纪录的想法，与我们振兴乡村、传承传统文化的初衷不谋而合。

二是此书内容与和县文化旅游体育局正在策划的"人文和州系列丛书"主题完全吻合。和县是安徽省历史文化名城，历史悠久，人杰地灵，名胜星罗棋布，名人层出不穷。善厚镇汪家山有"和县猿人"遗址。楚汉时期范增被封为历阳侯，和城被称为亚父城；项羽自刎于乌江，于是有霸王祠。香泉早在南北朝时就因昭明太子沐浴而出名，更因其在此编选中国现存的最早一部诗文总集《昭明文选》声名远扬。李白路过和县时，写下《望天门山》，以短短 28 个字，把和县推向世界。刘禹锡为和州刺史时，写下名垂千古的《陋室铭》，其廉政思想至今依然散发清香。张籍的桃花坞桃之夭夭灼灼其华，杜默的丰山杜半树梅开映照古今。到近现代，更有享誉海内外的书画家林散之、为中国赢得第一枚奥运金牌的许海峰。和县文学艺术、农事民俗、方言俚语、饮食文化也都颇具地方特色。我们将对此展开全方位系统化梳理研究，出版"人文和州系列丛书"，发掘和县地域文化的当代价值，推动和县文化旅游体育事业更快更好发展。

特别需要说明的是，中国是传统的农业国家，和县是中国蔬菜之乡，我们的祖先使用锄、犁、水车、掼桶等农业生产工具改变了自己的生活，同时也在它们身上寄托了丰富的感情。而农耕文化"日出而作、日落而息"的慢节奏的悠闲生活，使得我们的祖先有充裕的时间去研究衣食住行等多方面的内容，从而创造出独特的东方文化精粹。这些生活态度至今还或多或少地影响着人们。然而随着时代的发展和科技的进步，机械在农业上的使用也越来越普遍，相对应的传统农具也正在面临被淘汰的窘境。从这个意义上说，本书用文图收藏农具、记录农事，既保留了物质文化遗产，也保留了非物质文化遗产。

在我看来，从古至今，被农民世世代代拿在手上的农具，其实就是他们的手和脚，就是他们的肩和腿，就是从他们心里生长出来的智慧。各种农具都凝聚着劳动人民的心血，是劳动人民智慧的结晶和勤劳的象征。可以毫不夸张地说，农具就是农民身体的一部分，是人与自然相处的过程中相互剥弃又相互赠予的果实。中华民族的文明史中，有一部分就是由锨锹锄犁创造出来的。所以如今，在很多农具渐行渐远之时，我们像对待亲人和朋友似的，怀有依依不舍的感情。

总之，徐斌老师写作《尖叫的农具——当代中国农耕文化记忆》正当其时，和县文化旅游体育局支持此书作为"人文和州系列丛书"精品图书正规出版，也是满足读者心理需要、顺应时代要求之举。我相信，此书的出版发行，对于保存农耕文化记忆，对于发展和县乡村旅游，都将发挥重要作用。

2020 年 6 月 18 日

（作者为安徽省和县文化旅游体育局党组书记、局长）

序二

人是可以使自己生活得诗意而神圣的

李又顺

　　徐斌是我多年前的同事，一晃距今已有三十多年。记得那时他面目清秀、嗓音清脆、待人随和。那时我刚毕业任教，他则已教书四年。那时我们都年轻，他那随和、真诚、从容的身影，也镌刻在我的脑海里，历经三十多年而不衰。

　　那时我对徐斌的了解并不多，只听说他娶了一位在林场工作的妻子。林场对于那时的我来说是神秘的，而神秘的东西总能给人以美好的想象，当时我在心里曾暗暗地羡慕他。近期从他的文字里，我才获悉他早年的坎坷与不幸。他在 11 岁的时候意外丧母，兄妹三人中他是老大，除了照顾还很年幼的弟妹外，在大集体时代，在寒暑假及周末，他竟然与成人劳力一起出工，下地干活，挣工分。分田承包到户以后，他竟拉板车、挑大粪、插秧苗、收割稻，农活样样都不落下，幼小的肩膀承载着家庭生活的艰辛。但无论从过去或现在来看，我都没觉得他是一个失去上帝眷顾的人。他在自己的生活里"立地成佛"，在看似有限的生活空间里实现了人生的超越，甚至让自己的生活成了"诗意"的象征。

对中年殒命母亲的追忆与怀念，一直萦绕在徐斌的梦里。那个正值人生美好年华、梳着两根细细辫子、笑的时候很美、脸上有着两个好看酒窝、勤快要强的母亲，那个"磨镰刀的时候，喜欢看天"，"骨子里是个诗人"的母亲形象，永远定格在一个 11 岁少年的内心世界里，从此成了他一生情感的依托、毅力的滋养与力量的源泉。在《秧马：在秧苗田奔驰》一文里，他写道："（母亲）虽然身体单薄，但是不愿落在人后。1974 年深秋，她因轮船码头栈桥坍塌离世，成为我心中永久的痛。如果她在，几年以后，改革开放了，凭着她的聪明才智，凭着她的吃苦精神，我们家一定会很快地富裕起来。"他一直坚信，如果母亲在世陪伴着他们，他们的生活一定会好起来。其实在他的世界里，在他的心灵深处，母亲一直在"陪伴"着自己，从不曾离开过。正是这种信念，燃起了一个成长中少年不竭的精神火焰。

一个勇于从母亲手里接起生活重担、不屈的少年，在精神世界里母爱光芒的照耀下，脚踏大地，拉起了生活的"板车"。他手握镰刀，肩扛铁锹，翻地种菜，挑起秧把……这一切让他一次次渡过难关，他的生活也由此一天一天地好了起来，而且生活的路日见敞亮。他在《镰刀：横渡四季》一文中写道："我朝手心吐一口唾沫，紧攥着镰刀的把，竭尽力量，割、割、割，扫、扫、扫，砍、砍、砍，我听见庄稼纷纷委地的声响，我看见杂草茎管流出的草汁。我有一种获胜的自豪感。靠着这股拼劲，我读书学习，考上大学，终于走出了困境。"他感恩土地，感恩手里的农具以及他用辛勤汗水浇灌而来的各式蔬菜、粮食。由此，他的生活里、生命里便有了这些亲密无间的伙伴，他与它们血肉相连。他要把自己的歌声献给它们，他要把最美的诗篇写给它们，以告慰离去但从未"离开"的母亲。"斗笠是农民头顶上绽放的花朵，开在四季的原野上。""镰刀上的光，不是寒冷的铁光，而是汗水的光，是日月星辰的光。"书中像这样赞美农具、诗意浓郁的句子随处可见。

在《铁锹：我的兄弟》一文里，作者有这样一段精彩的描述：

> 铁锹的对手是泥土。它的朋友也是泥土。泥土是它成长的校园，也是它施展才华的舞台。以手遮额，放眼天地，凡是有泥土的地方，都有它的美丽身影。它离了泥土，就像油盐酱醋离了厨房，就像鸟兽虫鱼离了自然，就像日月星辰离了天空，就像经史子集离了读书人，而找不到存在的意义；反之亦然。

农具之于徐斌，就像泥土之于铁锹，他与它们既是对手，也是朋友，更是"忠贞不渝的伙伴"，他们彼此成就，互相找到了自己。在他的笔下，各种农具非天外之物，非身份不明，而是来去有自，都有着自己的前世今生。它们之于人类功不可没。看似纯属"下里巴人"的"农具"，在他的眼里，个个生机盎然、鲜活灵动，通人情，受人爱，甚至都很有"文化"。它们纷纷走进文人雅士的情思与经史典籍，临近末路，也为高大上的博物馆收藏。他为他们正本清源，树碑立传，赞美、歌颂有加。而他的才情、性灵、思想、观念及整个心灵世界借此得到了淋漓尽致的释放与展露，诗意的家园也得以安放。那种渲染在字里行间的万般柔情与生命感悟，也给每一位读者带来心灵的滋养与抚慰，让他们找到了一个心灵的出口，看见了别样的一方诗意天地，并勾起他们对昔日家园的美好回忆。

徐斌在书中写道：

> 秧苗栽后五六天，微微泛黄。犹如婴儿初离母体，暂时失去营养而消瘦，打个呵欠，额头都是皱纹。这不要紧。过个十天半月，秧苗自会返青，由黄变绿，由嫩绿到青绿到墨绿，同时分蘖，一

棵分为两棵，两棵分为四棵，叶片增多而且长高。初栽时每宕不过三五棵苗，结果长成一蓬蓬的，像灌木丛，原先的行距株距渐渐模糊，远远看去，是平整的绸缎般的绿。

徐斌经历了早年生活的坎坷与磨炼，如今妙笔生花、创作成果日渐丰厚，其影响也越来越大。他的生活也如他眼里的秧苗一般，开始如婴儿初离母体时"暂失营养"而"消瘦"，过后便在阳光雨露及农人的呵护下逐渐"返青变绿"，而后又由"嫩绿"到"青绿、墨绿"，又由"一棵分为两棵"，再分为"四棵"，"叶片增多而且长高"，以致蓬蓬勃勃，最后变为"绸缎般的绿"。他以他自己的亲身经历，告诉我们一个朴素的人生道理：人类无疑是有力量来有意识地提高自己的生命质量的，人是可以使自己生活得诗意而又神圣的（梭罗）。

（作者为复旦大学出版社编审、编辑部主任）

千年农耕文化的诗意展览

薛从军

徐斌先生《尖叫的农具——当代中国农耕文化记忆》书稿即将付梓，邀我写序言。其实，就我对农具了解的水平来说，我还不够格。我只能写一写自己的认识，不对之处，还请诸君斧正。

徐先生和我是忘年交，我比他大十几岁。记得最初我们认识是在中考阅卷时。当时我是和县一中语文教研组组长，我的同学陈德荣是和县二中语文教研组组长。我们两人是中考语文阅卷组组长，负责阅卷工作。当时是纸质阅卷，不像现在是网上阅卷。每次阅卷时，我和陈老师到试卷保管室领取许多本卷子抱送到阅卷室，最后还要送还保管室。本子多，我们抱着爬楼都很吃力。这时总有一个年轻教师来帮助我们，动作勤快。阅卷组组长总是最后走，他不是组长，也最后走。

我不认识他，就问陈老师："他，你认识吗？"陈老师说："他叫徐斌，是二中老师。"就这样我们渐渐熟识了。

徐斌先生勤奋好学、谦虚随和，为人友善，肯吃苦，也能吃亏。中学语文教师很辛苦，两个班课程，还代班主任、备课、批改作文、训练、早读、晚自习、家访等事，耗去了语文老师的许多时间。教师家事还在其外。就在这样情况下，徐先生写了不少散文，都发表在正规刊物和报纸上，有一定影响。他还著了两部书，一部是《行走文字间》，一部是《蔬菜物语》。这两部书我都拜读过，受益不浅，觉得文笔晓畅，知识面广，语言清新，富有启迪。

我感觉他是能沉下来的人，坐得住冷板凳的人。没有亲身种菜，又如何写出《蔬菜物语》？没有广泛读书，又如何写出《行走文字间》？我们和县文化研究会就需要这样的同志。于是我提请理事会，请他出任和县文化研究会的副会长，这提议得到理事鼓掌通过。他担子就更重了。

在这繁忙之际，他又著了一部书：《尖叫的农具——当代中国农耕文化记忆》。这是对农具一个很好的总结，具有里程碑意义，是第一次系统而具体地介绍农具文化。

我对农具并不陌生。

记得1968年，我们知青下放到农村接受贫下中农再教育，那时就认识了部分农具了。我的第一感觉是，农具与生活息息相关。比如小铲子，虽小，但似乎离不开它。我那时利用铲子铲野菜，铲蒲公英，铲许多不知名的小草，那时叫打秧草。也用它铲了不少草药，如紫花地丁、野菊花、白毛夏枯草等。我想，这个铲子，历史应该很久了。例如《诗经》说：

采采卷耳，不盈顷筐。

嗟我怀人，置彼周行。

这个卷耳是菊科植物，采摘是需要铲子铲。我在山上铲过卷柏，卷柏俗名叫还魂草。我用镢头镢过何首乌、桔梗、石蒜等。

下放时最常用的是锹、扁担、筐子。那时我们挑埂，挑塘泥，全凭这三个工具。我佩服农民，他们能用柳树枝条编筐子，编得非常好。我不会编，他们编好送给我。我经常用这三个工具。时间长了，那就像朱德的扁担一样，似乎有了情感。

农民十分珍惜他们的工具，他们对农具的情感远胜于我。

这样说来，农具凝聚了千百年来农民的深情厚意。荀子说，君子善假于物也，就是善于利用外物，外物就是农具。故曰：农民就是君子。写农具，就是为农民君子作传，展示他们的家谱。

农具的发展犹如针具的发展。针灸的针最初为砭石，就是磨砺的尖石头，在新石器时代，用砭石划破某处，就能治好疾病。例如用砭石划破委中穴，就能治好腰痛。后来发明铜针、铁针，再后来发明不锈钢针，这就是针具的发展。农具呢，先有石铲，然后有铜铲、铁铲，现在有不锈钢铲，有大铲、小铲。农具的发展，就是生产力的发展。

农具的发展就是农业社会的发展。这些农具是农业社会的化石、文物。现在渐渐走向工业社会，走向信息社会。工业社会机械化大生产，生产工具发生了巨变，信息社会讲究自动控制。我们对旧农具的情感开始复杂起来了。就像我们长期居住茅草屋，而后居住新楼房，这时的心情既有居住新居的欢心，又有对旧屋的不舍。衣服穿久了，穿旧了，舍不得抛弃，珍藏起来，留作纪念。农具展览就是纪念展览，也是千年农耕文化的展览。

徐斌先生这部书，就是千年农耕文化展览。关于农具或农业方面的古籍，有《齐民要术》《禾谱》《天工开物》《农学古籍概览》《氾胜之书》。在诸多书中，只有《天工开物》一书介绍"耕耙、磨耙、耘籽""风车、石碾、碓轧、碓、臼、筛"等农具。1958 年出版了一套农具改革丛书，就是《农业机械丛书》（农具改革第一、第二、第三），但系统介绍农具书籍并不多见。徐斌先生这部书较系统介绍了农具，应该说具有开创性质。

这部书用散文笔调，图文并茂，生动形象，可读性强。作品时而穿插自己经历，时而抒发自己的感受，时而引用典籍诗句，增加农具文化的厚重。徐斌先生的语言很有特色：

> 犁、耙、耖，是平整水田的三兄弟，也是农耕文化的标志性符号，可是随着城市化的进程，社会分工的专业化，陪伴着我们走了几千年的农具，以及农耕时代的生产生活方式，正从很多人的视野当中消失。

用"三兄弟"作比喻，把这三种农具的关系、性质表述得很准确。用"陪伴"拟人化手法，表达对农具的深厚情感。徐先生文字充满感情，随处可见，这是他文章一大特色：

> 铁锹的对手是泥土。它的朋友也是泥土。泥土是它成长的校园，也是它施展才华的舞台。以手遮额，放眼天地，凡是有泥土的地方，都有它的美丽身影。它离了泥土，就像油盐酱醋离了厨房，就像鸟兽虫鱼离了自然，就像日月星辰离了天空，就像经史子集离了读书人，而找不到存在的意义；反之亦然。

这些语句写得非常精彩，仿佛读了庄子的《逍遥游》，读了屈原的《离骚》，读了贾谊的《过秦论》，汪洋恣肆，铺排气势，余韵悠长。

农具写得如此形象生动，唯我徐君也！

我相信，这部书出版后，一定有广泛的读者。

徐先生做事踏实，要做就做好，这是学者的特性，也是他的品格。

以上仅是我的浅见与感受，是为序。

（作者为安徽省中学语文特级教师、和县文化研究会原会长）

目 录

第一辑　整地农具

犁铧：开天辟地

最近在微信上看到个帖子：

> 突然有种想放牛的感觉，没有生活压力，没有江湖套路，没有爱恨情仇，只关心我的牛还在不在，以我的智商，只放一条，多了我也数不过来，它吃草，我睡觉……

平心而论，放牛也真不错。我小时候经常放牛，既轻松又自在。莫言小时候也放牛，骑牛背上，对牛说事，或者躺草地上，遥看蓝天白云，结果放成了诺贝尔文学奖得主。而我，放成了文学爱好者，时常有些散文见诸报刊。"牧童遥指杏花村"，是贯穿古典诗歌的经典意象，也是现代人向往的生活场景。

时间往前推移40年，20世纪70年代末期，也就是改革开放之初，牛还是乡村国宝级的财富，就像现代人拥有北上广的房产、世界品牌的轿车、几吨重的钻石、世所罕见的古董。不同的是，牛的价值并不虚空，而是实实在在，可以拉车，可以轧场，可以耕地、耙地。

牛又叫耕牛，主要用来耕地。在我们老家，耕地又叫犁田。《说文解字注》云："盖其始人耕者谓之耕，牛耕者谓之犁。"我从小到大，没见过农人拉犁（在电影《寡妇村》中见过女人拉犁的情景），所以吾乡耕地犁田不分。

每年午季，收了麦子、油菜籽之后，抑或秋季，收了黄豆、棉花、土豆、水稻等之后，牛便披挂戎装，开始出征。午季之后，栽秧种豆；秋季之后，种

犁铧

麦栽菜：周而复始，年年如此。牛呢，可谓开路先锋。

牛是有装备的，它的装备就是犁。牛拉着犁走，犁带着人走，三点形成一线，类似现今某些骑行比赛或者演唱组合。犁田的人手扶犁梢，牵着缰绳，挥舞长鞭，嘴里不时吆喝着："驾——驾——"，"撇——撇——"。三者勠力同心，在田地里转圈，把原本板结的田地犁翻过来。

晨曦初上，或者夕阳之下，雪亮的犁铧翻腾，滚龙似的土垡，齐齐地倒向右边，散发着浓烈的泥土气息。如果犁的是紫云英地，旷野里更会弥漫着草木的清香。犁过的地，一垄压着一垄，犹如优美的诗行，又像老屋顶上整齐的黛瓦。

农夫犁田的时候，都是从田地中间开始，直直地翻起一垄土垡，犹如切开一道防线，接着围着这垄土垡反复绕圈，一直绕到田地的边缘为止。像削苹果，绕着底部，一圈一圈地向上削，直削到苹果蒂；又像编篓，先打好底，再往上编，直到收口。牛自然也在绕圈，午季拽一口油

油的紫云英，秋季啃一口稻桩子上新发的一拃长的禾苗。

我从小做过很多农活，但有几样我做不来，比如扛水车、扛掼桶、犁田打耙。犁田要有力气，要懂技巧，还要胆量。牛是有犟脾气的。有时候，它走着走着就停住了，你用鞭子抽它一下，它没反应，再抽一下，不得了了，它返身过来，用极其坚硬的弯弯的犄角把你顶倒，甚至把牛角插进你的肚皮。

说犁田是技术活，则与犁的构造有关。

应该说，犁的发明，是农耕时代的巨大进步，绝对具有划时代的伟大意义。它犁开了亘古荒原，犁开了农耕生活的新时代。它比彭祖的寿命还长，至今不知已经传了多少代子孙，真是"子又生孙，孙又生子，子子孙孙无穷匮也"。

资料表明，中国古代的农业耕作，分为"火耕""锄耕""犁耕"三个阶段。犁最早出现在春秋战国时期（孔子有个弟子叫冉耕，字伯牛；另有个弟子名司马耕，字子牛），而在盛唐时普遍采用。但《汉乐府·陌上桑》名句"耕者忘其犁，锄者忘其锄"中的犁，已与现代的犁无异，是现代犁的稍近一些的祖先。从外形上，已能看出明显的相似。

由刀耕、耒耜到犁铧，由石犁、木犁到铁犁，由直辕犁、长辕犁到曲辕犁，由简单到繁复再到简单，由人力耕作到畜力耕作，人类走了多少年，它就走了多少年。

犁也称犁铧，包括犁架和铁铧两个部分。犁架由牛轭、犁杠、缰绳构成，套在牛的颈项；铁铧安在犁床前端，又叫犁头，是亲吻泥土的铁。犁架须用硬木制作，如古枣树，还要有自然的弯度；犁铧（包括犁壁）以生铁铸成，尖锐硬实。犁田的时候，犁头抬高还是压低，直接影响到沟的深浅、垄的高低、土垡大小。会犁田的人，犁出的土垡成垄、笔直、均匀，像一幅画；不会犁田的人，犁的土垡七歪八扭，不堪入目。

我不会犁田，但我喜欢看农人犁田。他们犁田的时候，脚踩沟走，落脚有印，身体前倾，像走山路。

在我少年的记忆里，农人把犁看成宝贝，对犁的疼爱绝不亚于孩子。那时没有实行计划生育，家家孩子多，生孩子如产小猪，总有折耗；但是一架犁，虽然木架易烂，铁铧易锈，却能用几十年，甚至传代。为什么呢？每次用完，农夫们都要用桐油把木架油透，用柴油把铁铧擦亮，再在土墙上钉两根粗粗的木桩，把犁吊在上面，蒙上草衣。每天都要望它一眼，默默地向它致敬，甚至以其为神，初一十五上香。犁也确实有灵，平素沉默不语，一旦进入泥土，则灵动如龙，活泼如鱼。

我有个堂兄弟，先前学的是铸犁头的手艺。他先把铁熔化成水，再把铁水倒进用细沙做的铸范里，等铁水冷却成形，用砂纸打磨光滑，即可使之驰骋田野。生意也好，逢集更好。后来，农村出现了手扶拖拉机。到了耕作季节，人们把拖斗卸下，装上双面犁、三铧犁用，又是全钢，不会生锈，速度要快很多。于是堂兄弟的生意日渐衰落，江河日下。牛也逐渐减少，由两家合用，到几家合用，现在早已沦为肉类食品。

走笔至此，想到一件事。十几年前，嘉兴市区某街头广场，安放一组农耕雕塑作品，其中有座犁田雕塑，其情景是：农夫左手扶犁，右手执鞭赶牛。后来有市民说："这个设计不对。俗话说，犁得深来耙得烂，一碗泥巴一碗饭。用右手扶犁，犁头才能插得深啊。"——如今，我们是不是已经忘记犁田？

又想起少时读书背过的一句话："春耕夏耘秋收冬藏"，多少年里，一直以为只有春天才犁田。现在想来，这种源于《墨子·三辩》的说法，移之后世，就不准确了。

在人类社会的早期，劳作确实多从春天开始，如陶渊明所说的"农人告余以春及，将有事于田畴"；随着生产力水平的提高，人们学会午秋两作，于是有了"秋耕"。在南方，秋天水稻收割以后，要把地耕过来，种麦子或油菜。

犁本是名词，而在我的印象中，更多的是当作动词，作为文学语言出现。比如："铁船突突突地逆湖而上，将平静的湖面犁开一扇扇波浪。"我在作文里写过这样的句子，曾受到老师的夸奖："飞机犁过广袤的蓝天，犹如犁铧犁过田野，身后那长长的白色烟雾，就像水田里层层的水波。"

　　犁还是一种意象。1960年，在联合国大厦北花园里，竖起了一尊青铜雕塑，名为"铸剑为犁"，至今犹存。雕塑中的青年人一手拿着锤子，另一只手拿着要改铸为犁的剑，象征着人类要求消灭战争，把毁灭人类的武器变为劳作的农具，以造福全人类。

　　我曾买过一本《客家诗选》。书已亡失，但我还记得一首，大意是："妹家有亩田，荒了十八年；日头已上山，等着郎来犁。"诗有点俗，不过其意明了。如今，犁渐渐为耕田机所取代，蜕变为农展馆的古董。有些年轻人已经不认犁为何物，怕也不懂诗意。

铁耙：耙得云开月朗

耙有两种读音，一读"bà"，二读"pá"。分别指两种农具。前者为"目"字形，以硬木打成框架，长约一丈，宽约三尺，再在两根长档上，揳入密密的藏刀似的铁齿，仿佛一台老虎机；后者类似竹耙，耙头安着铁钉，木把硬实，是用砂纸打磨过的木棍。但是两者用处相同，都是用来平整田地。

在长江两岸及其以南地区，铁耙（bà）多用于水田，又称木耙、水耙。这种耙，在我国已有 1500 年以上的历史。北魏贾思勰《齐民要术》称之为"铁齿楱"。元代《王祯农书》记载有方耙、人字耙等。耙跟犁是好兄弟，是一同出征的战士，犁打前锋，耙为后援，"犁田一遍，耙田六遍"。

每到秋季，稻黄豆熟时节，农民先犁了田，再用耙打碎土垡，使田地平整，然后种麦种菜，耙田像是为种子铺床叠被；等到午季，割了菜籽、小麦之后，也是先犁再耙，然而由于田里放入了水，白亮亮的，耙田的感觉就不一样，堪称英武、壮观。

一大早，农人就扛着耙赶着牛下田。晨曦初现，口哨响起。早些年，虽然劳累贫穷，但人不萎靡，精神饱满。在大集体时代，耕田打耙的都是男子汉，身强体壮，力大无匹。比如我们生产队的增兵，早上到吃水塘挑水，别人一趟挑两桶，他一趟挑四桶，别人累得汗流浃背，他边走边唱歌；打谷场上躺着的碌碡，别人滚动都吃力，他却可以把它竖起。在我看来，他的形象气度，可以把如今蹿红网络的大长腿小鲜肉们，甩出十万八千里。包产到户以后，耕田打耙成了各家的事，弱劳力只得上，妇女有时也得上。他呢，经常给人帮忙。

耙

还是回到耙田。就以增兵为例。他来到田边，先让牛啃几口露水草，他自己套好木耙，高卷裤腿，点燃一支烟，觑着广阔的田野。牛过了草瘾，他过完烟瘾，长鞭一扬，风生水起。但看偌大水田，土垡已被淹没，偶尔露出的几点，如同海中漆黑的礁石。他稳稳地站在耙上，逢山打洞，遇壑架桥，锋利的耙齿咬碎土垡，切断根桩，厚重如石的耙框随即把土碾平，为即将栽插的秧苗搭起温暖舒适的婚床。

那一刻，太阳跃过树梢，霞光斜铺水面，闪着玫瑰色的光芒。他呢，挺立耙上，一手牵着缰绳，引导着牛前进的方向，一手执鞭，高高举起，或者扛于肩上，鞭梢像风中的柳条，点着清澈的春水。他还放声歌唱，唱"洪湖水浪打浪"，抑或"一条大河波浪宽"，引得在别的田块里插秧的青年妇女不住地张望。他那姿势，像搏击风浪的滑水运动员，像驰骋疆场的大将军；如果再有一片帆、几排浪，他完全可以斩获世界帆船比赛冠军！

但是要成为一名合格的耙田者并非易事。要力气，要技艺，要胆识，要豪情。田地原不平整，忽高忽低，耙像江河中的小船，在田间起起伏伏，又赤着脚，滑溜溜的，稍不留神，会从耙上滑下，极易被耙的铁齿划伤腿脚。那耙齿都是生铁铸成，比刀坚硬，摧毁土垡，切割根桩，也吃人肉。我们村里的祖德被划伤过，足骨外露，伤口化脓，几个月都不能下田，只能在晒场上看看稻子。

还有，耙框时常会被冥顽不化的泥块挡住，耙要从上面翻越；耙齿易被麦桩菜桩裹住，人要下耙把它们剔除。我小的时候，农村栽过双季稻，立秋之前割完早稻，紧接着犁田翻地栽插晚稻，怕气温低，晚稻长不起来，所以稻桩子多。又打秧草、沤绿肥，草茎草根都烂不透，到处是绊。还有石子之类。不过多数时候，由于土垡松软，水有浮力，牛走

耙田演示

起来也快，远看木耙，感觉就像奔跑。总之，耙田犹如行走江湖，虽然险象环生，却也风光潇洒。也正因为如此，在农活上能拿得起放得下的小伙子，都是姑娘们的心上之人；姑娘们中的那些插秧能手，则成为小伙子们的追求对象。反观眼下，两情相悦，只图长相或者财力，实为退化。

时至今日，太阳还是那个太阳，可是耙不是那张耙了。随着犁田机的出现，耙田机同步跟进。把手扶拖拉机拖斗卸掉，装上一组耙齿似的铁轮，突突突突，一家一户的田地也不多，半天就能搞定。有的农户，犁田打耙都请帮工，自己都用不着脱鞋沾地。还有的人更直接了，把地租出，每亩每年600元租金，另拿种粮补贴。以牛耙田的场面，已是难得一见。

我在写这组农具散文时，时常回望旧影，满目迷离。我离开农村已有多年，但年少时记忆愈加分明。在我的印象中，所有的农活，特别是重活，农人皆弓腰驼背，唯有耙田这项，立于耙上的人腰板笔直，显出泰山压顶而不屈服的英雄气概，以及排忧解难、舍我其谁的万丈豪情。仿佛诗中的意象，成为我们艰难生活中的铁，化为我们精神发育的钙。世事本荒唐，何必问上苍？唯有不屈的意志，才是成就人生的法宝。

至于旱田，比如山地，犁过之后，多用铁耙（pá）敲碎土块。因为山地或高或低，土块又硬，木耙又大，人、牛都易跌倒。铁耙又叫钉耙，像《西游记》中猪八戒的兵器，多为八齿。我现在种菜，就用八齿钉耙，每次挥耙整地，下意识里，是想借助猪八戒的神力。唐僧师徒西天取经，以求众生平等，一路上降伏妖魔，扶弱济贫，不就是希望人人都能过好日子吗？

今天看到一篇帖子，题为"每天醒来，原谅所有的人和事"，其中写道：

无论昨天发生多么糟糕的事，都不应该影响今天的心情，一辈子是由无数个昨天组成的，如果一直纠结不好的事情，人生该是多么地暗淡无光。

我又想到了耙。耙是农具，既可耙平田地；也可延伸，用来耙平心气，耙得云开月朗。

水耖：精准扶贫

耖是一种专业平整水田的农具，即在耕地、耙地以后，用它弄细土块，使地平整。现在已经很少见到了。事实上，我以前也没见过。

耖出现的确切年代尚不可考。东汉许慎的《说文解字》中，有"耕"字条，有"犁""耙"（皆为异体字）条，但没有"耖"，估计那时还没有耖。《行韵》中有"耖，重耕田也"句，可我未查到此书刊行年代。明确的记载，是楼璹的《耕织图·耖》。诗云：

> 脱绔下田中，盎浆著塍尾。
> 巡行遍畦畛，扶耖均泥滓。
> 迟迟春日斜，稍稍樵歌起。
> 薄暮佩牛归，共浴前溪水。

这首诗描写的是春耕场景。春光明媚，樵歌响起。颔联"巡行遍畦畛，扶耖均泥滓"中有"耖"，"均泥滓"就是用耖把土匀平。

楼璹生于北宋时期，成年后在南宋为官。他曾任于潜（今浙江省临安市）县令，深感农夫、蚕妇之辛苦，绘制《耕织图诗》45幅，系统而又具体地描绘了当时农耕经济最发达的江浙地区农耕和蚕织生产的各个环节，反映了宋代农业技术发展状况。此书因此被誉为"中国最早完整地记录男耕女织的画卷"。这是一位关注民生的地方官，像苏轼推广秧马似的尽心竭力地推广耕织技术，令人敬佩。

我小时候，约四十年前吧，机械化耕作远未普及，田地耕翻、平整，全靠牛力，其配套农具就是犁、耙、耖。这三样农具是种田的最基本也是最重要的农具。

犁、耙已在前面写过。在《铁耙：耙得云开月朗》中，笔者介绍了铁耙。其实，耙还有个帮手，叫"灿"。它拖在耙的后面，也有平整水田的作用，但是不如木滚耖来得专业。

每年午季，收了油菜、小麦之后，就在插秧季了。得用犁把田地耕过来，用耙把土块耙碎，但是耙田是拖泥带水的活，很累牲畜，一般的牛都背不动，所以民间有"千斤犁，万斤耙"的说法；再附带个"灿"，相当于在卡车后面，再挂一个拖斗，牛更吃力。所以耙田的人，把"灿"斜放，少刮泥土，以求大致平整即可。况且把耙的人两腿分开，站在前后耙梃子上很滑，注意力必须高度集中，一不小心就可能倒在耙框里，耙齿是铁的，像尖刀一样，容易把腿扎作，因此他往往顾不上控制"灿"的斜度，"灿"的作用也难以全部发挥出来。

这就用上耖了。因用于水田，又叫水耖（北方旱作耕作中，有农具"耢"，是用来平整翻耕后的土地，使土粒更酥碎，也可用来保墒）。耖为木质，有两种样式，一是插入式的，即在木档下面装一排铁齿，就叫耖。一是滚筒式的，一个结实的方木框，像个"口"字，中间插根圆木，圆木上打若干孔，装上木齿或铁齿，所以叫木滚耖。水田耙过以后，就用耖打，牛背着耖，人在后面扶着把手，形式上与耕地相似，或站在框子上，与耙田相似。

插入式水耖，可以把一只脚踩在木档上，以增加插入的深度，把高处的水匀到低处去。

有的地区把滚筒式木滚耖称为槽榔。它的优点是既能把土块打碎，又能把菜籽荄的老根、麦秸的根茎扎入泥中，因它有滚动性，人两脚分别站在前后棁子上比较轻松，但要站稳，如滑倒了，滚耖刮到身上也容易受伤。

元代王祯《农书·农器图谱》载："宽可三尺许，长可四尺。上有横柄，下有列齿，以两手按之，前用畜力挽行。耕耙而后用此，泥壤始熟矣。"他的意思是，泥土经过耕、耙、耖，像面团被反复揣揉就变得柔软，利于农作物生长。

俗话说，田要做得好，农具少不了。在过去的乡村，木匠、铁匠、篾匠、扳匠都是很吃香的，家庭收入也相对高些。有个张师傅，黄河大决口那年逃荒过来，瘦得皮包骨头，风都能把他刮倒。他投靠李木匠做了学徒，人勤快、心眼活，几年下来，手艺竟然超过了师傅，不但能打桌椅板凳、箱子橱柜、床栏花格子窗，能盖房子，能做木榨汁机，更厉害的是能打犁、耙、耖、水车、风车等木制农具，走到哪里都受人尊敬。后来，他娶了李木匠的二女儿，生下七八个孩子，20世纪60年代初，虽然家家缺吃少穿，但他家的孩子个人长大成人，主要是他有手艺，偷偷摸摸地挣了点钱。不过，村子得他好处的人也不在少数，所以直到现在，他一家老小走到哪里，人家都是笑脸相迎。

耖打过后，就可以插秧了。田耖得展平，秧栽得齐，齐刷刷地绿起来，分蘖、抽穗、扬花、变黄，把每个日子染上色彩，把每天酝酿得有滋有味。

犁、耙、耖，是平整水田的三兄弟，也是农耕文化的标志性符号，可是随着城市化的进程，社会分工的专业化，陪伴着我们走了几千年的农具，以及农耕时代的生产生活方式，正从很多人的视野当中消失。所以各地纷纷建起农耕文化园，把它当成中小学生研学基地，让孩子们认识农具，了解农事，体验农活，感受农耕文明，确实非常必要。

近读《山海经》，多次邂逅古代农业话题。比如后稷。传说为其母姜嫄踏巨人脚迹怀孕而生。他年幼时就喜欢种植各种树木及麻、菽等谷物，成年之后，更是酷爱农耕。他所耕作的谷物，皆成果丰硕，农人纷纷效仿。比如铁的农具。我国在四千多年前，农业技术已经很发达了，铁已出现并运用到农具上，也算得上一个较大的进步。比如水稻。传说昆仑山顶上就生长着一棵像大树一样的稻谷，除了食用外，还是祭祀中不可缺少的祭品。可见人们对其的尊重。

我国是个农业大国，也是人口大国，自古就有"民以食为天"之说。所以除《山海经》外，古代农书也很不少。时至今日，粮食问题、"三农"问题依然是大课题。

铁镐：这才是搞事情

铁镐

铁镐就是用铁打制的镐（又称"镢头"），在传统农具四大件"锄镰锨镢"中占据一席之地。听说过木榔头，却从来没听说过木镐。镐是要啃硬骨头的，要有结实的牙齿才行。不是铁制，就没有力量，就不能开山造田，就不能改造世界。远古时期，先人们"刀耕火种"，那石刀有点镐的意思，但不是镐。

镐有多种，如小板镐、十字镐。十字镐又分两种，一种两头皆尖，如丹顶鹤的长嘴；

一种一头尖，另一头略宽，像小时候用纸叠成的战斗机。

小板镐由镐头和木把两部分组成。镐头像瘦身的锄头头，有一种干脆瘦成了窄窄的铁板条，直上直下；木把多用刺槐树削刨而成，沉重、硬实。镐头可以下下来磨。用磨刀石磨，边磨边蘸水。每次上的时候，要在容易脱把的地方钉块楔子进去，有时在旧楔子上裹几层破布钉进去，再放水里浸泡。北方人多用它刨棒秸，刨蒜，刨胡萝卜，砍大白菜。砍大白菜最容易，一镐下去大白菜就倒了。南方也种大白菜，不过收获时用铁锹铲，似温柔得多，倒像南方人的性格。

南方人用小板镐时就狠了，开荒地，挖草药，刨树根，费劲得狠。劳作中最烦人的是镐头脱把，有时候刨得正起劲，吭唷吭唷，却脱把了，只得蹲下身来，找块断砖揳揳，安不好的话，刨不到两下又脱了。这时候力气泄了大半，热情大为减退。正如《曹刿论战》所说："一鼓作气，再而衰，三而竭。"

记得 1976 年之前，正是"工业学大庆，农业学大寨，全国人民学解放军"的时期。村头土墙上，用白石灰刷着通栏标语，字如斗大："学大寨，赶郭庄，追建设，赛徐庄。"当时各地都在树典型，大寨是全国的典型，郭庄是安徽省的典型，建设大队是巢湖地区的典型，徐庄生产队是我们和县的典型。我们的小学语文课本里，有陈永贵带领农民"四战狼窝掌"的课文，我们天天朗读，都能背诵：

狼窝掌是大寨的一条沟，长三里，宽三四丈。每到暴雨季节，山洪象凶猛的野兽，横冲直撞，泛滥成灾。大寨人遵照毛主席关于"中国人死都不怕，还怕困难么"的教导，在大寨党支部和陈永贵同志的带领下，决心排除万难，向狼窝掌进军。

一战一九五五年，大寨人进了狼窝掌。他们起早贪黑地苦干了三个月，筑了几十道大坝，填了几万方土，修成了沟坝田。可是在第二年夏天，山洪暴发，修好的土地和绿油油的庄稼全部冲光。二战一九五六年冬天，为了拦洪，大寨人再战狼窝掌。为了拦洪，还在上游修了一个水库。不料，第二年夏天，一场更猛的山洪又把修好的石坝冲垮了，水库也被冲坏了。

一九五七年的冬天，大寨人满怀人定胜天的信心，开始了第三次大战狼窝掌的战斗。所受的罪可能现在人是所不知道的。经过一冬一春的艰苦劳动，他们又筑起了几十条大石坝，并把经不起洪水冲击的直坝改成了"弓"形坝，把危险的狼窝掌修成了沟坝良田。一九七二年为了夺取农业的更大丰收，陈永贵带领二百多个男女社员，指挥着巨大的推土机，第四次开进了狼窝掌……

以如今的眼光来看，把山坡改造成梯田的做法，如同神话中的愚公移山，既不科学也不可取。但是当年那种战天斗地、改造山河的精神，确实激励了一代代人，类似战狼窝掌、啃硬骨头的做法，各地可以找出很多实例。比如去年，我因为参与编写《石杨镇志》，进行乡村调查，就发现石杨镇水库特别多，而这些水库都是在1960年前后挖成，那时没有挖掘机、推土机，靠的都是人的肩膀和毅力。

我读初中时，参加过村里的集体劳动，印象深的，开荒造田算是其一。吾乡属于丘陵地区，小山坡多，水塘也多。冬天农活少时，晒场前面的高音喇叭整天吼叫，指挥村民们挑塘泥，挑河堤或开山造田。村民们扛着小板镐、二指耙（后文还会说到），挑着三角形的箕畚，挥汗如雨，扒山填塘。山坡杂以石头、树桩，就用小板镐刨，用二指耙刨。工地上，彩旗飘扬，口号震天：

与天斗，其乐无穷；与地斗，其乐无穷；与人斗，其乐无穷。
一不怕苦，二不怕死。

下定决心，不怕牺牲，排除万难，去争取胜利。

为有牺牲多壮志，敢教日月换新天。

成千成万的先烈，为着人民的利益，在我们的前头英勇地牺牲了，让我们高举起他们的旗帜，踏着他们的血迹前进吧！

那个年代农村家家都穷，而我家因为母亲去世早，特别地穷，家徒四壁，饥寒交迫。北风呼啸，时有雨雪，寒凝大地，霜染眉毛。我上身穿什么记不得了，下身就穿两条单裤，脚穿邻居雍娘帮我做的单鞋，经常冻得牙齿打战，浑身哆嗦。手指手背、脚后脚是年年烂。有次挑土时，箕畚砸到脚后跟的烂处，顿时血流如注，钻心地疼。那回正好赤脚医生绍宏（他是退伍军人）巡诊，他用药水把伤口洗洗，用纱布包扎下，又继续干。

稍后，学校组织到建设大队——就是上文标语中提到的建设大队——学农。建设大队就在乌江镇（当时叫乌江公社），离我们乌江小学（那时有很多戴帽子初中）约十里路，于是我们就背着米，到建设林场学习育苗，学习种菜。林杨在山坡上，杂树山石也多，所以也用小板镐、二指耙。我那时瘦胳膊细腿，肋骨外露如搓衣板，挥不动镐，倒是学会了用老山芋藤育苗，可惜至今没有用上。

我们还采药草。那时有部电影叫《春苗》，讲述的是赤脚医生春苗的故事，演员好看，插曲好听。我们采夏枯草，用小板镐、二指耙挖桔梗，一边唱《春苗出土迎朝阳》：

翠竹青青哟披霞光，春苗出土哟迎朝阳，顶着风雨长，挺拔更坚强，社员心里扎下根，阳光哺育春苗壮，阳光哺育春苗壮。

身背红药箱，阶级情谊长，千家万户留脚印，药箱伴着泥土香，药箱伴着泥土香。翠竹青青哟披霞光，赤脚医生哟心向红太阳，心向红太阳……

采桔梗时，有时也用十字镐。十字镐，又称洋镐，镐头与柄呈十字形，是采石工、铺路工、矿工或石匠用的粗重工具。小时候看苏联电影，见过工兵扛着十字镐修路的镜头，看上去蛮威武。我们也曾把十字镐扛在肩上大声唱歌，遗憾的是没有红军帽。

在这篇文章中，我把有齿的耙子也称作镐，如二指耙、三指耙、四齿耙、九齿耙。

20 年前，我妻子在如方山林场上班，经常要翻林地、挖树宕子。如方山是全县最高的山，主峰海拔 315 米。山上多石少土，铁锹是挖不动的，只能小板镐、二指耙刨。任务都是分到人的，我心疼她，时常帮忙，手掌因此磨出厚厚的茧。有时为赶任务，中午就坐在柔软的松毛上，吃烧饼，吹山风，感觉也还不错。

三指耙主要用于翻地。几年前我借朋友的院落种菜。院子是垫起来的洼地，砖头瓦砾烂树根塑料布什么都有，锹挖不动。我从邻居家借了三指耙来，一天翻一块，一天翻一块，把耙指都刨弯了几次，终于把荒地整成了菜园。至今种菜已有四年。每每在享用蔬菜时，我都会想起三指耙，念及它的功劳。

四指耙有点弧度，用于耙粪。过去农村积肥堆粪，就是用它把粪刨开。

九指耙像小型的耙（bà），用它可以把地耙平。我去年买过一把，用来平整菜畦。它又叫九齿钉耙，就是猪八戒用的那种。猪八戒的功夫不太好，又怕死怕累，多数时候打不过妖怪，便败下阵来。但是他逃跑的时候也不甘心，或者被人追急了，也会抵挡一下，其招数叫"倒打一耙"。这倒打一耙，虽然偶尔也有出其不意的攻敌效果，总体说来，以贬义为主。

镐是铁匠用锤子打出来的。我见过雍叔和永兵父子打铁的场景。雍叔拿小锤，永兵拿大锤。小锤有个专业名字，叫作"叫锤"，相当于指挥棒，它指哪徒弟就打哪，它叫的响，徒弟就要用大力，它叫的轻，徒弟就要轻轻打。看打铁，要看师徒的配合默契。他们的起止、转换、轻重、缓急，都很有章程。随着下锤的轻重不同，他们身体的舒展幅度和姿势也有很大的变化，一场看完，不亚于看了一场优美的双人舞。看打铁，更要洗耳恭听那大小锤优美动听的旋律。随着小锤时高时低的清脆吟唱，再听那大锤，时而噼噼，时而啪啪，绝不含糊。再伴着师徒二人打铁用力时嘴里发出的嘿哈声，把大小锤的声音合在一起听，那美妙的旋律，绝不亚于音乐厅里任何器乐发出的二重奏！

铁锹：我的兄弟

　　最近四年里，我的业余时间，大多留在了菜地，与蔬菜共同生长、开花、结实。挖地、浇水、锄草、捉虫，好像就是我的家庭作业，几乎天天都有。在劳作中，常用的工具有四样：铁锹、锄头、镰刀、尿瓢。后来又买了一只钉耙，八齿。每次用它耙地，平整菜畦，仿佛得了神力，人像看到满园绿色的猪，浑身是劲，满心欢喜。

　　种菜的过程，像小时候玩的挑线游戏，或者玩老虎、杠子以及虫鸡的游戏，循环往复，如画圆圈，没有开始，没有结束。如果单就某种蔬菜种植而言，比如最普通的青菜萝卜，基本顺序是，挖地、整地、撒种、浇水、施肥、薅草、收获。等到翌年春天，青菜吃完，萝卜拔尽，准备种瓜种豆了，又开始新一轮的挖地、撒种……

　　每次种植，都是铁锹打头阵，像出征时的先头部队。王昌龄有诗："大漠风尘日色昏，红旗半卷出辕门。前军夜战洮河北，已报生擒吐谷浑。"铁锹就是"前军"。

　　我的菜地，200平方米，翻了一遍又一遍，都是用锹挖的。一锹压着一锹，一层压着一层，像屋顶的灰瓦，像黑色的海浪。每次翻地，即使是翻过多次的熟地，都会遇到砖石瓦砾，以及各种塑料袋子，突然虎口一震，或者锹踩不下去，得时时俯身捡起，我不急不恼，慢慢挖呗，反正没谁规定任务，也不是很赶时间。只是锹口受挫，是不是有些疼痛呢？

时时看到蚯蚓，有的被挖成两截。我觉得对不起它们，总是等到它们完全缩进泥土，才小心翼翼地往后面挖。还有蜈蚣、土蚕、地鳖虫、土田鸡等，它们在我面前打开另一个世界。日本科学家加来道雄说过，他小时看到池子里的鲤鱼，便怀疑存在一个鲤鱼的世界；那么这田地里，也应该有一个蚯蚓或者蜈蚣、土蚕、地鳖虫、土田鸡的乐园吧。

铁锹的对手是泥土。它的朋友也是泥土。泥土是它成长的校园，也是它施展才华的舞台。以手遮额，放眼天地，凡是有泥土的地方，都有它的美丽身影。它离了泥土，就像油盐酱醋离了厨房，就像鸟兽虫鱼离了自然，就像日月星辰离了天空，就像经史子集离了读书人，而找不到存在的意义；反之亦然。

农村人批评孩子时，有句话是常挂在嘴边的：看你还没有锹把高，就如何如何的。锹把似乎就是车站售票窗口的那道横线，达到线的高度即买全票，从此步入成人社会，有了完全行为能力，要为自己的行为负责、买单。一个人如果没有锹把高，就是孩子，在乡间，只能干些捞鱼摸虾挖猪草的事；有锹把高了，即成了小大人，可以算半个劳动力，可以到生产队，与成人一起劳动，挣成人一半的工分。我印象中，大概是在读初二时，我和伙伴们，开始参加生产队的劳动。那时，最先使用的不离手的农具就是铁锹。

午季之前，我们用铁锹挖麦田沟，吾乡又叫"抽田沟"，即在平整的麦田中间，挖出一条条宽度深度均约 20 厘米的沟，把麦田分成若干长块，便于麦田沥水。麦收之后，用犁耕田，但田的边拐是耕不到的，我们就用锹把土翻过来。抗旱排涝，用锹放水打坝。到了冬天，挖塘泥用锹，堆农家肥用锹，那阵子兴兴修水利，移山填塘，增加农田，也要用锹。如果拍电影电视剧，扛把铁锹在肩，不用化装，就是个农民形象。

那时年少，日子虽苦，却不知愁滋味。置身乡野，如蛙在井，荞麦青青，春风十里。看到油菜花成群结队，豌豆花儿白绿相处，蚕豆花的眼睛一双双地，在绿叶中隐现，堪比天上的星辰，我就想，这个世上，可还有比庄稼更美的植物、比田野更美的所在？年齿渐长，偶然看到齐白石《稻雀图》，那温暖的斜逸的稻茎，渲染出秋天的金黄与温暖，那颤颤地立在稻茎上的麻雀，像是在两棵树之间拴根绳子荡秋千，天真稚气，活泼顽皮。

这段难忘的经历，如同刘亮程在《一个人的村庄》中所写：

> 我年轻力盛的那些年，常常扛一把锹，像个无事的人，在村外的野地上闲转。我不喜欢在路上溜达，那个时候每条路都有一个明确去处，而我是个毫无目的的人，不希望路把我带到我不情愿意的地方。

在我自己的私人空间里，铁锹另有用处。每当稻熟蟹肥之际，吃过晚饭，新月初上，我都会到三连圩听螃蟹。听螃蟹要带几样东西，一盏桅灯、一只竹篓、一把稻草、一把铁锹。用铁锹挖开一个宽约20厘米、深约10厘米的缺口，使上沿略高于下沿，使水缓缓流动；再在沟壁一侧掏个凹槽，放入桅灯，点亮，可以照见流水；稻草是垫着坐的，多少可以抵销些秋夜的寒冷。螃蟹有趋光性，见到桅灯的光，就会慢慢爬过来。夜深人静，侧着耳朵，可以听到它在水底慢慢爬近的声音；水极清澈，所以当它爬到离缺口很近的地方时，可以看到丝丝缕缕的浑浊的水。等着，就要到了，瞪大眼睛，凝神屏息。终于，它爬进水沟了，速度极快，你弯腰下去，一把按住它的青壳，把它抓上来，放鱼篓里。接着再等，等到半夜，运气好的话，能听到八九只，有二斤多重。如果天实在冷，至快结束时，把稻草点燃，烘烘手脚驱寒。次日清晨，用稻草把它们捆扎起来，到街上卖，6毛5分钱一斤。买了油盐酱醋，还可以看本画书。

还有一种小型铁锹，锹头比锅铲略大，夏天放鸭时用，或者掏螃蟹用。我称之"鸭锹"。那时每年快到放暑假时，父亲总会捉几十只鸭苗（俗称鸭黄子）来家饲养。晚上摸黑去打田鸡（青蛙）捉泥鳅斩黄鳝，跟麦粒同煨，鸭苗爱吃。过了十天半月，鸭苗尾巴上长出隐隐的黑毛，就可以赶出去放养了。小鸭爱水，蹿进水塘就不肯上岸。于是，我用鸭锹，挖起小块的土，往它们后面扔，把它们赶上岸。还跳进池塘，在水塘边摸洞，螃蟹喜欢躲在洞里，如果洞深，就用小锹把土挖开，把手臂伸进去，用手把藏在深处的螃蟹拽出来。

后来读书多了，我发现，铁锹不仅是农具，还可以充当作战武器。在《水浒传》中，梁山第七十五条好汉陶宗旺，光州人士，人称九尾龟，双臂有千斤之力，善使一把铁锹。归顺梁山以后，征方腊时，为抢占润州城门，扛起千斤铁闸，被敌将趁机刺死。不知，他那把铁锹曾打死过多少敌人。

铁锹的历史自然是悠久的。它与原始农业相伴而生，是农耕生活的见证者、参与者。其前身是耜和锸。耜的形状近似树叶，宽约五寸，长约一尺，在耜的上部，必须系以木柄，再在木柄下端，按一横木，可以足踏。最初均为木质，到西周时，出现金属耜头。锸也是直插式翻土农具，但是没有脚踏，整体像只木桨，靠的是手的力量。都江堰工程中，李冰手执的长锸，就是如此。河南辉县的战国遗址出土过两种锸。元代《王祯农书》记载："盖古谓之锸，今谓之锹，一器二名，宜通用。"它们的作用，都是用于翻土、开沟和作垄。现在我们所用的铁锹，锹头部位，有的有横档可供踩踏，有的没有。

古书中有"禹之时，天下大水，禹身执畚锸，以为民先"之说，可见之悠久历史。余秋雨《都江堰》中提到手持长锸的镇河石像，那长锸形状就像后来的铁锹。

铁锹兼有古代铲的特点。铲是用于中耕除草的农具。西周时称为"钱"，使用时双手执柄向前推削铲草。战国时，由于铁器的推广利用，铁铲渐多，更名为"铫"。现在的铁锹也有铲草作用。田沟里的草多，用镰刀割过后，草根还在，可以用铲锹铲除，以免再生，此所谓"斩草除根"。不过，铁锹发展到现代，已有南北分野。在北方，由于沙土容易翻动，挖沟轻松，所以锹头宽大而薄，多称为铁锨或洋锨；而在南方，由于泥土板结，锹头略窄厚重，刃处錾钢，便于插入泥土，依然保持铁锹称谓，有人称之板锹。

我非常感谢我的铁锹兄弟，它是我种菜的帮手、种田的帮手、听螃蟹放鸭子的帮手。我的铁锹不是洋锨，而是吾乡称为板锹的那种。木柄粗实，上端安着短短的横柄，锹头是用生铁铸成，放入火炉烧红，再在铁砧上敲打，最后淬火加钢。是它助我完成了与泥土的对话，完成了与蚯蚓、土田鸡的对话，完成了与蔬菜与粮食的对话，完成了与所有生命的对话。泥土也是有生命的，它有呼吸，有体温，有喜怒哀乐。所谓天地有大美而不言，并不是说它没有性格。如果没有铁锹，我将一事无成。

还有一层意思，铁匠永兵真是我的兄弟。我们同村、同年级，小时候同劳动、同游戏。最有缘分的是，同一天生日。我那时用的鸭锹就是他打的，非常顺手。他有时评论世事，臧否人物，对于老手艺的渐渐消亡，偶有不平之气。我想起作家钱红丽的话，觉得他就是嵇康式的人物：

一个生命充满痛感，远比安逸感，有益于灵魂，并非溺水而亡

026

的彻底覆灭，而是一种锲而不舍的精神自拷。人应该向东晋时期嵇康那样活，一边打铁，一边不忘弹琴——打铁是肉身层面的需求，弹琴则负责灵魂层面的自给自足——即便一生中，痛感不离不弃如影随形。

第二辑　种植农具

水铲：为谁铺床叠被

　　和县位于皖东，即李白《望天门山》中"碧水东流至此回"的拐弯处，人杰地灵，物华天宝。其辖区内的台湾农民创业园，每年春秋两季都会举办农业嘉年华和蔬菜博览会，安排传统农具展。我在这里看到了很多农具，大到风车、斛桶、犁耙，小到铁铲、牛轭、四指钯，等等。我像见到久违的老朋友一样亲切、开心。我跟它们合影留念，就差握手、拥抱。远年劳作的场景，翻山涉水而来，穿越季节而来，一一浮现眼前。我还看到了扑耙、水铲。可是我已经忘记了它们的作用，现场又没有解说员。后来，我把图片发到微信朋友圈中，引起很多朋友围观，他们也给出了种种答案。

　　这里说说水铲。

　　水铲结构简单，一根一人多高的木把，一块长约 60 厘米高约 10 厘米的窄木板，木把下端与窄木板上沿以铆榫相接，形成直角。很像晒场上晒稻谷用的样闷，大小、结构都差不多，只是样闷的前端与木把呈水平面，而水铲的前端与木把呈 90 度直角而已，也像一把放大的掏灰耙子。过去农村烧土灶，烧稻草、麦秸、豆荚子、菜籽荚子、山柴、茭根草等，烟囱里飘出袅袅炊烟，勾勒出乡村的迷人风景；灶膛里可煨瓦罐，可烤红薯，灶膛的火光可就着看书，但灰烬多，不好添柴，需要经常用掏灰耙掏出来，那些灰烬即草木灰，是很好的农家肥。

单看水铲，还有点儿像"灿"，即挂在水耙后面，用以刮平水田以便插秧的附加农具，犹如照相机另带的大镜头、滤光镜之类的东西。我的高中同学德成做了三十多年田，现在仍在侍弄庄稼，他看到我发的微信图片，就认为是"灿"。水铲也确实是用以平整田地的农具，但它平整的是撒秧的田，而不是栽秧的田。

数完了九，耕牛就开始下田了，边吃嫩嫩的青草，边摇尾打悠犁田打耙。农民最先做的事，就是做秧床。村里的李大伯，那时四十来岁，双肩宽展，胳膊上滚动着两团肉疙瘩，像铁球似的坚硬。他把晒场西边的两亩空地犁出来，那些泥垡一圈套着一圈，既像梵高的名作《星月夜》，又像我食指上的手螺；接着他又用耙把土垡打成大块，把地耙平，以承接阳光和风的抚摸，吸取自然的灵气。

左邻张二哥，那时二十多岁，读完初中就串联，再后来回乡插队。他用铁锹抽出几条沟，把耙过的地分成若干条块，就像在游泳池里拉出几条赛道，看看以后哪畦秧苗长得苗壮。他时常往手心吐唾沫，以抵消手汗的滑腻，春天的阳光照着他倒梯形的背，像一块厚实的庄稼地。

王婶等几位妇女，先用四齿钉耙把泥土打碎打绒，让春天的太阳晒几天；之后，右邻杨大伯（我在《还我清明世界》里写到过他）等人，从仓库（生产队的仓库，一般就建在晒场旁边）里抬出挖泥盆，推进田地下方的清水塘里，用泥夹子夹出几盆稀泥；又有人用泥锹（像摇船的橹）把塘泥铲进泥兜（像三角形的箕畚，但底是用麻绳结成的网，不是用竹篾密密编织而成，便于沥水），挑到已经打碎打绒的秧床上，用水铲（用到水铲了！）把塘泥刮均匀、平整——只有柔软、富含营养物质的淤泥才足以撑起蓄势待发的稻种，最后铺上一层厚厚的草火灰，以备撒种之用。

整个活动按部就班，整个过程井井有条。有时候，还在田埂上插几面彩旗，哗啦啦地飘扬，很有一种仪式感。王婶等几位妇女做这个活的时候，像是为新娘子铺床叠被，极其虔诚，又满脸喜气，使人想起春天里种种野花——蒲公英、紫云英、紫花地丁、阿拉伯婆婆纳——的美丽。刚开春，一切都才开始，都慢悠悠，不急赶活，时有田歌笑语，如鸟雀荡起柳枝。那段时间，劳动实在是一种享受。

春分之后，气温渐渐升高且稳定了，再往后，就是清明、谷雨。到了这个时候，农民们开始选种、泡种。农谚说："四月清明谷雨天，育好种稻种好棉；五月立夏小满到，管好棉花播晚稻。"又有"清明泡稻，谷雨下秧"之说。谷雨节气，源自古人"雨生百谷"之说，从这一天开始，雨水逐渐增多，空气湿润，有利于谷类等农作物的育苗、生长。谷雨也是谷育，即早谷泡种催芽季节。

我国稻作历史悠久，积累了很多经验，上面所说的农谚便是。新中国成立以后，毛泽东主席根据前人经验，总结出农业"八字宪法"，即"土肥水种、密保管工"，意思是只要抓住农业生产过程中的这八个重点，农业就不会有什么太大问题了。这其中，种子问题就是一个大问题，所谓种瓜得瓜，种豆得豆，撒了芝麻收不到西瓜，栽了山芋收不到稻米。

李大伯、杨大伯他们放倒挖泥盆，挑半盆水，倒入粗盐，慢慢搅拌，至其融化，然后把稻种倒入盆内，用笊篱掠去浮在水面的瘪谷，再把沉在盆底的饱满的谷粒捞起，放入蒲篓（用芦苇篾编的圆形农具），用绳子兜底挑到池塘里浸泡。约莫过了一个星期，谷粒发芽，拱出了细白的嘴。这个时候，春风更暖，柳树叶子越发青绿，像数不尽的蜻蜓在枝条上栖息，这意味着可以撒种育秧了。

不过，每只蒲篓里稻种不能放多，最多一半，浸泡稻种也不是把种子一直泡在水里，而是采用"日浸夜露"的方法。"浸"，是为了使种子吸足水分，水分不足种子不能萌发。"露"，是为了让种子呼吸。生命力弱的种子尤其不能缺氧，否则很容易造成种子发酵、发霉、发臭、腐烂，发芽率大幅度下降。一般在上午 8 点放在活水中浸种，中午将种子提上来翻动一次，让每粒种子都接触一下空气，然后再放入水中浸泡，到下午 6 点，将种子从池塘中提出，摇晃几次。

要说明的是，过去每年春季选稻种时，要用几担稻谷，不像现在种杂交水稻，每亩田只要 4 斤种子就够了。从这个角度来说，杂交稻的发明也节约了大量粮食。以前就着灶膛的火读过柳青的长篇《创业史》，有《梁生宝买稻种》一节，说的就是选种的事。现在人们大谈转基因，但杂交稻不是转基因产品，它是自然选择穗大籽饱的谷物作为稻种，而不是通过人工干预改变它们的基因。

我还记得书中的内容。梁生宝"头上顶着一条麻袋，背上披着一条麻袋，一只胳膊抱着用麻袋包着的被窝卷儿，黑幢幢地站在街边靠墙搭的一个破席棚底下"，为多买一点好稻种，他舍不得住店，舍不得吃饭，至今想起，依然令人感动。书中写道：

> 从前，汤河上的庄稼人不知道这郭县地面有一种急稻子，秋灭割倒稻子来得及种麦，夏天割倒麦能赶上泡地插秧；只要有肥料，一年可以稻麦两熟。他的互助组已经决定：今年秋后不种青稞！那算什么粮食？

后来知道，这个故事的原型，其实是作家柳青本人。早在 1956 年，观念先进的柳青用自己的稿费和积蓄换来了日本良种稻种——矮秆粳稻种，在小范围内种植试验并获得成功。虽然当年的农业合作社和人民公社制度存在很大局限，但是柳青在《创业史》中所倡导的农业科学种田和无私奋斗精神仍然具有其现实意义和历史意义。

《创业史》中有几句话，曾经滋养了几代青年的心灵：

> 人生的道路虽然漫长，但要紧处常常只有几步，特别是当人年轻的时候。没有一个人的生活道路是笔直的，没有岔道的，有些岔道口譬如政治上岔道口，个人生活上的岔道口，你走错一步，可以影响人生的一个时期，也可以影响人生。

我也是受益者。改革开放前的农村生活极为艰苦，农民的日子更是艰难。1974年9月29日，农历八月十四，我母亲送我和弟弟到南京看国庆焰火，在驻马河码头因栈桥坍塌罹难，此后家里雪上加霜，我们兄妹仨经常性地缺吃少穿。但是我们硬撑死扛，终于渡过这段苦难日子，之后就是改革开放，生活天天向好。

稻种浸好之后，秧床也晒好了，像阴了一冬的硬板板的棉被松软。李大伯、杨大伯等人把发了芽的稻种均匀地撒到秧床上，用扑耙（或者抛锨）把种子压入泥灰之中，便于稻种生根发芽，就像用熨斗熨烫衣物，以求得每个细节的完美。以后每天洒水，约莫过了两个星期，稻种即变成了绿油油的秧苗，可以拔起，移栽到大田里。

秧马：在秧苗田奔驰

这是世界上跑得最慢的马，比蜗牛都要慢；又是世界上跑得快的马，一垄到头，夏天悄然过去，几垄到头，青春了无踪影。

如今，秧马早已挣断缰绳，跑出田野的边界，被囿于封闭的农展馆里；那曾经驰骋禾床的欢腾场景，已经成为记忆，如同渐渐泛黄的黑白照片。

秧马，是拔水稻秧时所坐的器具。木料打制，上下两层，上层是小板凳，如同马鞍，下层是两头翘的木板，似船底板。人坐在上面拔秧，不会陷入泥里，又可往前滑行，故有秧凳、秧船雅号。我很佩服古人的想象力和乐观精神，原本异常艰苦的劳作，在他们的心目中，却充满了诗意。

几年前，我曾充满深情地写过散文《水稻生命中的知己或者过客》，其中写到秧马：

> 秧马就是奔驰在秧田里的马。小小的板凳，小小的脚底下，安

着弧形的木板，两头微微上翘，像滑雪板似的。人坐在上面，拔几把秧苗，往前挪一点，再拔几把秧苗，再往前挪一点。从这头到那头，这是秧马的猎场。顺手丢下的秧把子，是秧马捕获的猎物。

秧马约出现于北宋中期。与其他稻作农具相比，秧马的步伐要慢一些。这大概与水稻种植规模的逐步扩大有关。关于秧马的记录，最早是在苏轼笔下。其《秧马歌并引》曰：

> 予昔游武昌，见农夫皆骑秧马。以榆枣为腹，欲其滑；以楸梧为背，欲其轻，腹如舟，昂其首尾，背如覆瓦，以便两髀雀跃于泥中。系束薫其首以缚秧，日行千畦，较之伛偻而作者，劳佚相绝矣。

苏轼眼见秧马轻巧、省力，大加赞赏，随时宣传推广。他在被贬惠州（今广东惠州），南下途经庐陵（今江西泰河），遇见《禾谱》作者曾安止时，遂作七言《秧马歌》相赠。诗凡23句161言，对秧马的形制及作用进行详细描述。后人将其诗刻成石碑，流传久远。如今看来，作为官员诗人，他是心肠极热的人，可算秧马形象大使。以至于后世有位漂亮女子，在自媒体里宣称："要嫁就嫁苏东坡，否则不如嫁萝卜。"为何错过苏轼而愿嫁萝卜呢，以我种菜的经验看，大概是萝卜有用。

苏轼之后，秧马屡屡现身诗中，犹如当红影视明星。例如，陆游《春日小园杂赋》："自此年光应更好，日驱秧马听缫车。"楼璹《耕织图·插秧》："抛掷不停手，左右无乱行。被将教秧马，代劳民莫忘。"袁士元《喜雨三十韵》："木龙（指龙骨水车）漫吼江头月，秧马犹沉屋角烟。"赵翼《横塘曲》："朝行秧马宵呼犊，不抵清歌侑一觞。"历代文献多有记述，比如元代王祯的《王祯农书》、明代宋应星的《天工开物》等书，皆以图文形式予以介绍。由此看来，古人关注的点与今人颇有不同，他们不爱炒作的东西，他们更看重其实用价值。

还是说说拔秧的情景。

惊蛰一过，春天的架子基本就搭起来了。接着春分、清明、谷雨。康熙时期的《巢县志》曰："清明取稻种，水渍七日而藠，始播种，或春寒稍迟数日。谚曰：清明浸种，谷雨撒秧。又，清明宜晴，谷雨宜雨，其占为有年。"其时，农夫开始整饬秧苗母田，泡种撒秧。一年的农事，大抵是从育秧田开始，有时还炸一串爆竹，把农事当喜事办。

泥土睡了一个寒冬，在犁铧的干预下，一骨碌醒来，迅速翻个身，被分割成条块，在细雨中吟唱。把发芽的稻种撒播之后，约半个月，种子生出针细的嫩苗，由青翠而嫩绿，一展平扬，一马平川。现在，人们习惯把足球场称为绿茵场，"茵"是毯子的意思；如果你看过秧田，或者你还记得秧田，那才叫毯子呢。

鸡叫三遍，月亮还在中天。忽听得队长用喇叭吆喝："下田拔秧喽——"拔秧是妇女的活，都定了任务的。我赶紧起床，拎着秧马，随着母亲，往秧田摸去。我从小懂事，心疼母亲，想为母亲减轻负担。到了田头，放下秧马，开始拔秧。两只手，一前一后，如同马儿卷食青草；等拔了一小把，便用干稻草扎紧，丢在身后，像可爱的秧苗宝宝。只是开始时，困意未尽，眼睛半闭，动作缓慢；等天色放亮，大脑逐渐清醒，卷食的速度也快起来。春寒料峭，人却不觉得冷。看看别的妇女，也都低头忙活，你追我赶，生怕落后。那种热情，那种场景，今天想来，用"秧马奔腾"形容，毫不夸张。

空气清新，像水洗过，猛吸几口，竟有甜甜的感觉。青蛙的叫声，随微风传来，犹如美妙的小夜曲。还有清脆的鸟鸣。鸟是通灵的，宛如先知，它可以识别节气与庄稼的关系。它以鸣叫来提醒大家，快点投身农忙。太阳从东方升起的时候，男人们也下田了，挑秧把子（扎成把的秧苗）。我把秧把子低低地扔到田边，扔给他们，看他们在箕畚里码好，挑到远处，扔进空白的水田里。

母亲偶尔直起腰来，自己在后背捶几下，回看落在后面的秧把子。她笑的时候很美，有两个酒窝。她穿着黑色灯芯绒的褂子。她扎两根细细的辫子。辫子有时落到胸前。她嫌碍事，用根稻草，从背后把它们扎在一起。她想多拔一点。她是个勤快的人，也是个要强的人，虽然身体单薄，但是不愿落在人后。1974年深秋，她因轮船码头栈桥坍塌离世，成为我心中永久的痛。如果她在，几年以后，改革开放了，凭着她的聪明才智，凭着她的吃苦精神，我们家一定会很快地富裕起来。

钱理群最近在《永远活出生命的诗意与尊严》写道："我一直相信梭罗的话，人类无疑是有力量来有意识地提高自己的生命质量的，人是可以使自己生活得诗意而又神圣的。"这话，我相信。

关于秧马，网上有些介绍，似是而非，有必要澄清一下。

一是说它是插秧工具，并解释说：如插秧，则用右手将秧苗插入田中，然后以双脚使秧马向后逐渐挪动。实际上，这是不可能的。因为秧苗母田（秧床）泥土较坂，秧苗又密，拔得很慢，可以坐着拔秧；而栽秧的水田，有几寸深的水，又陷，像沼泽地，人站在里面，泥水要淹到小腿肚子，怎么能坐呢，插秧速度又快，像打比赛，就是能坐，谁又有闲工夫坐啊。

二是说用它改进成秧船，还被广泛运用。网上有图，就是两条极窄的小船，被两根横档固定在一起，用以运载秧苗。但我没见过实物，感觉费力耗时，称其"广泛运用"，应是夸大其词。

三是栽秧、拔秧如遇下雨，有种特制工具，叫驼峰，其形状像半个花生壳，其构造像件棉袄，用竹篾编面子和里子，以芦苇作棉絮，可以挡雨。也有人戴斗笠，穿蓑衣。至于塑料雨衣，那是后来才有的事。

如今，农村都种杂交稻，一亩田几斤稻种，育的秧苗也少，更没有了当年比赛似的场面，秧马自然退出田野。但每次参观农展馆，看到秧马，眼前总会浮现出跟随母亲拔秧的情景。母亲去世时，我才 11 岁。因为顽皮，以及上学，除了偶尔给她送早饭、午茶（午后三四点钟，送冷开水以及煎饼、冷饭之类），对母亲从事的劳作了解并不多，跟她一同劳作的时候更少。独有拔秧的情景，印象还算清晰，每次想起，泪落如珠。又想起陆游的《题斋壁》："稽山千载翠依然，著我山河一钓船。瓜蔓水平芳草岸，鱼鳞云亲夕阳天。出从父老观秧马，归伴儿童放纸鸢。君看此翁闲适处，不应便谓世无仙。"只是，这样的好时光已经走远，再不会来。

桅灯：照亮乡村

10 年前，我写过散文《听螃蟹》，同事汤平方兄看后，鼓励我说："生活气息很浓，不错。"又告诉我，"'围灯'的'围'要改过来，应是'桅灯'。"一查《现代汉语词典》，果然错了。10 年后的今天，我着手写这组农具系列散文，曾经被我写错"姓氏"的桅灯，居然成了本篇主角。

我猜想，桅灯的本意可能是指挂在桅杆上的灯，是航行的信号灯。郑愁予《归航曲》中，"漂泊得很久，我想归去了／彷佛，我不再属于这里的一切／我要摘下久悬的桅灯／摘下航程里最后的信号／我要归去了……"几句，所用就是此意。

不过，它也可以挂在船头、船尾或船帮上，用来捕鱼、垂钓，或者抒发愁思，著名的有唐代张继的《枫桥夜泊》，其诗曰："月落乌啼霜满天，江枫渔火对愁眠。姑苏城外寒山寺，夜半钟声到客船。"还有清代查慎行的《舟夜书所见》："月黑见渔灯，孤光一点萤；微微风簇浪，散作满河星。"渔火、渔灯都是桅灯，以现代的眼光看，它本身就是诗。

2013 年 12 月，习近平总书记在中央城镇化工作会议上发出号召：

"要依托现有山水脉络等独特风光，让城市融入大自然；让居民望得见山、看得见水、记得住乡愁。"远年的渔火、渔灯，也是浓浓的乡愁意象。

桅灯又名马灯，骑马夜行时能挂在马身上。放牧可能用它。我小时候读过课文《草原英雄小姐妹》，讲述的是龙梅和玉荣夜里为生产队寻找失散的羊而被冻死的故事。现在想来，如果有一盏马灯，结果或许不会这么悲凉。行军打仗也可能用。红军长征、东渡黄河、挺进大别山、围剿十万大山等军事行动中，估计都有马灯的身影。在那艰难时期，它照亮了革命前程。灯的穿透力极强，不仅可以穿透空间，还可穿透时间和历史。

在乡村，桅灯也曾大有作为。早起拔秧、夜查田漏、防汛巡逻、打老黄豆等，都有它热情地参与。在过去的岁月，它是水稻的一部分，是黄豆的一部分，是农事的一部分，是乡村的一部分。我不知道那时候为何总是天不亮拔秧，可能是由于现拔现栽容易活棵，还有可能是凌晨清凉。

我跟随母亲拔过秧苗。每次出门时，天都黑得像锅底，看不清路，得摸黑走；拔秧时，也看不清秧苗，只能凭感觉拔，像后来的一首歌，"跟着感觉走，拉着梦的手"。两只手左右开弓，像失散的小羊用舌头卷草。生产队长老庆，一手提着桅灯清点人数，一手拿着铁喇叭筒喊叫，指派各人的任务，像大将军排兵布阵。那个时候，桅灯要五六块钱一盏，一般人家是买不起的，就是买了，也舍不得煤油，桅灯就是煤油灯，只是多了密封的灯罩而已。

在集体化的那些年头里，农民参加集体劳动时大部分农具如锄头、铁锹等都是要自己购买的，桅灯却例外地属于集体财产，由集体购置、维修并供应燃油。那时，我们村的卢路通——别人喊他路路通，人精手巧，当过短期的生产队保管员，每次用完桅灯后，他都要把里面剩下的油倒在自己家中积攒起来，然后把空荡荡的桅灯交回去。后来被人们发现，丢了美差不说，见人都抬不起头；村里因此产生了一句歇后语：路路通用桅灯——老没油。

查田漏就是查田埂漏水。农村的稻田多成片，有平展的，也有高低起伏，如果田埂渗漏，上面田里就会缺水。漏水多是小洞，是蚯蚓洞、螃蟹洞、黄鳝洞等，水细细的，不易看见；到了夜里，四周阒寂，沿着田埂巡查，远远就可听见水流之声，挖两锹泥就堵住了。有的

桅灯

洞大，螃蟹爬到中间，向旁略拐，在那午休，就是张床，就是个家。我遇到这样的洞，伸手进去掏掏，多不落空。这是增林告诉我的诀窍。他是我家邻居，又是我小学同学，论捞鱼摸虾的本领，在村里可算第一。他嘱咐我不要对别人说。我还真能守口如瓶，除了我弟弟。

防汛巡逻可是大事。我们村庄就是骃马新河北侧，有几个圩。每年夏天，河水涨起来时，男女老少都要上河堤防汛，夜里隔几步远，就要挂个灯泡，如果停电，就挂桅灯。镇村干部都要轮流值班。雨是常客，且常常赖着不走。值班人员穿着雨衣，手提桅灯，在河堤上照来照去，或者侧耳倾听，如发现河堤漏水，要立即找高人摸漏，及时堵住。为堵豁口，可以无条件地拆下村民家的门板。俗话说："千里大堤，溃于蚁穴。"这是真的，不是危言耸听。

至于打黄豆，就是连夜用连枷脱粒，打到夜里炸黄豆吃；也打过麦子，我母亲抓过几把麦粒揣裤兜里回家，炒了给我们兄妹仨当零食吃。

很多年后，我读莫言的《丰乳肥臀》，看到那位母亲偷黄豆的细节，豁然理解了母亲的苦难与伟大。午季之后各家分了麦子，母亲淘了十来斤，炒熟、磨粉，就是焦面，用滚开的水冲吃，类似于现在的面糊。那种穿越时空的香味至今犹在。晒场上用以照明的，就是桅灯，后来有了替代品汽灯，很亮，但有风是不行的。

1976年前后，我家似乎有过一盏桅灯。那时，我才有机会与桅灯亲密接触，与之相伴。

一是用桅灯照明夜钓。在三连圩，我把竹竿插在岸边，在竹竿梢部挂盏桅灯，可照亮簸箕大的地方；之后就在桅灯旁边打窝钓鱼。

二是打田鸡（青蛙）或斩黄鳝泥鳅。秧苗栽过以后，找根米把长的小竹竿，在前端绑一只皮鞋底，或钉一排细长的铁钉，可以打田鸡烀了喂鸭雏，或斩黄鳝泥鳅吃。明月初上，或者星空灿烂，拎着桅灯，满田埂找。田鸡会蹲在田边咕咕叫——实际上是沉迷于唱情歌，用鞋底一打一个准；泥鳅黄鳝夜里会出来找食，用斩子斩，有时能逮到鱼。那个时候生活困难，逮黄鳝泥鳅的人也多，但逮不完。现在这些东西少了，是因为农药、化肥、激素、除草剂的毒害，与电瓶打鱼也有关系。乡村里时常发生用电瓶打鱼触电的悲剧。

三是听螃蟹。下面引用三段以前写的文字。

秋高稻熟之际，是听蟹的最佳时节。

傍晚时分，肩上扛把铁锹，臂弯夹把干稻草走出家门。走到村外，选定某一口吃水塘的下沿，或三连圩某一段的下埂，挖开一道缺口，宽约莫两揸，水深约莫一指。把底部铲得平平的，把两侧修得光光的，再在一侧掏个凹槽，嵌入围灯，微弱的灯光可以把潺潺细流照得清清亮亮。

我像守株待兔的宋人，守着水缺，细看水色，静听水声。一会儿，缺水有了一丝浑浊，水中传来了极细的声音，这是蟹的尖爪子在水底爬动呢。蟹也是有性格的，性格不同，在淤泥上爬动的声音也不相同。有的轻捷、干净，仿佛是爪子只在淤泥上轻轻点了一下；有的沉稳、踏实，好像是每爬动一步爪子都扎得很深；有的夸张，横行霸道，小小身子能弄出大动静；有的内敛，毫不张扬，非爬到你跟前你不知道它是个大家伙。不过这种种声音只有内行才辨得出，我始终没有掌握。声音越来越响，近了，近了，我屏住呼吸，瞪圆小眼，心激动得扑通扑通地乱跳。等到蟹顺着细流爬到亮处时，先一把按住它的青壳，再将手指移到青壳的两侧，把它抓上来了。乖乖，足有三两重，还是只母的。我兴奋地自言自语，并小心地把它放进鱼篓里。它先是张着爪子和大钳子，作拼死抵抗，好像很不情愿进入一个不自由的地方；进去之后，不停地爬动，滋滋地吐着泡沫，一如要戳穿静穆之夜的这个阴谋。

本篇开头，第二段里，"桅灯"原写作"围灯"，是汤兄指出的错误。至今，我由衷地感激他。我想，我当时之所以这样写，可能把桅灯理解成"围住火光的灯"了。

走笔至此，桅灯到底是什么样子的呢？

桅灯整体呈灯塔形，底下是底座，中间是灯罩，上部是顶，有把可提。顶部用弹簧和中间灯的主体相连，通过一个下大上小的圆柱形铁丝网将灯罩固定住。灯的供油系统非常科学，四两油居然可以持续燃烧 12 个小时！

最好的桅灯是德国造的"美最时"牌桅灯。20 世纪初它进入中国以后，光是上海，开厂仿造的就有好几家。仿造归仿造，质量不打折。据说没过多久，不但国货占据了灯具市场的半壁江山，还出口到了南洋等地。比如光华桅灯厂，成立于 1939 年，其生产的 235 型桅灯，质量也好，直到 80 年代还在生产。老百姓给它取过一个名字，叫气死风灯，即可以气死风的灯。

为了增加亮度，人们喜欢把灯芯调得高高的，结果把灯罩染黑了。擦桅灯灯罩比较麻烦，因为玻璃罩被铁丝固定了的，不像简单的煤油灯罩可以轻松地取下来，要有耐心，慢慢地擦。我擦灯罩时，往里面哈几口气，再塞块旧布，用筷头子顶着擦，效果不错。

桅灯不怕风不怕雨，当然还有其他用处。比如走夜路时照明。比如刺激牲口多吃草。冬天里，在喂牲畜的槽头挂盏桅灯，有亮光，有利于提高牲畜的食欲，牲畜吃了夜草，也容易长膘，所谓"马无夜草不肥"，人半夜起来给它们添草添料时也方便。比如种西瓜的人家在瓜熟的季节在田头搭窝棚看瓜，夜里也往往在窝棚前挂盏桅灯，不过那盏桅灯只防君子难防小人……

后来出现过一种煤油汽灯。农村夜里打场时用过，我 20 世纪 80 年代初期教书时，学生上晚自习时也用过。在供电不正常的情况下，作为停电时的应急灯。

如今，有线的和无线的电光源层出不穷，桅灯"不怕风不怕雨"的优势已不明显。船上是不会挂这种桅灯作航行信号了，牧人也不会用它，行军打仗都是高科技，也没人用它帮助捕鱼，或打田鸡、斩黄鳝和斩泥鳅了。即使家里有盏桅灯，也没有煤油卖了。

但是我忘记不了桅灯，它曾照亮乡村，也曾照亮革命。杜鹏程《保卫延安》里有段话，体现的就是灯的力量：

> 天地间是黑漆漆的一片。河两岸是黑乎乎的大山。远处，闷声闷气的爆炸声滚过天空，空气中还有硝烟味。沉默的延安城，像在思索着马上就要来到的灾难。可是在这样情景下，人们看见了灯光（指杨家岭和枣园的灯光），那样明亮的灯光。这景象，让人想起茫

茫的大海里，有一艘挂着桅灯的轮船，在狂风暴雨的黑夜里乘风破浪，按照航线，向它的目的地驶驰。

桅灯虽然已经退出田园，成了文物，但它照亮的那段岁月，依然熠熠闪光。哲学家叔本华说过："人们最终所真正能够理解和欣赏的事物，只不过是一些在本质上和他自身相同的事物罢了。"我对桅灯的感情也是如此。

驼峰：任你风狂雨骤

宋代诗人杨万里，写过一首《插秧歌》，读来就像昨天发生的事：

> 田夫抛秧田妇接，小儿拔秧大儿插。
> 笠是兜鍪蓑是甲，雨从头上湿到胛。
> 唤渠朝餐歇半霎，低头折腰只不答。
> 秧根未牢莳未匝，照管鹅儿与雏鸭。

这是全家上阵，冒雨插秧的情景。抛秧、接秧、拔秧、插秧，忙得不可开交，而又异常兴奋。想必干旱日久，雨从天降，所以不避劳苦，怕误农时。颔联首句，"笠是兜鍪蓑是甲"，提到斗笠、蓑衣，是两种雨具，也是两种农具。

吾乡还有一种雨具，也是农具，叫驼峰，是插秧时，抵挡风雨的利器。

我小时候，约四十年前，村里已有塑料雨衣，戴着斗笠穿着蓑衣的劳动者是有的，但是少了；只有那些站在田里的胡乱扎成的稻草人依然穿着昔日的盛装，如同《堂吉诃德》中的骑士。电影电视里倒经常见到，例如讲述革命先辈故事的作品里，他们时常背着斗笠，也穿蓑衣。现在，吾乡绰庙集，每年"三月三"庙会期间，有单卖斗笠的。

驼峰

很久以前，斗笠和蓑衣是一对铁杆兄弟。它们因雨而生，经常合用。王大庆爷爷家堂屋的土墙上，曾经挂着一只斗笠、一领蓑衣，前者灰色，后者褐色，都跟土墙般配，以现在的眼光看，古拙、朴实，有时间的味道。

诗人说，斗笠是农民头顶上绽放的花朵，开在四季的原野上，是乡村生活的缩微，是走不出的乡愁；斗笠一戴，再大的风雨，再大的苦难，都隐去了，只剩下倔强与坚韧的生命，在大地上彳亍向前。而蓑衣，在时空的旷野上，虽然已经收起昔日的羽翼，但是曾经与农人并肩而立，抵挡过贫穷、饥饿、疾病和灾难，遮挡过四处漏风的灵魂。

如今，偶尔会在农展馆里，与它们邂逅。那时，我的眼前立马浮现出久远的场景，仿佛先人站立墙边，或者正往墙里走去，那姿势像极了硕大的蝙蝠，也像"其翼若垂天之云"的鲲鹏，还像夸父追日故事中的神。

追溯农具的历史，往往只能说出大概。农具与原始农业相伴而生，且不断革新，到了某个阶段，大家觉得好用，效率也高，于是定型，流传后世。比如斗笠和蓑衣，《诗经》中有"尔牧来思，何蓑何笠"之句，意思是："你的牧人来了，戴着蓑衣和斗笠。"从文字看，它们的出现，可上溯到春秋时期，但在实际生活中，应该早已出现。

斗笠，也叫箬笠、篾笠，系用竹篾编制而成，由于形如斗状，故名"斗笠"。斗笠的编制工序比较简单，但技术性较强。先将竹子劈削成篾片，拿到锅里用水蒸煮，蒸煮过的篾片能防止虫子蛀蚀，薄而光滑，可照见亮。编的时候，先编笠头（要套在用木头做的笠胎模型上编，不易走样），再编里层外层（经纬交织，类似织布；从顶部开始向五个不同方向织，故斗笠的眼皆五边形），之后夹进竹叶（包粽子用的大竹叶）以及粽丝，最后锁边结顶。斗笠编好以后，要用桐油油两三遍，可以增加笠面的光滑度，雨水也沾不住。

斗笠蓑衣

编斗笠的，多是篾匠，不过 20 世纪 70 年代以前，有的村庄人人会编，编好拿到集市上卖，作为副业。每个制作者有自己擅长的项目，戴的人也各有所好。一般斗笠买到家之后，总会在上面写几个字，或吉利话或自己的名字。吾乡又叫凉帽，因为不管天晴下雨，出外干活都可顶在头上，可以避雨亦可遮阳。这就是至今斗笠可以单卖的原因。有的孩子戴着它上学，满满当当地盖住整个的脑袋甚至半张脸，好玩。斗笠很硬，不可折叠，不可当垫子坐，保持着它做人的矜持与尊严。故有谜语："一物生来身份贵，人人尊它居首位；虽说不是真天下，它比天子高一辈。"

蓑衣几乎与斗笠同时出现。《诗经》中"尔牧来思，何蓑何笠"句，也是它的出生证明。分为上衣下衣，形似套裙，可以防止身上被雨水淋湿。按材质区分的话，主要有两种，一种用棕毛编织而成，相当于时装，要贵重些；一种用蓑草（就是包粽子的草）编成，类似于普通服装。也有用稻草编成，不如前两种好，凑合着用。

编蓑衣又叫打蓑衣，比编斗笠麻烦，技术要求更高。

先要备料。棕毛须由棕树上剥下，洗净晒干，扯成棕丝，编成细绳留用。蓑草又叫蓑衣草、龙须草，生长在沟渠、池塘和河沿的潮湿地带。伏天割来摊在平地上晾晒，多半干时即可编织。如果是晒干的蓑衣草，用时要喷些淡盐水闷一下，使其柔软后再编。稻草是糯稻草，用掼桶掼稻留的，茎长而且结实。

选用蓑草和棕片来制作蓑衣，原因在于蓑草和棕毛都特别耐腐蚀，只要不被虫蛀，或被外力损伤，一领蓑衣能穿十几年，甚至更长年限。蓑衣除了耐腐蚀以外，防雨性能也特别好，另外，还具有比较强的保暖效果，穿上它，即便风雨交加，人也不会打战。

打蓑衣的方法，有如当今织毛线衣。大致有三道工序：先是编织领口。把棕绳或蓑草结成活扣，用细麻绳穿过，可在脖子上系扎。再是制作蓑衣模，相当于上衣的前襟、后襟。要尽可能地选取长而宽的蓑草或棕片来制作，不仅省功夫，而且比较受看，远远望去，就像一只展翅的蝴蝶。最后是缝线，即将肩部、胸部、裙部进行合理拼接，使之成为一个整体。

我在李爷爷家穿过蓑衣。记忆中，蓑衣厚实沉重，仿如盔甲，穿上之后身形魁梧不少，犹如整装待发的大将军。"上衣"像羊皮的坎肩，或女士的披肩，细细一摸，里面是光滑结实的网，外面则长草茸茸尖尖。"下裙"用两条棕绳，拴住裙披，吊在肩上，像简陋的吊带裙。裙摆很是宽松，可以随意摆动。试着在门外走几步，似乎能够感受到一种特别的叫作农耕文化的温度。

它们因此经常进入诗歌客串一下，像路人甲。过去的人写诗，只是业余爱好，没有挣稿费的想法，更没有职业写手。他们写所见所闻，写下的是生命过程与体验。斗笠与蓑衣一直是乡间生活中的重要角色，估计不少文人也曾以此遮风挡雨，从内心里对它们怀着敬畏，自然也在作品中给它们留下一席之地。著名的诗，除了杨万里的《插秧歌》，还有：张志和的《渔歌子》，"青箬笠，绿蓑衣，斜风细雨不须归"；柳宗元的《江雪》，"孤舟蓑笠翁，独钓寒江雪"；苏轼的《浣溪沙·渔父》，"自庇一身青箬笠，相随到处绿蓑衣"。苏轼的词是仿张志和，以"元真语极清丽，恨其曲度不传"，有推广宣传之雅意，从中诗人对乡村生活的喜爱之情亦从中跃出。

前不久，读到李敬泽的文章《面对散文书写的难度》："所以文学的散文承担着责任，就是要通过书写探测、探讨，能够真实地穿透陈陈相因的东西，真实地书写自身、书写这个世界，在这个意义上说，散文是承担着先锋的、探索的责任。"我认为前代诗人做到了，做得很好。我写"中国农具"系列，也朝着这个目标努力。

可以说，斗笠、蓑衣是农民对抗风雨的两面盾牌。驼峰呢，系插秧专用农具，似为吾乡所独有。人背着它插秧，像甲虫在缓缓移动，像乌龟在水田里划行，可以与狂风骤雨抗衡。20 世纪 80 年代以前经常见到，前两年在杜氏宗祠见过。其得名，缘于它的形状，很像骆驼背上的肉峰。

那时还是在大集体劳动。每到插秧时节，大水田里，插秧的妇女有十几二十，一字排开，弯着腰、撅着屁股倒退着往后插秧。没雨的时候看见的都是后背，或者都是圆滚滚的屁股。下雨的时候，就能看见很多驼峰，参差不齐地扣在水田里，随着身体的挪动来回晃动，似在浩瀚的沙漠行进。真是难得一见的乡村风景！

如果仔细看，驼峰貌似半个生着两粒花生米的花生壳，里面两个窝儿，一个遮住头部，一个挡住屁股。两个窝儿之间有木棍和绳索连接，可以撑在背上，系在腰间。驼峰的编织方法、使用材料与斗笠相同，就是形状不同，有一人高。人们把它背在身上，可以把后背遮挡得严严实实，你想找人甭想找着。那时我就偷偷喜欢过一个女孩，她是插秧的好手。我在田埂上挑秧抛秧，不好意思喊她名字，用眼光搜寻她，好像都是她，又好像都不是她。最终她嫁作他人妇了。

如今，田间的劳作大多被机械化取代，斗笠、蓑衣、驼峰也就渐渐地被人们抛弃。虽然它们曾是那么的诗情画意，但是终敌不过时代。它们的故事已经在时光中收敛，只是时常在记忆里慢慢盛开。它们的消失，何尝不是一种进步呢？

乌斗：像条乌鱼

屈指数来，蛰居县城已届二十春秋。我时时想起生我养我的村庄——西庆村。虽然史铁生说过，"人的故乡，并不止于一块特定的土地，而是一种辽阔无比的心情，不受空间和时间的限制；这心情一经唤起，就是你已经回到了故乡"；但是我还是想回到真实的村庄，走进劳作过的田地，像一株麦苗拔节吐芒，像一株水稻扬花结穗。

何况熊培云在《一个村庄里的中国》里写过"在每一个村庄里都有一个中国，有一个被时代影响又被时代忽略了的国度，一个在大历史上气若游丝的小局部"，"我素来认为要知道乡村的秘密，和农民的隐情，唯有到乡下去居住，并且最好是到自己的本土去居住"，德国作家齐格飞·蓝茨在《我的小村如此多情》里写过"他生根在他所照料的土地上……敌对的自然变成了朋友，土地变成了家乡。在播种与生育、收获与死亡、孩子与谷粒产生了一种深刻的因缘"呢？

如果你有兴致，在超市里，或者在酒店里，细数林林总总的食物，其实也就源自几种植物：水稻、小麦、大豆、土豆。如果没有它们，没有它们的衍生品，我们贪得无厌的胃可能会起义，我们的生命可能难以存在和延续。

在这几种植物中，我最熟悉的是水稻。我生长于长江北岸，喝的是长江的水，吃的是用长江水哺育的稻米。我从河姆渡遗址知道，早在7000年以前，稻米已经出现在人类的陶碗里。稻米不仅喂养了我，而且喂养了我们民族；不仅滋养了历史，而且滋养了文化。

我对水稻心存感激。无论何时，只要看到它，我都会脱下帽子，虔诚地向它致敬。这正像我对于某些务实的人的态度。我敬重所有为人类做出贡献的人。他们像水稻一样，默默地生长，默默地付出，我以纤细的心，感受到他们内心的柔软。

让我心生愧疚的是，我也许算不上水稻的朋友。它的朋友是那些农具，它们出现在它生命中的各个阶段，全心全意地守候，无论朝夕和风雨。可是如今，由于世事变迁，机器切入，老辈成员之中，有些已经老去，蹒跚地走出我们的视野。所以我要记下它们，也献上我的敬意和怀念。

下面说的乌斗（又称"乌头""大梧头"，各地名称不一），就是成员之一。

乌斗是推稻农具，形似乌鱼，若干年来，一直游动在我的记忆里。乌鱼是吾乡说法，就是黑鱼，生性凶猛，繁殖力强，胃口奇大，常能吃掉某个湖泊或池塘里的其他所有鱼类。有朋友说，其得

乌斗

名于以前稻田乌龟很多，乱爬，这种农具颇像乌龟。乌斗可以在秧苗底下横行霸道，张牙舞爪，干掉厚厚的地脚草，为禾苗的生长保驾护航。也有称之乌头，像乌龟的头，又处于农具的前端。

春天里，把稻种浸透，放蒲篓（用芦苇编织的盛具）里催生出芽，再移至已经平整好的秧田（秧床）育秧。待秧苗长到半尺高，拔起，移栽到别的水田。栽秧的人，高高卷起裤脚，左把拿秧把子，右手撮起拇指、食指、中指，往田里栽插，像小鸡啄米。他们边栽边退，如偈语诗所说："后退原来是向前。"他们所用的农具，不过是套在右手食指和中指上的塑料套，因为栽秧太多，两个指尖磨平了，指甲缝里沁着黑泥，一季秧苗栽过，手指头都不能碰，一碰生疼。偶尔也用尼龙绳标线，即把偌大水田，隔成若干条块。按照条块栽出的秧，长大后，一畦一畦，犹如阅兵仪式上的方阵。

秧苗栽后五六天，微微泛黄。犹如婴儿初离母体，暂时失去营养而消瘦，打个呵欠，额头都是皱纹。这不要紧。过个十天半月，秧苗自会返青，由黄变绿，由嫩绿到青绿到墨绿，同时分蘖，一棵分为两棵，两棵分为四棵，叶片增多而且长高。初栽时每宕不过三五棵苗，结果长成一蓬蓬的，像灌木丛，原先的行距株距渐渐模糊，远远看去，是平整的绸缎般的绿。犹如王维的诗《积雨辋川庄作》："漠漠水田飞白鹭，阴阴夏木啭黄鹂。"不过，我小时候，从来没有见过白鹭，鸟鸣倒是不绝，但非黄鹂。黄鹂栖于树上，在枝间穿飞觅食昆虫、浆果，很少到地面活动，而西庆村属于圩区，没有高山，没有树林。

秧苗生长，秧苗底下的杂草也长，而且兴旺。杂草像野孩子，生命力强，敢拼敢抢。当秧苗长到叶片相叠，行距被掩的时候，杂草也悄悄长密，青青的一层，像青苔一样，开始跟秧苗争抢营养。它们胃口很大，又极皮实，如果不及时清除，秧苗的生长就会受到影响。在我的记忆里，至 20 世纪 80 年代初期，没有除草醚，都是用乌斗推稻。推稻就是推草，像说蒌菜也是蒌草一样。

乌斗是木制的，呈三角形，一头尖尖，尾部略宽，很像熨斗。更像运动鞋，鞋底有钉，驰骋稻田，稳稳当当。还像一叶扁舟，只是船底，倒插着寸把长的铁钉，如同伶牙俐齿；尾部插根长长的竹竿，仿佛竹篙。不过，我更喜欢把它比作乌鱼，显得更有生命活力。推稻的人赤脚站在田里，把乌斗插进秧苗之中，沿着行距，左推几篙，右推几篙，仿佛在织布上穿梭；推完几行，往前移步，接着左推、右推。由这边田埂，一直推到那边田埂。乌斗左冲右突，所过之处，杂草狼藉，哭爹喊娘。它像地下工作者，与杂草斗智斗勇，在看不见的战线上，默默奉献青春乃至生命。之后，撒遍化肥，秧苗疯长，杂草也会再生，试图东山再起。然而，由于秧苗更密，杂草皆被遮蔽，得不到阳光雨露，又曾大伤元气，难成气候矣。

改革开放之初，我家分得几块田，有块水田有两三亩吧。有年夏天，秧苗分蘖以后，我独自扛把乌斗下田推稻。如以诗意的眼光来看，那时，田园风光应该是很美的，颇合王摩诘的诗意。清晨时分，露珠挂禾，晶莹透亮，灵动媚人；太阳初升，万物生光，在所有植物的叶片里，一场叫作光合作用的生命游戏，正在欢快地进行，假如能够安静下来，可以听到细细的叶脉之中，绿色的汁液汩汩流动，像安静的小溪，在石头上面潺潺流过；微风吹来，叶片的尖端叠加，形成凝碧的波痕，又随风推向远处，如同西湖和瘦西湖上的涟漪；仰望天空，天幕蔚蓝，白云披拂，玩着变形游戏，猪马牛羊，鸟兽虫鱼，对了，有一架飞机，正慢慢飞行，像条鲹鱼，亮着白生生的肚皮……

但是我是独自劳作。从黎明下田，到日上中天，一行一行地往前推，离田的对岸还有一大截远。手臂酸痛，脚站不稳，黑衬衫湿了干，干了湿，印出层层盐霜。身处艰难之中，我无心欣赏那些风景，也做不了田园诗，倒有沉陷汪洋大海的感觉。不过，我不是个轻言放弃的人，我咬着牙，向着目标推进。也是巧，那天住在邻村的干舅妈，路过这里，怜我孤单，转身回家扛了乌斗来，从对面下田，迎着我推起来。我想起课文《愚公移山》，感觉她就是天神派来的二郎神。临近日落，我们终于在绿波的中心会合。我那时的感觉，就像红军穿过敌人的围追堵截，在井冈山胜利会师。

隔了十来天，我又单独推过一次稻。这次我提前搬来救兵，即我放养的几十只半大鸭子。他把它们赶进田里。它们爱钻稻田，如孩子进了游乐场，吃小鱼小虾、黄鳝泥鳅等，也吃水草，嘎嘎嘎嘎，恍若神仙。我呢，用乌斗跟在它们后面推，把残留的草推倒推断，速度快得像飞。田里时有黄鼠狼，会扑倒鸭子，咬断颈子吸血；但是由于我在田里，无形之中，充当了鸭子们的保护神，它们无法作案，只得逃逸。它们毕竟属于妖魔鬼怪之类，不行正事，是怕人的。

又过些日子，秧苗长到尺把高了，要薅两次。据说稻田杂草有四十多种，如莎草、牛毛毡、眼子菜、鸭舌草、矮慈姑、水苋菜、千金子、陌上菜、扁秆藨草、空心莲子草，等等。一株水稻长到成熟，变成稻米，端上餐桌，进入我们的肠胃，也要经历九九八十一难。这一点像人，出生入死，历尽劫波，颐养天年，寿终正寝，也非易事，所以得好好地活。我知道的杂草，有稗草、三棱草两种。稗草与水稻相貌相似，像堂兄弟，不同的是稻叶有毛，而稗草光滑。稗草本身不算坏人，稗草的籽可以酿酒，但它们抢夺水稻的营养，只能拔除。我那时也是独自薅稻，胳膊被禾苗戳得全是红斑，像害麻疹。幸亏不久就好了。

2018年5月，拙著《蔬菜物语》出版，书腰称其为中国版的《小森林》。《小森林》原是一册漫画，后被改编成同名电影。我看了电影，很喜欢里面的自然风光和种植活动。电影中有很多除草的场面，虽未使用乌斗，但让鸭子钻稻、薅稻的场景我都熟悉，用铲草机铲草根的细节也能理解。影片中的独白及话外音我都懂，感到亲切：

　　　　六月份，稻子长高了，就把鸭子放进去。它们吃杂草和稻穗上的虫子，而且游来游去能给稻子根部输送氧气，把水弄浑了可以遮蔽阳光，粪便可以做肥料，这就是西洋鸭种水稻法。

主人公柿子薅稻时，纪子奶奶问她："你在除草吗？"

柿子回答："是的，不让空气流通的话，作物要生病的。田里杂草的生命力越来越强，这艾蒿我昨天刚刚拔过，根部又已经长出嫩芽了，吓了我一跳。如果不及时除草，会变成杂草荒原。"

用力推，刀刃就会不断翻转，能耕地，还能锄草，草浮起来了，白色的草根浮起来了，但紧贴着稻子长的杂草还在，必须用手拔了。用手指把杂草挽在一块儿，像个赖皮的孩子往下坍，肩膀和背疼死了。还有牛虻、蚂蟥、蚊子、水蛇，等等。

回看前文，明写乌斗，实为回忆乌斗时代的往事。我离开稻田已有30年，与乌斗的离别也有30年。我不知道我当初用过的乌斗丢哪里去了，否则我会把它保存下来。乌斗与乌鱼同姓，像好兄弟，钻来钻去，有硬硬的头颅，能够承受打击。而我这个人呢，跟他俩一样，历经风雨，苟活至今，懂得"念念不忘，必有回响"的道理，更加珍视来之不易的幸福。

农民也已不用乌斗，年轻人更不知乌斗为何物。如今种水稻，再不用推稻、薅稻，也没有鸭子钻，除草剂喷两遍，农药打两遍，一切 OK。但是我怀念传统的种稻方法，虽然劳累，可稻米雪白，吃起来放心。我看过齐白石的《世世清白》，两枚柿子、两棵青菜，平常事物，味道真好。我的朋友周华诚在做"父亲的水稻田"项目，提倡保存传统种植的方法和慢。但愿星星之火可以燎原。还要谢谢干舅妈。谢谢您扛来乌斗，助我战胜困难。

还有一种除草农具，像小钉耙，作用类似乌斗，主要用于旱地作物除草。现在也早已消失了。

《小森林》中有句独白，我最喜欢："我每天到田里去，稻子会听着人的脚步声慢慢长大。"在我看来，稻子是有生命的尤物，冰雪聪明，怀着感恩的心。

锄头：锄禾日当午

唐朝诗人李绅的诗《悯农》，是很多孩子进入古诗王国的入口。其诗曰："锄禾日当午，汗滴禾下土。谁念盘中餐，粒粒皆辛苦。"首句就出现了"锄"。

锄，又称锄头，在农具家族中，堪称鼻祖级别。《释名·释用器》云："锄，助也，去秽助苗长也。"意思是：锄的作用是去除杂草，并帮助禾苗苗壮成长。

成语"铲草兴锄"，其典故是，刀耕火种时期，先祖们用刀挖地、铲草（野火烧不尽，春风吹又生，草的生命力旺盛），使猛劲儿，结果刀弯曲了。神农氏便教他们把弯曲了的刀反过来用，居然非常省力，从此有了"锄"。此故事当然是虚构的，因为最古的刀其实就是石片，石片如何能够弯曲，要不就是断裂。但它说明，锄头的出现，已经很有年头，肯定比"山上有座庙"要悠久得多。

成语"耕前锄后"，说的是陶渊明故事。他由彭泽县令归隐后，每日过着耕读的闲适生活，他的妻子也和他一起劳动，人们称其夫妇为："夫耕于前，妻锄于后。"形容夫妻感情融洽，同出同进地勤劳耕作。这种场景颇似《天仙配》中"你挑水来我浇园"，是古时的"我能想到的最浪漫的事，是陪你一起慢慢变老"的形象描述。可惜现代人圈子太多，夫妻各有各的独立空间，两人交集越来越少，甚至最后不得不"断舍离"了。

假如你喜欢古诗，就会经常邂逅锄头，这也说明锄头寿命之长，用途之广。且以名家诗句为例：

日出布谷鸣，田家拥锄犁。（李白《赠从弟冽》）

岁暮锄犁傍空室，呼儿登山收橡实。（张籍《野老歌》）

山色锄难尽，松根踏欲无。（贯休《送僧入石霜》）

此外有余暇，锄荒出幽兰。（孟郊《新卜清罗幽居奉献陆大夫》）

匠正琉璃瓦，僧锄芍药苗。（元稹《和友封题开善寺十韵》）

垢面跣双足，锄犁事田坡。（欧阳修《读徂徕集》）

锄草春愈茂，荞草秋亦衰。（陆游《杂兴四首》）

深感自豪的是，张籍乃吾乡人氏，他的《秋思》家喻户晓；欧阳修与吾乡有关，他是吾乡北宋歌豪杜默的朋友。

锄头可以锄草、锄花，还可锄山色、出幽兰。最出名的是锄豆：

种豆南山下，草盛豆苗稀。

晨兴理荒秽，带月荷锄归。（陶渊明《归园田居》）

大儿锄豆溪东，中儿正织鸡笼。

最喜小儿亡赖，溪头正剥莲蓬。（辛弃疾《清平乐·村居》）

如今，年纪轻些，假如不会背诵这两首诗，差不多可以算作文盲。

我生于乡间，从小热爱劳动，锄头相当于我手中的兵器，我用锄头与杂草们展开鏖战，旷日持久。杂草是打不死的小强，我也不是轻易言败之人。当然，锄头的作用不仅仅是锄草，还有松土。锄地，锄地，就是给地松土的意思。土地也有生命，也要呼吸，锄地就是给土地打开呼吸通道。现在，国家大力发展交通，那南来北往的车流，就是吞吐日月的宏大叙事。

刘亮程在《一个人的村庄》里写道：

阳光对于人的喂养，就像草木对于牲畜。

我们以为不让地荒掉，自己的一辈子就不会荒掉。现在看来，长在人一生中的荒草，不是手中这把锄头能够锄掉的。

但是我们依然要锄，挥舞锄头向杂草宣战，在与草木的拉锯战中，证明自己来过。

锄头的家族庞大，单我见过的，就有二十来种。从锄头把说，有的长过两米，有的不足一尺；有的是细毛竹竿，有的是铝合金管。从锄头头说，虽皆铁制，形状有别，有的如同半个月亮，有的如同梯形铁塔，有的厚重沉稳，有的薄如蝉翼。你想，那林黛玉用的花锄，与我太太锄菜用的锄头，能一样么？从制作方法说，传统的锄头都是把锄头头与锄头把楔在一起，锄头头容易脱落，而我前不久买的一把锄头，是用电焊把两者直接焊在一处，结实得多。

我的少年伙伴永兵，他父亲是铁匠，他自己也打过铁。他小的时候，父亲用小铁锤打秤钩、锅铲、牛鼻拘时，他帮着拉风箱；等他渐渐长大，父亲用钳子把烧红的铁块从炉子里夹出，放到铁砧上面，他就抡起大铁锤敲击，直打到铁块冷却变青，回炉煨红再打。加式的农具渐渐发展到镰刀头、锄头头、铁锹头等大件。我甚至看到父子俩，用熟铁打成一口锅，煮饭烧菜都比生铁锅来得快，而且不易生锈。

大件定型之后，永兵用钳子夹住一个铁錾，按在某显眼处，一锤砸下，留个阳文"雍"字。这是他家的名号，犹如书画家的钤印。我想，敢錾"雍"字，也是底气和信誉。我到西安看兵马俑，听导游说每个兵马俑背后，都刻着制作者的名姓。我们县城有座清末修复的鼓楼，每块墙砖上都刻有"光绪辛卯春""知州罗锡畴督造"字样，字迹苍劲，古朴雅致。这大概是古代的信用标志。如今，有些产品生产厂家隐匿不见，浩大工程捞钱者众、担责者无，真是古今有别。而今，永兵家的铁匠铺早已无存，但那叮叮当当的响声、那纷纷扬扬的火花，铭刻于心。

从语言学角度分析，锄字的用法极为有趣。比如锄草，就是清除杂草；可是锄禾不是锄掉禾苗，而是除去杂草，锄油菜、锄小麦、锄花生、锄山芋、锄芝麻等等皆是。"锄禾日当午"，是说趁着中午锄地，好让太阳把锄倒的杂草晒死；而"汗滴禾下苦"，那是为了帮助农作物抢占空间，抢夺肥力，作为农夫，只得委屈自己。其实，放眼古今，哪个成功者不是汗水湿透衣襟？

三十多年前，我还在大学读书，那时听到张明敏演唱的歌曲《走在乡间的小路上》，仿佛回到老家的田地中间。我在开满油菜花的田埂上，用口琴吹奏那优美的旋律，"荷把锄头在肩上，牧童的歌声在荡漾。喔喔喔喔他们唱，还有一支短笛隐约在吹响"，眼前浮现出少年时期锄地的动人情景。

所幸的是，现在我经常扛着锄头劳作。不是种粮，而是种菜。种菜少不掉锄头的参与。每当挥锄锄草、松土、敲碎泥块时，我都能听到阳光穿过桂花树而直落下来的清脆笑声，听到蔬菜们的窃窃私语以及每朵花儿的深情歌唱。我的心情极好，似在跟随蜂蝶飞舞，似要追随翠鸟飞到天上。

休息时，我会想起《论语·微子》中荷蓧丈人的自得，想起陶渊明《归去来兮辞》中"策扶老以流憩，时翘首而遐观"的惬意，想起米勒名画《晚钟》中一对年轻的农村夫妇虔诚的祷告。在我看来，他们既是表达对上帝的感激，也是表达对大地、阳光、雨水、植物的感激。

我想，老电影《甜蜜的生活》中，那些寄生于罗马街头的所谓文明人，比如新闻记者马尔切洛、贵妇玛德莲娜、美国女星西尔维娅、"除了做饭只会做爱"的艾玛，要是拿起锄头劳作，或许不会百无聊赖，以至于颓唐至死。

近读村上春树的小说《国境以南，太阳以西》。名字叫"初"的初恋女友岛本，向"初"解释什么叫作西伯利来臆病："太阳从东边的地平线升起，划过高空落往西天的地平线——每天周而复始目睹如此光景的时间里，你身上有什么突然咯嘣一声死了。于是你扔下锄头，什么也不想地一直往西走去，走火入魔似的好几天不吃不喝走个不停，直到倒地死去。"我觉得，人应该有追求，但是实在不该扔下锄头，否则犹如安泰离开大地，老无所依。

当代作家姚广在《楼阁江水·好日子》中写出人与锄头的亲密关系：

> 3周岁的女儿与父亲相处的时间少，就像我与这把锄头，我所有使用过的农具一样，血液里有着说不出的亲近。

2017年10月，我不小心把腿跌伤，卧床两月，需要下床的话，必以拐杖代步。就想到处世不易，活着太累。你得懂得跌伤以后的休养知识，你得能够分辨五花八门的海量信息。但看微信，讲养生的帖子比比皆是，谈人生的文字寥寥无几。我觉得，我们不仅需要一副支撑躯体的拐杖，而且需要一副支撑精神的拐杖。而锄头，是可以当作拐杖用的。

明代张翀《浑然子》中有篇《农夫耕田》，对现代人很有意义：

> 农夫耕于田，数息而后一锄。行者见而哂之，曰："甚矣，农之

惰也！数息而后一锄，此田竟月不成！"农夫曰："予莫知所以耕，子可示我以耕之术乎？"行者解衣下田，一息而数锄，一锄尽一身之力。未及移时，气竭汗雨，喘喘焉不能作声，且仆于田。谓农夫曰："今而后知耕田之难也。"农夫曰："非耕难，乃子之术谬矣！人之处事亦然，欲速则不达也。"行者服而去。

这篇寓言的意思是，有个农民在田里耕种，喘几口气以后才挥一下锄头；有个过路人看见了讥笑他懒，并示范给他看，可没有多长时间，就累得汗如雨下，气喘吁吁，连声音都发不出了，最后倒在田里。它告诉我们：凡事要掌握节奏，欲速则不达。锄田是这样，人生也是这样。

秧拔子：棉花苗的轿夫

戊戌狗年春晚节目已经出炉，开场歌舞是由申霏霏领唱的贺岁歌曲《嫁狗》：

嫁鸡随鸡，嫁狗随狗；嫁乞随乞，嫁叟随叟。

执子之手，风雨同舟；要你忠诚，别无所求。

我就想到鞋拔子、秧拔子。鞋拔子是把鞋子拔上来，跟着人走。秧拔子是把正值妙龄的棉花苗，一株一株地拔起，移到大田栽种。秧拔子像轿夫，像电影《红高粱》中抬着巩俐扮演的"我奶奶"戴凤莲，往李大头酒坊去的轿夫。

吾乡习惯，蔬菜、农作物，凡可移栽的幼苗，多称"秧子""秧苗"，如菜秧子、豆秧子、瓜秧子、水稻秧苗、棉花秧苗。你把它们拔起，移栽别处；它们就在那里生根、开花、结果，无怨无悔，至死不渝，也有"嫁鸡随鸡，嫁狗随狗"的意思。而秧拔子，则专指为棉花苗出嫁而准备的农具。

秧拔子有大小两种，先有大秧拔子，后才出现小秧拔子。大秧拔子约半人高，样式像自行车的打气筒。分底下的"拔头"与上面的"手杆"两部分。"拔头"系铁铸成，内外两层，像套在一起的两只圆筒，里层是活动的，上有横档可以踩踏；外层是固定的，上沿接着两根"手杆"，像拉杆箱的拉杆，上有横把。早前育棉苗时，农人是把棉籽（棉花轧出棉絮以后，剩下的像羊粪粒似的核，可以炸棉籽油，可以喂牛）撒在田里，密密麻麻；待棉苗生出，用它拔出，挑到大田；再用它打宕子移栽。整个过程，就像把棉苗养大，嫁到人家。我少年时期，时常参与此项劳作，把秧拔子当玩具玩，乐此不疲。

后来，棉花育苗技术革新，有了小秧拔子。它跟矿泉水瓶差不多高，差不多粗，样式跟大秧拔子相同。于是再到育苗的季节，它们先后上场，各有用处。人们用小秧拔子做营养钵培育棉苗，用大秧拔子移栽棉苗和补宕子。使用它们时，类似黄宏演的小品《装修》中的黄大锤，先是小锤抠缝儿，然后大锤搞定。

棉花拔

这个时候，我念初中了，又参加过学农活动，对育苗、移苗的过程印象更深。记得每年清明前后，油菜花开得金光灿烂的时候，人们便开始整地。先犁出半亩大的空地，用铁耙把泥堡打碎，用锄头把碎的土块打绒、捣平，绒似面粉，平似门板，再用铁锹抽出田沟，分若干双（条形小块，多称为"畦"），用锹背拍得严实。

接着做营养钵。双手握住横把，用力把小秧拔子插进土里，到一拃深时，左右旋转几下，向上拔出酱油瓶似的圆柱形泥坯，这便是"营养钵"。把它们成排竖在空双子（又叫钵床、棉花床）上，再把用水浸泡过的黑豆似的棉粒种在上面（每个泥坯上面种两粒，防止有的棉籽被虫钻空不生），然后盖上一层灰粪，再盖一层稻草。之后每天用喷雾器均匀地喷一次水。约莫过了七八天，棉籽会冒出柳芽似的芽，抽出豆芽菜似的弱弱的茎。这时，要揭开稻草，让它们吸收阳光和热量，让它们自己长。

在农活中，做营养钵是轻松的活，生产队多派妇女和弱劳力做，也没什么技术，只是要有耐心。妇女们一边做，一边聊些家长里短。油菜花的香味在空气中飘浮，麦苗和紫云英把人的眼睛染得碧绿，鸟儿在树上鸣叫，一切是如此美好。

到了5月里，油菜割倒，麦子上场，地也腾出来了。接着犁田、耙田，把田地整得如同画纸，准备移栽棉苗。棉花跟油菜一样，属于旱季作物，不像水稻一刻都离不开水，所以多种植在山地（俗称山田），或者地势较高不易饮水的地方。

人们先用铁锹把营养钵抄底铲起——那时棉花苗已经长出三四片绿叶，放入挑筐（用竹篾编织而成，圆形，直径70—80厘米，高10厘米），挑到平整好的大田里。再用大秧拔子在双子上打出又圆又深的宕子，把营养钵放入，加入虚土围实。因为宕子必须比营养钵略大，营养钵才能放进去。整个过程，就像植树活动中的带土移栽，成活率高。打宕子的方法，跟做营养钵相似。人用双手抓着横把，用脚往下踩里层铁档，约有半尺深时，旋转几次，把土块拔出，即是宕子。因为宕子较大，更费力些。

为什么不直接把棉籽点在大田，而在移栽呢？主要是赶季节。

种菜几年，我终于会背"二十四节气歌"了，也才知道所谓节气，其实是提醒农民按时播种的钟点，就像钟表提醒我上下班的时间，误了钟点，就误了农时，农作物就长不起来，折产，甚至颗粒无收。我读初中时，应该是1976年前后，我们生产队种过三季稻，因为气温太低，结果秧苗才长到一尺高就扬花吐穗，结的全是瘪谷，只能当牛草喂牛。费时不说，连稻种都没收上来。农民做田，虽然讲不出多少道理，但是很有经验，他们极遵守自然规律，不与季节较劲，不相信人的力量无限，可以大过天地。事实上，无论做什么事情，都要遵守规律，否则最终多是得不偿失，受害的还是自己。

1983年我大学毕业，分到石杨中学教书，冬天盖一床一指厚的被褥，夜里翻身腿肚子冻得抽筋，次日醒来脚底还是冰冷的。所以我经常骑着自行车，往返五十多千米，回老家乌江，到自己家田里劳动。印象最深的，就是10月份拾棉花。田里白了一片，不拾就给人家拾了。我系着大围兜，双手摘棉花往里面放，有时将洁白的棉花贴在脸上，感到莫名的惬意与温暖。

棉花苗移栽之后，就是锄草、施肥、治虫，如果长久不雨，还要浇水。锄草的目的不仅是锄去杂草，还有松土的作用。泥土也是有生命的，长久不锄，就会板结，不利于棉苗生长。施肥是把化肥融化于水，浇在棉苗根上，增强生长后劲。治虫分地上虫与地下虫两种，地上虫蚕食叶片，须用喷雾器喷药；地下虫咬根茎，你今天看棉苗叶片挺括，在风中招展，明天或许蔫了，用手轻轻提起，根已断掉。这时，就用大秧拔子在原来的位置上打出空宕，再从密的地方剪一株棉苗补入。等棉苗长到小手指粗，地老虎就咬不动了。

那时，我跟在许爱农大伯后面，沿田沟走，两眼盯着棉苗根部，看有没有洞眼。如有，即用铲子轻轻挖开，时常会有一种叫"土狗子"又叫"地老虎"的虫惊恐爬出。我追上去把它踩死。多年后，我才知道，它的学名叫蝼蛄，又叫拉拉蛄，属直翅目蝼蛄科，是主要的地下害虫。

许大伯读过书，会讲故事。天热的时候，他带着我们坐在树阴下休息，讲"苍蝇围着笔杆飞"的冤屈故事，讲"都来看都来瞧"的夫妻故事，成为我热爱读书与写作的启蒙课。

到9月，太阳的酷热悄然消退。家家都忙着割稻，棉花结出花蕾，挂一身桃子，兀自成长。棉花的花会变颜色，与牵牛花相同。花朵好看，"谁知泽被苍生外，姹紫嫣红别有花"，写的就是棉花的花朵。到了10月，满田白，"忽如一夜春风来，千树万树梨花开"。我摘棉花时，如是时间宽裕，我喜欢在棉秸上揪，棉絮如云，有清香味；如果没有时间，就连棉桃子一起摘下，晚上回家把棉絮扯出来。会沾些屑子，不要紧的，用弹弓一弹就落下来了。过了几年我结婚时，就用积存的棉花弹了两床新棉被，妻子家里又陪了两床。冬天睡觉腿不抽筋，脚也热了。

末了，我想说说老家乌江镇的棉花。它叫"乌江卫棉"，一度闻名遐迩。镇上有座美龄楼。三间宽敞高大的平房，青砖红瓦，实木地板。门前是当年打的水泥地，几十年了，虽已龟裂，却很坚硬，毫无粉化痕迹。新中国成立前夕，国民政府在乌江建立棉花生产和加工基地，据说宋美龄曾经莅临视察，在这平房住过一晚。

国民政府之所以要在乌江建立棉花基地，是因为自明代起，这里的棉花已有名声。我查阅《和县志》，说境内下卫村系沙质土壤，所产卫棉品质上乘，即洁白柔软，纤维细长，富有弹性，透气性好。清代和州学政吴本锡有诗赞曰："湖州丝棉被天下，温暖不如乌江花。贾舶欲来好天气，家家白雪晒檐牙。"民国时期，长江沿岸城市棉花行，都要挂上一块上书"本行专售乌江卫花"的牌子，以招徕顾客。

从20世纪80年代开始，市面上出现了真空绵、羽绒被、蚕丝被、驼绒被，各种面料的棉衣也多起来。因为有了空调，有些爱美的年轻人，连棉衣也不穿，棉鞋更是成了古董，因此棉花的地位陡然下降。秧拔子自然也不见踪影，想在书里和网络上找张图片都不容易。但我还是喜欢棉花制品，比如棉被，洁白、温暖，一晒，像吹气似的，用拍子打，嘭嘭地响，犹如天籁。

当地民歌里还有几句歌词："哥哥一回头，吓死一头牛；无论美丽与丑陋，妹妹跟你走。哥哥一开口，地球抖三抖；无论贫穷与富有，妹妹跟你走。"我对棉花的感情也是如此，不离不弃，所以也格外想念秧拔子。

追肥棒：肥要追在根上

这回说说追肥棒。名曰追肥棒，其实就是一截树棍、一根木棒。身长一米，粗可盈握，短小精悍，顶天立地。它站在麦地中间，稳稳当当。它说：现在，我是世界的中心！就像阿凡提的驴，用蹄子敲击地面：这里就是世界的中心。它知道，民以食为天，没有人能够断食成仙。

我爱看电影。我看过的电影中，有两部安排了中场休息，一部是《叶塞尼亚》，一部是《甘地传》。可能是由于放映时间超长，怕观众累，让观众的眼睛稍稍关闭歇息。其实在漫长的传统农业中，也有很多稍事休息的瞬间，比如追肥的时候，可以偶尔直起身子看一看天，聊一聊农事、风俗和家长里短，偶尔也聊风花雪月，有时粗犷，有时含蓄。

2018年1月3日夜间，在立冬之后、小雪之后、大雪之后，在小寒之中，吾乡下了一场大雪。这是新阳历年的第一场雪，不由得想到"瑞雪兆丰年"的谚语。翌日，步出城外，踏雪看田。田里一片白，油菜、小麦皆被雪覆盖，平展如巨幅的宣纸。又想起少年时期，飘雪之际，菜地里、麦地里突起一块块的塘泥堡，如披挂着雪袄，如突兀的乱石，如翻腾的浪花。待到春暖花开，泥堡皆被冻酥，粉化如齑，像撒了一层黑色的肥；惊蛰时节，麦苗渴望长大，而地力不够，需要追肥了。

我母亲曾经说过："好钢用在刀刃，好肥追在根上。"由于我曾躬身劳作，虽然时隔多年，往事如昨，话犹在耳。我记住了追肥，记住了追肥棒，记住了母亲的话。

所谓追肥，是指在作物生长过程中加施肥料，是为了满足作物某个时期对养分的大量需要，或者补充基肥（又叫底肥，是在播种或移植前施用的肥料，为作物生长发育创造良好的土壤条件，也有改良土壤、培肥地力的作用）的不足。生产上通常是基肥、种肥（指播种同时施下或与种子拌混的肥料，供给幼苗对养分的需要）和追肥相结合。

追肥不是一次性行为，在作物生长的不同时期，都需要补充肥料。例如育苗肥、分蘖肥、拔节肥、孕穗肥。追肥的方式有点肥、撒肥、喷肥、滴灌、插管，等等。在我小时候，都是点肥。因为追施的肥料都是颗粒状的速效肥，容易挥发，所以要埋入土里。用点肥法，虽然费时，但是可以节省肥料，增加肥力，省钱高效，何况以前买化肥都要计划，不找人买不到。

点肥就要用到追肥棒了，即追肥棒。我国的农业生产至今已有上万年的历史，相伴而生的农具也有上万年的高寿。在原始社会早期，我们的祖先取得了两大文明进步：一是学会用火，二是学会制造和使用工具。最初的工具是石器、木器，最初的农业是刀耕火种，最初的农具是石块、木棒。我国古代传说中，有所谓烈山氏（即炎帝，号神农氏，号烈山氏，"教民耕农"），他的儿子名"柱"，"能殖百谷百蔬"，"自夏以上祀之"。所谓"烈山"，就是放火烧荒，所谓"柱"，就是挖眼点种用的木棒。之后，木棒发展为耒、耜（《周易》记载："神农氏作，斫木为耜，柔木为耒，耒耨之利，以教天下。"），再分别发展为锄头、铁锹。如此说来，木棒是农具的祖先，而追肥棒实现了与祖先的对接，像接力棒，如同我们对于传统文化的传承。

追肥棒到底是什么样子的呢？开头说过，追肥棒就是一截树棍。当然要直，便于使劲。最简单的追肥棒，是在下端砍个凹槽，可以用脚尖踩踏，使尖端深入泥土；复杂些的，是在树棍末端安上 10 厘米长的铁锥子，在铁锥子以上套上横档，在最上端安上短柄。追肥时，多是两人合作，一人别洞（以 10—15 厘米深为宜），一人丢肥，别洞的这人再用脚把丢过肥的洞踩实。点肥多是男女搭配，如果配合默契，不仅速度快，还可说说闲话。从组合方式，可以看出关系亲疏，还可培养感情。我们村里的王祖福和三丫这对夫妇，就是点肥时搭档，日久生情，成为夫妻的。也可以一个人点肥，自己别洞，自己丢肥，一会儿直腰，一会儿弯腰，很耗时间，人也累。那些点肥的人，多是内向性格，或者是新寡妇，或者是成分高的，别人就是想帮，也不好帮、不敢帮。过了几年，包产到户了，有了半自动追肥器，就像电钻，上接漏斗，另有配套设备输肥管、贮肥袋等，一个人可以独立完成别洞、丢肥和覆土三步工作，而且很快。因此，王祖福和三丫的追肥恋爱故事就此成为绝唱。

从理论上说，凡是作物都需要追肥，如栽花种草植树，而我说的追肥对象指的是农作物，主要指麦子、棉花、油菜、花生。印象最深的，是给麦苗追肥。开春后冬小麦进入返青阶段，接着是分蘖期至拔节期，这两个生育期对于高产冬小麦来说都是非常关键的，也是春季追肥的重要时期。根据苗情，追一到两次。以尿素（尿素是氮肥，易溶于水，撒施地表不覆土，养分溶于雨水而流失，还会黏在叶面上造成小麦烧伤）为主，磷肥钾肥为辅（现在皆用复合肥，一次成功）。首次追肥多在立春之后，天气转暖，雨水充沛，麦苗迎风长，如春笋拔节、少年发育，亟须补充营养。

追肥不是累活，也无技术含量。春风吹着，天空高远，不知名的鸟在头顶上飞来飞去，人们边追肥边聊天，心情都好。就如古人"断竹、续竹、飞土、逐肉"那么简单，就如古人"日出而作，日入而息，凿井而饮，耕田而食。帝力于我何有哉！"那么随意，甚至可以发发呆。去年年底，白岩松在上海同济大学演讲，放言"发呆是创意产生的时刻"，理由是现代人随时随地都能用网络连接全球各地的新鲜事，脑子成为别人思想的跑马场，没时间也没兴趣思考，结果脑子僵化硬化，如生锈的铁锹，如长久不用的电器，如久卧车库里的汽车，渐渐报废。记得那时我似乎也时常望天，可惜没有产生创意。

在我看来，现代人还有个毛病，就是太过现实，凡事谈效益，总想着如何使利益最大化。曾流行过标语"时间就是生命，时间就是金钱"，时刻关注的就是钱。也流行过所谓稻草价值的故事。说一根稻草，扔在街上，就是垃圾，与白菜捆在一起就是白菜价，与大闸蟹绑在一起就是大闸蟹的价格；说与谁捆绑在一起很重要，与什么样的平台合作也很重要，等等。本质上还是钱。如今，存钱贬值已是不争的事实，手里余点钱，做不了生意，炒股又有风险，于是投资房产。可是房子是用来住的，不是用来炒的，不能超过刚性需求，一旦超过就会形成泡沫。中国人财富的63%表现为房产，如果房价下跌，就等于财富缩水。结果呢，人心随着房价起落，所有人都没有幸福感。

民国老头丰子恺，画了很多漫画，写了很多散文。我时常读他的作品，也有很多感慨：小时候，我们闲来追蝴蝶，现在只追梦；小时候，虽然拥有很少，但我们乐子很多；小时候，粗茶淡饭，吃得很香；小时候，大人舍得放养，孩子也懂得自强。从人类历史来说，远年的农耕时代，也是小时候。天高地远，云淡风轻，黄发垂髫，怡然自乐。

古今中外，写麦子的诗文俯拾即是，可以信手拈来。如白居易的《观刈麦》，如海子的《麦地》，如赵本夫的《无土时代》。赵本夫虚构了教授敲裂城市街道的水泥路面种麦和在转盘里种麦的细节，反映出城市人对麦子的感恩与牵挂，对土地的深情与珍爱。麦面是北方的主食，也是南方人的最爱。现在，养生学大行其道，红遍网络，是人都怕营养过剩，有些人早晚面食，老弱病残更是。我还有两段深刻的记忆：一是炒焦面吃。母亲把麦粒淘净、晒干，放铁锅里炒熟（炒焦一点更香），用石磨磨成褐色的面粉，用滚开的水冲着吃，满嘴面糊，满屋飘香。二是炒麦子吃。母亲去世不久，我到乌江小学初中班（那时很多小学附设初中，谓之"戴帽子初中"）读书，常到舅奶家，和小表姑小表叔玩。舅奶时常炒了麦粒，给我们当零食吃。现在，舅姥舅奶已不在人世，小表姑小表叔也杳无音讯。

犹记少年时追肥的搭档李香香。我俩是同学，又是邻居，走得较近，时常搭帮。我喜欢她，她对我印象也不差；但都还在读书，我家里又极穷，母亲去世了，没个热心人说好话，走着走着就散了。如今想来，追肥棒只是撑住现实的拐杖，而非获得幸福的魔杖。

夹泥盆：还我绿水青山

今日大雪，是一年中第 21 个节气。

小麦、油菜都已出芽，较肥沃的地里，麦苗如浪，油菜油绿。庄稼都很懂事，自己长大，不像孩子烦人。田里暂时没什么事了。老人负暄闲聊，家人围炉夜话。此之所谓冬闲。

如果搁在几十年前，这时节，晚上是闲，但是白天的活早安排好，就是拾粪、堆肥、夹塘泥、挖塘泥、挑河堤、挑水库。

农村有句谚语："春天刮地皮，夏天压绿肥，秋积高温肥，冬挖坑塘泥。"四句话说的都是积肥的事。所谓刮地皮，不是说贪官污吏搜刮民脂民膏，而是指用镰刀割草、用锄头锄草皮沤肥，又叫打秧草。民国野史中，有幅旧联，"大鱼吃小鱼，小鱼吃虾，虾吃泥，泥干水尽，天只剩空气；省府刮州府，州府刮县，县刮民，民穷国危，地无存草皮"，说的就是这个意思。压绿肥是指用犁把碧绿的红花草（紫云英）耕掉，把田里放满水就地沤肥。高温肥是把人、畜粪尿和草屑、草木灰等混合搅拌，堆起发酵。

坑塘泥也是肥，也有很多农谚。例如：

> 沟泥河泥水杂草，都是省钱好肥料。
> 一担塘泥一担金，一车脏土一车银。
> 污泥湿湿挑下田，庄稼至少长两年。
> 挖塘泥，送田里，防旱防涝又肥田。

我上小学，就知道句俗语，叫"庄稼一枝花，全靠肥当家"。上初中，有门农业基础知识课程，上有农村"八字方针"，即"水肥密保土种工管"，"肥"排在前面。所以从小脑子里就有这个概念，要上厕所的话，老远就往自家的粪坑跑，看到牛要屙屎，赶紧把两手张开，在掌心里垫了稻草接着。

在我们乡间，积肥不分季节，是肥就要。那个时代，化肥也少，买肥需要计划，别说没钱，有钱也买不到。很多人到城里挑厕所粪。路遥小说《人生》中，就写到高加林到城里挑厕所粪时，与人为抢粪而打架的事。

入冬时节，更是积肥的大好时机。把草屑、草木灰、鸡屎粪、猪屎粪、牛屎粪等，攒成小山，外面用烂塘泥抹得严严实实，让里面的肥料发酵。那小小的山，就叫粪堆。冬天的早晨，粪堆会发热冒烟，孩子们往顶上爬，你堆我揉，谓之抢山头。吾乡有句俗语，谓"粪堆也有发热时"，说的就是这事，比喻穷人也有翻身的机会。我小时家贫，时时以此安慰自己："面包会有的，牛奶会有的，一切都会有的。"（出自苏联影片《列宁在 1918》，列宁的警卫员瓦西里对妻子说的话。）

可是夹塘泥我没干过。我力气小，胆子也小，干不了。那时，村前村后都有池塘，村外也有池塘，谓之吃水塘、当家塘。由于腐烂的水草、沉积的淤泥，易把塘口淤实，每年冬天都要给池塘清淤。清淤的方式有

泥夹子

泥兜

两种，一是用泥夹子夹，二是用水车车干塘水挑泥，谓之挑塘。

夹泥要用夹泥盆。这是很大的盆。呈椭圆形，近似圆形，长约两米，宽约一米五，深约零点五米。盆的两侧，各安两只拳头大的铁环，以便搬运。此盆可以浸泡稻种，可以充当渡船（那时河道无桥，以此摆渡），当然，主要是用来夹泥。至今，我不知道，这么大的一张盆，人们是怎么箍成，又怎么搬运的。

我家邻居杨大伯，五十多岁，是夹泥好手。他脚穿靴子，腿绑着塑料皮，站在盆里靠前部位，身体前倾，双手分别握着泥夹子的两根长把（是长竹竿做的），插入水中，用力地往淤泥里按。接着，他把两根长把合拢起来，像握着一把老虎钳，慢慢地往上提，等泥夹子提到盆沿时，稍稍停住，把水沥干，再把淤泥倒进盆里。他不断重复这一系列动作，娴熟而轻松，像如今的年青人熟练地敲打键盘；他同时呵呵地唱歌，不知道唱的什么，像卡洛儿的唱唱，又像周杰伦的说唱。

杨大伯边夹边唱，盆里的泥越积越多，盆吃水越来越深，已经擦到

挖泥盆

铁环，他人不断后移。我瞪大眼睛，很担心他，怕盆沉了，或者翻了。他笑着说："不怕，我是河神！"再后来，他把盆划到塘边，用泥锹把烂泥甩到岸上，又返回池塘中心，继续夹泥。他一天要夹上来几十盆泥。他经常会夹到螺蛳、

河蚌，有时会夹到泥鳅、黄鳝、螃蟹、黑鱼，扔到岸上也不动（它们睡得真沉啊）。还会夹到菱角、老藕甚至鸭蛋。我把那些东西捡起，给他带回家烧吃。他有时喝点山芋干子酒，既解疲乏，又可驱寒。

用泥夹子清淤，多在雨雪较多的时候进行。如果哪年连日晴天，生产队长老庆就会让人用水车把塘水车干。水车干后，大人孩子都把裤子卷到大腿，慢慢走到淤泥里摸鱼。冬天的鱼好摸，探到它了，它不动弹，所以即使是像我一样笨的孩子，也能有些收获。再过几天，等塘泥被冻成块，人就直接下到干塘里，用铁锹挖塘泥，用粪箕挑上来，就近倒在麦地或油菜地里。

还有一种大钉耙，可以斜斜插进淤泥，再往上提。比用泥夹子费力，用得较少。

挖塘泥是累人的活儿，但其间却充满了无限的乐趣。老庆是总指挥，他常把挖塘泥的人分成三组：一组是年轻力壮的，分配在塘底，负责用铁锹把塘泥甩上塘沿；二组是年老体弱的，安排在塘沿，负责把甩上塘

沿的塘泥铲进粪箕里；三组是妇女以及才上工的半劳力，负责将整筐的塘泥挑到田里，如果路比较远，就两人倒肩。

淤泥被夹完或被挖走后，等到来年，池塘不仅蓄水多，而且水也清澈，养鱼更不会"泛塘"（由于水质污染，鱼类缺氧上浮的现象）。村人在里面淘米洗菜洗衣服，捞浮萍，摘菱角。我在里面学会了游泳。我把蝴蝶的姿势、青蛙的姿势展示给水中的鱼看；我仰躺在水面，看天，在天蓝和水蓝之间，我是漂浮的梦。我甚至看见了想象中的山的雄姿。我摸鱼捞虾，捉螃蟹，螃蟹小小的身体上全是武器，不过它没有什么恶意，它最大的愿望仅仅是防止被抓住、被伤害。渴了，就抿几口水喝。家里吃的水，也是起早从池塘里挑回家的，倒在水缸里，很清，都不用明矾澄清。

那些油黑的土被挑到田里，一大块一大块的，不用管它。一个冬天过来，它们都冻酥了，摊在田里，像黑黑的面粉。原先被覆盖着的麦苗、油菜，悄无声息地钻出来，叶片又肥又厚，绿油油的。茅盾《白杨礼赞》里写的麦浪，海子笔下一望无际的麦地，就是这个样子。

可是我没想到水塘也会有淤实的时候。

我虽然在外读书、就业、安家，但是心里牵挂故乡，每年都要回家。我发现人们不再夹塘泥、挑塘泥，那能够映照蓝天白云的清冽的水不见了，僵卧在面前的，是浅浅的一瓢浑水和肆意扩张的水草，浑身糊满污泥的老牛，在无可奈何地甩尾摇头。它像曾经丰盈无比光彩照人的女子，如今变得干瘪、邋遢、丑陋。总之，这些曾经用蓝色的漩涡激起我最初诗意想象的池塘，如今已是面目全非。

想起时常经历的水患。它每每使人民的生命财产受到威胁，而成千上万的人死守江堤河堤的"壮举"原本应该可以避免。就像我们村庄的水塘，本来很大很深，夏天雨水多时可以储水，能够分担江河泄洪的压力，可是现在这个功能完全丧失。好在现在，农村开始重视池塘的胃功能了。只是不再夹塘泥或挖塘泥，而是用高压水泵冲塘泥，再用管道把泥浆吸走。这当然好，可惜再没人把淤泥当肥料使用，而拼命地用化肥，致使土地的品质日趋下降。

回到题目，还我绿水青山是个浩大工程。我们不妨活用时下流行的箍桶理论，将这浩大工程，细分为若干阶段或部分，化整为零，各个击破，目标最终总能实现。

第三辑　灌溉农具

粪桶：助推农业成长

粪桶就是盛粪便、运送粪便的桶，现在也有，比较少了。

以前的粪桶用木板箍成，上有两个耳朵，一边一个，有孔，用竹子做的粪桶夹子从中穿过，用扁担挑。过去，曾是浇肥工具，助推农业成长。随着时代的发展，似乎所有木制的、竹制的、铁制的农具都被塑料取代，粪桶与时俱进，变成塑料桶，但形状跟以前差似。

我小时候，印象之中，农村里最缺的东西就是肥料。那时又没有化肥，只有农家肥。小学语文课本里有"庄稼一枝花，全靠肥当家"的句子，孩子天天念，深入骨髓的样子，之后撒尿便往家里跑，撒到粪桶里；屙屎往家门口跑，屙在自家的茅厕里。勤快的孩子还学会了拾粪，即手拿四指钉耙，身背三角形的粪箕，满村里跑，捡猪粪、牛粪等。那时曾流行一句话："拾粪要起早。"所以有的孩子天蒙蒙亮起床拾粪，比现在的孩子上早读还早。

记得每回生产队用牛拉着碌碡轧场，见那牛尾巴翘起想要屙屎时，会有几个孩子手心垫着稻草抢着去接，捧到家门口，扔自家的粪堆上。

他们刚才还在场边用大扫帚扑蜻蜓，或在池塘洗澡，眼睛却瞟着牛屁股。猪或者牛要撒尿时，就有人连忙端了尿瓢接住，倒入粪坑。记得当时有面土墙上，用白石灰刷着一条标语，叫作"养肥猪，修茅房，等于建造化肥厂"，每个字都有笆斗大小。很多人家茅房猪圈毗邻，人畜粪便汇入一个坑里。

粪有水粪、干粪两种，各有用处。用粪桶接的尿，本地方言叫"小尿（suì）"，多兑了水浇菜，对此汪曾祺小说《薛大娘》中有精彩描写：用粪桶挑的茅厕粪，粪水搀在一块，浇棉花苗最好，也可以做瓜垄、豆垄、山芋垄的底肥。干粪是把猪屎粪、鸡屎粪、草木灰、草屑子以及牛屎粪堆成粪堆，外以塘泥封闭发酵而成。冬天里粪堆发热冒烟，春天打开来，粪散散的，像沙土般，撒油菜宕子，撒麦田，盖韭菜根，都是极好的。

生产队的积肥方式有四种：一是以工分换肥。你挑一担肥给生产队，给你记几分工。工分可以换算成钱，午季分麦子、秋后分口粮都要算账，不是免费午餐。二是打秧草沤肥。春耕之时，把田耕好，放一田水，用耙耙平，人们满山坡满河堤地割草挑来，过了秤，倒在田里，草烂了，就是肥料。有的生产队种红花草（紫云英），碧绿如茵，红花美艳，猪喜欢吃，人也能吃。把它们翻耕过来，正好沤肥。沤过肥的田，田水泛绿，秧苗长得雪乌，稻穗粒粒饱满。三是挑塘泥。冬闲时节，把水塘放干，把淤泥挑到麦田和油菜田里，既清了塘，又积了肥。我写过《还我山清水秀》，有详细介绍，这里不赘述了。四是到城里挨家挨户倒大便，或者挑厕所。我的同事王俊老师写的小说《大榆树之恋》中，就有插队在小黄洲的知青挑着粪桶和拉着粪车，到马鞍山市区居民区倒大便的描写。

以上的回忆中，已经几次出现粪桶的影子。不管是家里，还是生产队，挑粪便即水肥的时候，都要用到粪桶。过去农村穷，也没法讲究，粪桶都放在房间，方便夜里小解。其情景与夏衍在《包身工》里写的差不多。那些乡下姑娘们拎着裤子争夺马桶、在离人头顶不到半尺的地方很响地小便，无羞耻感、没有尊严不是她们个人的错，而是时代的错。

我记不清自己是什么时候开始挑粪桶的，大概是母亲去世以后吧。那时才11周岁，个条又矮，那粪桶加上粪桶夹子几乎与肩齐平，如今想起来，真不知道那些日子是怎么过来的。但也过来了！后来我到中学教书，读到朱德《回忆我的母亲》，当中说到，因为他小时吃过很多苦，后来到革命队伍中，尽管日子艰难，但没有感到过苦。我想我的情景与之差似。现在一些年轻人，经不起一点风浪，与他们所过的优裕生活不无关系。他们从没挑过粪，甚至不知粪桶为何物，他们不会想到生活中除了甜蜜还有臊臭，他们遇到了就受不了。

念小学时，学校有块菜地，老师带着学生种菜，念初中时，到建设大队学农，也曾挑粪烧菜。有的同学怕臭，化学老师说是"这叫自然香"，又说"没有大粪臭，哪来米饭香"。初二那年，发生过很多事，如唐山大地震、粉碎"四人帮"，等等。

没想到，伟人毛泽东少年时挑过粪桶。2017年8月26日《解放军报》，曾刊登《少年英雄梦》的文章，是读《伟人的足迹——毛泽东的故事》（中国少年儿童出版社）的读后感。文中写道：

> 毛泽东自小酷爱读书，在"父子之间"一节中这样描述，"一旦读起书，老天响雷都听不见！"14岁时，毛泽东被父亲停了学业，回家种地。当他挑起粪桶随父亲下田时，父亲满心欢喜，可他哪里知道，自己儿子的心思并不全在粪桶上。少年毛泽东每天下地时总是带着书，一有机会便溜到山坡后面的大树下津津有味地阅读起来。为了完成父亲赋予的工作量，毛泽东提前挑起粪桶下地干活，干完活后又迅速捧起书来。

粪桶臊烘烘的，又臭，虽然有用，还是末流。其悠久历史，正史上是找不到的。

我读雷颐的书《历史：何以至此》，当中有篇《"粪桶妙计"与"师夷长技"》，说到马桶的作用，依稀可见其昔日的荣光。

1840年6月，英国船舰40余艘和4千余名士兵到达中国广东海面，第一次鸦片战争正式开始。湖南提督杨芳带领军队1.7万余人开往广东，与英军作战。杨芳看到夷舰上的大炮总能击中我方，但我方却不能击中夷舰，认定"必有邪教善术者伏其内"，于是广贴告示，"传令甲保遍收所近妇女溺器"，将它们平放在一排排木筏上，命令副将在木筏上掌控，以其口面对敌舰冲去，以破邪术。这些招数自然完全无用，英军一开火，筏上副将仓皇而逃，杨芳急将部队撤回广州内城，匆忙与英军"休战"。当时就有人以诗讥讽道："杨枝无力爱南风，参赞如何用此功。粪桶尚言施妙计，秽声长播粤城中。"这不是粪桶的耻辱，是浑蛋将军的耻辱。但从中我们知道其历史，至少已有180年了。

粪桶除了挑，还可以背。几十年前的掏粪英雄时传祥，他掏粪用的粪桶就是背着的。我读过他的报道，令人敬佩。时传祥精神激荡着那个时代每个人的心。当时，社会上掀起了"背粪热"：北京各大、中学校的师生，无不以能和老时一起走街串巷背粪为莫大的荣幸，来北京开会的干部，无不以能跟着老时背一次粪桶而深受教育。

如今，化肥替代了农家肥，农民住进了别墅，田也租给了种植户，农具用不上了，咬牙"断舍离"，农村也越来越注重环境，建起很多公厕，砌了很多化粪池，粪便没人要了，粪便处理却成了时代难题。粪桶自然也退休了。除了居民自种蔬菜时，偶尔用到，农村基本不用了。

不过，我还是喜欢当初劳动的场景。2018年3月23日，中国作协诗刊社2017年度"陈子昂诗歌奖"在四川遂宁颁出。李元胜摘得"陈子昂年度诗人奖"。李元胜的获奖作品是组诗《天色将晚》。我最喜欢其中一首《倒提壶》：

在甘南、想找个虚无之所
放下行囊——我一直提着的
斑驳风景，半生平庸
山下，等我的朋友提着青稞酒
山上，一大片倒提壶
提着从春天开始收集的蓝色
隔着栅栏，逆光中劳作的妇女
没有任何想放下来的
她像一粒露水。用倒影
提着这个无所用心的世界

倒提壶，别名狗屎花，紫草科植物。倒提壶是著名的药用植物，以根及全草入药，有清热利湿、散瘀止血、止咳等功效。因其花朵浓密、花色艳丽，又具有较高的观赏价值。倒提壶像农人，朴实，于人有益。我热爱写作，希望能出一本好书，记录生命痕迹，同时给人启发。

我同意下面的观点：

有位木匠砍了一树把它做了三个木桶。一个装粪，就叫粪桶，众人躲着；一个装水，就叫水桶，众人用着；一个装酒，就叫酒桶，众人品着！桶是一样的，因装的东西不同命运也就不同。人生亦如此，有什么样的观念就有什么样的人生，有什么样的想法就有什么样的生活！

水车：水翻龙王山

2016 年秋天，我参加吾乡《石杨镇志》一书的编写工作。在实地走访中，我发现，年龄达到 50 岁的村民，多会提到沈立圣先生的名字。

沈力圣是吾乡乌江镇人，是我中学同学的父亲，南昌起义那年出生，抗战胜利前夕入伍，参加过 1947 年鲁南战役，1949 年转业回乡，不久，调任到条件极为落后的绰庙乡（现为石场镇绰庙社区）担任乡长。1958 年夏天，绰庙大旱，他带领农民抗旱，用水车从滁河车水，翻越龙王山，终于及时完成水稻栽插任务。如此壮举类似山西省的四战狼窝掌、河南省的开凿红旗渠，在当时引起轰动。上海电影制片厂闻讯赶来，拍摄了纪录片《水翻龙王山》，在全国放映。1959—1961 年，他指导农民大量种植红薯、南瓜、胡萝卜等植物，帮助大家度过灾荒，还救活许多逃荒来的外乡人。

车水用的工具，吾乡称为水车，书上称为翻车、龙骨水车。

水车，是一种刮板式连续提水机械，是中国古代劳动人民发明的最著名的农业灌溉机械，可用手摇、脚踏、牛拉、水转或风转方式驱动。

其发明者，或曰三国时期马钧，或曰东汉末年毕岚。其实，在这种使用了1700多年，至今有些地方仍在使用的灌溉农具的发明之前，我国北方，已经历过由桔槔到滑车、辘轳、筒车的发展过程，南方已先后出现戽斗、刮车，等等。在这个意义上，也可以说，水车是古代劳动人民集体智慧的结晶，而马钧、毕岚加以吸纳、改进，功不可没。

究其构造，水车是用木板做成的长槽，槽中放置数十块与木槽宽度相称的刮水板，刮水板之间由铰关（类似铰链）依次连接，首尾衔接成环状。木槽前后两端各有一只带齿木轴，相当于现在的齿轮。使用的时候，把车身斜置河边或者池塘边沿，使车身前端没入水中，转动上轴则可带动刮水板循环运转，同时将板间的水体自下而上带出。水车既可灌溉，亦可排涝，而且轻巧，省力，效率很高，搬运方便，可以随时转移地点。

改革开放以后，随着农业生产机械化水平的提高，又因为农村实行土地流转、规模经营，水车已经逐渐被电动水泵取代而退出田间地头，进入了农展馆陈列室，成为农耕生活的记忆。北京中国历史博物馆，现有根据史书记载，仿制比例1：1的水车实物模型。车身长约6米，宽约30厘米，用木板制成，两端装有轮轴作为传动装置。

转动水车的过程，吾乡称之车水。我小时候也车过。拿着车拐摇啊摇啊，看着白花花的水流流进菜地、麦田、稻田，有时带上来活泼乱蹦的鳑鲏条、鲢鱼、鲫鱼、老鳖，便放下车拐去逮，笑得合不拢嘴。如果是排涝，看着稻田里的水慢慢下降，看着禾苗露出尖子、植株，由衷生出一种自豪感，因为我参加了劳作。但是我没扛过水车，年小力薄扛不动，又掌握不住平衡，也走不稳乡间的既窄又滑的田埂路。

30年前，我看电影《小花》，有演员刘晓庆和陈冲车水的镜头。她们伏在一根横杆上，踏轮车水，笑容灿烂，一度成为我少年时的梦中情人。后来读丰子恺散文集《云霓》，里面有幅同题插图，画的也是脚踏水车的情景。现在一些景区里，多有水转或风转的水车，时时把游人带回往日的时光。不过，吾乡所用水车，多是手摇水车，现在，在一些农展馆里可以看到，北京农展馆展出的也是。沈立圣乡长组织、带领群众水翻龙王山用的就是这种水车。

龙王山我爬过。它位于绰庙境内，海拔百余米，为皖苏两省分水岭。由于盛产蜈蚣，当地人叫它"蜈蚣山"。山上原有龙王庙，后被日军拆毁盖了碉堡。新中国成立初期，有位信佛的老太化缘重建，"文化大革命"期间再次被毁。20年前，镇上几位妇女集资盖了三间庙，再后有个老和尚又盖了几间，遂成四合院形制。现更名为龙云禅寺。

60年前，绰庙遇到大旱，秧苗已长到一尺高，可是田里没水，秧下不了田。有些妇女悄悄祷告求雨，可是龙王也没了辙。沈力圣乡长带领村民用水车从滁河车水翻山，浇灌良田。当时征用102部水车，每部水车配多名劳力，人歇水车不歇，不停车水，以接力的方式，从滁河车到山脚、山腰，分级提水，直至翻过山顶，流入山南面的龙王水库，放进下游的田地里。现在想来，那真是生命之水，既是救了庄稼的命，也是救了人的性命，还灌溉了人的不服输的精神。

这使我想起《列子》中的愚公移山的故事。其用意，并不是要人挖山不止，而是提倡一种敢于与困难做斗争的精神。它告诉人们，无论遇到什么困难的事情，只要有恒心有毅力地做下去，就有可能成功。后世所谓聪明人，每每对此横加指责，谓其死拙迂腐，甚至责备愚公及其子孙破坏自然环境，并给出搬家对策，实是精神退化，简直令人汗颜。

又想起李娟《遥远的向日葵地》中关于母亲抗旱的两段描写，实在太好，此书获得鲁迅文学奖也是实至名归：

那一年非常不顺。

主要是缺水。平时种植户之间都客客气气，还能做到互助互利。

091

可一到灌溉时节，一个个争水争得快要操起铁锨拼命。

轮到我家用水时常常已经到了半夜。我妈整夜不敢睡觉，不时出门察看，提防水被下游截走。后来她干脆在水渠的闸门边铺了被褥露天过夜。

尽管如此，我家承包的两百亩地还是给旱死了几十亩。

即将开幕。大地前所未有地寂静。

我妈是唯一的观众，不着寸缕，只踩着一双雨靴。

她双脚闷湿，浑身闪光。再也没有人看到她了。她是最强大的一株植物，铁锨是最贵重的权杖。她脚踩雨靴，无所不至，像女王般自由、光荣、权势鼎盛。

很久很久以后，当她给我诉说这些事情的时候，我还能感觉到她眉目间的光芒，感觉到她浑身哗然畅行的光合作用，感觉到她贯通终生的耐心与希望。

姚广先生《楼阁江水》中，也有关于旱情的描写：

在父亲的手掌之上，庄稼与蔬菜在终生实践着的父亲的劳作。父亲手掌的龟裂在旱情里渴望。那大地的伤口，在无边的绝望与痛苦里蔓延。在每一个升起的黎明与黄昏，在每一片升起的云里，都寄托着父亲的渴望。

还是回到水车吧。

人是离不开水的。无论是生产生活，还是工业革命，都少不了水的浇灌、浸润。但看四大文明古国，都是逐水而居。然而从古至今，并非时时五风十雨，所以人与水的角力，一刻未曾停止。不过，以前由于生产力水平的低下，人类有些时候只能甘拜下风。赵树理的短篇小说《求雨》，写的就是新中国成立初期金斗坪村的村民到龙王庙求雨的事。丰子恺的画作《云霓》，虽为车水场景，更多的则是表现出人们对油然沛雨的渴望。吾乡县城，有民国初期所建的喜雨亭。相传当年大旱，无水栽秧，一日突然降下大雨，群情喜极，建亭以为纪念。

近读宋长征的《乡间游戏》，未曾想我们小时候玩的游戏斗鸡，也与先民求雨有关。

《孔子家语·辩政》：

> 齐有一足之鸟，飞集于宫朝，下止于殿前，舒翅而跳。齐侯大怪之，使使聘鲁问孔子。孔子曰："此鸟名曰商羊，水祥也。昔童儿有屈其一脚，振讯两肩而跳，且谣曰：'天将大雨，商羊鼓舞。'"

《论衡·变动》：

> 天且雨，商羊起舞，非使天雨也。商羊者，知雨之物也，天且雨，屈其一足起舞矣。

商羊是传说中的吉祥鸟，又叫商羊鸟。每逢阴天下雨之前，就成群结队地从树林里飞出，屈起一足，翩翩起舞。天长日久，人们见商羊鸟出现，就知道雨要降临，家家户户挖沟开渠、疏通水路，为灌溉良田作准备。后来，每当天将大旱，人们就扮成商羊鸟，戴起面具，脚挂铃铛，拿着响板，单足高跳，祈求雨至。

我们小时屈起一膝斗鸡，不就是模仿商羊鸟玩求雨游戏么，只是因为年少无知，我们并不知道这是古代求雨的遗存。

但是更多的时候，古人不是坐等下雨，而是积极抗旱。汲水农具，特别是水车的发明，足以用来佐证。但看元代《王祯农书》，不仅为之绘制了比较清楚的图谱，而且作了相当精确的文字说明：

> 其车之制，除压栏和列槛桩外，车身用木板作槽，长可二丈，宽则不等，或四寸，或七寸，高约一尺。槽中架设行道板一条，随槽宽窄，比槽板两端俱短一尺，用置大小轮轴。同行道板上下通周以龙骨板叶，其在上大轴两端，各带拐木四茎，置于岸上木架之间。

末了，再说说沈力圣水翻龙王山的事。当时，举一乡之力，车水翻山抗旱之举，也招来一些非议，但他顶住压力，终获成功。今天，在我看来，龙王山是困难的象征。面对困难，只要付出努力，终能走出困境。

如同铁凝在《闲话做人》中所说：

> 做人累，这累甚至于牵连了不谙人事的狗。又有人说，做人累就累在多一条会说话的舌头。不能说这话毫无道理：想想我们由小到大，谁不是在听着各式各样的舌头对我们各式各样的说法中一岁岁地长大起来？

江浙地区用过那种脚踏水车，可以几个人同时用力，比较费力，体形大，不方便。偶尔能看到，多作为观赏用。现在在景区还能看到一种景观水车，圆形，以水力或电力带动，保存着古代汲水印记。

第四辑　运输农具

扁担：铁肩担道义

我们村里，老辈人说自己不识字，就说"扁担长的一字都不认识"。这句话，倒说出了扁担的特点。扁担长约两米，略呈扁形，中间微弓，站着睡着，都像"一"字。平常随便靠在门后面，或墙拐子，随手可取，随时可用。如果挑担子挑累了，还可放下担子，横坐在它上面歇歇。扁担是简单的，随和的，像铁锹、锄头、草钩、叉鉊。书法家说"一"字最难写，做根"一"字形的扁担也不容易。

扁担有两种：一是树扁担，二是毛竹扁担。材质不同，承受的重量不同；宽度不同，承受的重量也不相同。树扁担是木匠做的。选段树木，用斧头削成扁担形状，用刨子刨光滑即可；如刨不动，就用砂纸打磨。选料多桑树、檀木，感觉软些，也用枣树、刺槐树，感觉硬实。毛竹扁担是板匠做的。取大毛竹剖成两半，削去两边，呈扁平状，磨光表皮，不磨肩膀，再磨光剖面的竹签，以防戳手。选料以靠近根部为好，竹节较密，也老扎些，做成的扁担结实。除此之外，也有临时充当扁担角色的，如树棍子、毛竹杠子，都是圆形，硌肩膀疼。

扁担是老好人，跟谁都可配对，比如水桶、粪桶，稻箩、挑筐，秧苗、稻把子，灰粪、塘泥等，来者不拒，合作愉快。它的作用就是挑东西、抬东西。在村庄的记忆里，几乎随时随地都能见到它的身影，有时可以听到毛竹扁担咯吱咯吱的笑声。毛竹扁担多为女人使用，两相厮守，声息相通，扁担有了女人的温和性情，女人有了扁担的苗条体形。农人在土地上的所有倾注与收获，都与扁担密不可分。它们是乡村的明星，但很低调，不贪名利。有人举起扁担打狼打狗，或者当作撑杆跳高，或者当作木桨划船，都是友情出演，客串而已。

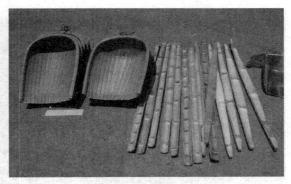

扁担与粪箕

我在十三四岁时，即与扁担结缘。那时我的母亲刚刚去世。我接过母亲的扁担，担起生活的重担。那时村里没有井，更没有自来水，吃水用水都要到村外的池塘去挑，越远越好，越早越好，用的人少，水更干净。我家住在村庄中心，离最近的池塘也有一里路；房基地是生产队弃置的稻场，地势较高，所以挑水还要爬坡。开始我挑不动，就和弟弟抬水。他在前面，我在后面。弟弟小我4岁，自然更弱。我念他小，每次抬水，总把水桶往自己跟前移。

约莫过了半年，我独自挑水了。还是挑不动，硬撑着挑。开始只挑半桶，挑一趟中途歇两三回；后来嫌挑半桶太慢，便加到大半桶。大半桶也很重，因为两只木桶本身就重，又是潮湿的。扶着膝盖咬紧牙关站起身来，尽量把水桶往跟前移，双手抓住水桶绳子以免水晃出来；有时用双手托着扁担，以减轻它对肩膀的压力。一担水挑到家，总是心跳如鼓，汗如雨下，脚步打晃，手心发麻。但是至今我都感激扁担，感激它的倾情陪伴，感激它给予我的精神支持。它与我承受同等压力，也疼痛呀，但不自怜，比我勇敢，比我坚强。

我家有块自留地，栽着辣椒、茄子，还有畦韭菜。我经常去送粪桶，就是把盛满小便的粪桶挑到菜地里浇菜。菜地离家约一千米，一路摇摇晃晃，臊气冲天。扁担毫不嫌弃，与我同行。我从那时开始种菜，每每以菜为伴，所以至今对蔬菜怀有深厚的感情。最近三四年，我虽居城中，但从朋友那里借得一座大院，整地种菜，整日耗在里面，忙得不亦乐乎，写有两百余篇散文，辑成《蔬菜物语》《蔬菜月令》两本书，收获多多。

水桶扁担

不久我上初中了。星期天和寒暑假参加生产队劳动，挣工分。与扁担接触更多，简直形影不离。那时乡间的事情，主要是三季稻麦豆，冬天挑塘泥。单说水稻，从插秧到收割，挑秧、挑稻把子、挑稻谷、挑稻草，几乎不离扁担。古代水稻也多，也好风雅，跻身诗词之中："深处种菱浅种稻，不深不浅种荷花。"（阮元《吴兴杂诗》）"寂寞小桥和梦过，稻田深处草虫鸣。"（陈与义《早行》）"稻花香里说丰年，听取蛙声一片"（辛弃疾《西江月·夜行黄沙道中》）。"二十四孝图"中，有杨香扼虎救父的故事，也有稻谷。在劳作中，我学会了倒肩，懂得了合作；见识了高人，学会了谦卑。高人力气真大，稻把子码得比人都高，迈开大步虎虎生风，以至有时把毛竹扁担挑裂，把树扁担挑断。我努力向他们看齐，但也由于用力过早，透支体力，以致手脚粗大，身材矮小，腰脊劳损，静脉曲张。看到现在的年轻人每每炫耀身高时，就想，我原本可以长高。

　　扁担的故事自然不属于我一个人，它属于一个时代。其他的孩子家里也穷，也参加劳动；成人负担也重，也都硬撑。前不久，朴树演唱《送别》，现场失控大哭。有人感叹：谁不是一边不想活了，一边努力活着。过去却不是这样。人们拼命劳作，对抗贫穷，没有时间悲观，凄凄惨惨戚戚。他们开凿红旗渠，四战狼窝掌，寻找大油田，淘净大粪坑。吾乡沈力圣，是个乡长，大旱之年，不求龙王不求天地，调集全乡102部水车，从滁河车水，让水翻山越岭，把秧苗插下田。扁担就是农人的精神脊梁，让他们在挑起家庭重担的同时，也挑起了乡村沉重的历史与殷殷期盼。那是一个面对困难，活得从容，敢想敢拼，英雄辈出的时代。那个时代多的是硬汉，多的是劳动模范，不似今日，充斥视听的，是明星、柔弱，多的是如怨如慕、如泣如诉。

　　我读过憨山大师圆寂前撰写的《自赞》："流落今事门头，不出威音那畔。无论为俗为僧，肩头不离扁担。若非佛祖奴郎，定是觉场小贩。不入大冶红炉，谁知他是铁汉。只待弥勒下生，方了这重公案。"肩头不离扁担，实是其精神的自画像。扁担的力量，来自肩膀；扁担的力量，就是肩膀的力量，就是人的力量，就是担当精神。1919年，鲁迅在《我们现在怎样做父亲》中写道，觉醒的人们，应先解放自己的孩子，"肩起黑暗的闸门，放他们到宽阔光明的地方，此后幸福地度日，合理地做人"。"肩起黑暗的闸门"，何等坚毅、何等威武！

听说河南省林州市石板岩镇，有家"扁担精神纪念馆"，是为纪念石板岩供销社而建。这个供销社从 20 世纪 40 年代创办以来，营业员几十年如一日，凭着一条扁担、一副铁肩，翻山越岭，走村串户，为山区群众送去了生产生活必需品。扁担精神就是创业精神，就是坚持精神，就是永不服输精神，就是勇于担当精神。

写扁担的故事也多。我读小学时，就读过《朱德的扁担》，说朱德与毛泽东在井冈山会师后，山上粮食紧缺，朱德与战士们一道，到几十里外的茅坪去挑粮食。大家劝他不要去挑，毕竟朱总年龄较大，职位又高，可他硬是不肯。有个同志把他那根扁担藏了起来。不料，他连夜赶做了一根扁担，并写上了"朱德记"三个字。大家见了，不好意思再藏他的扁担了。前不久，偶然翻我侄孙的语文书，见这篇课文还保留着，感慨良多，仿佛望见到了年少的自己。

看电视时，说相声的，都爱表演《扁担长板凳宽》的绕口令："扁担长，板凳宽，板凳没有扁担长，扁担没有板凳宽。扁担要绑在板凳上，板凳偏不让扁担绑在板凳上。"好像是他们的传家宝，舍不得丢。我练了几遍，说不过来。歌里也有，《中国话》唱道："扁担宽板凳长，扁担想绑在板凳上；伦敦玛丽莲买了件旗袍送妈妈，莫斯科的夫斯基爱上牛肉面疙瘩……"

壮族有"扁担舞"。打扁担的绝大部分是妇女，人数以四、六、八、十人不定，都是双数。打扁担时，大家分立在几条长凳的两边，每人一条扁担，敲打板凳，或互击扁担。节奏有快有慢，打法多式多样，它表现出打谷、车水、插秧、舂米、纳布、赶牛下地诸多劳动场景，而且组成了完整的表演套路。我每次看演出，都感觉我的母亲也在里面。这些艺术形式，其实都表现出扁担精神对于后世、对世界的持续影响。

最著名的故事，当属一副对联："铁肩担道义，妙手著文章"。此联原为明代文化名人杨继盛所作，后经革命烈士李大钊之手传播开来，一度成为一代人的精神营养。

扁担精神源于性格，扁担也有性格。在电影《一代宗师》里，梁朝伟说："别跟我说你功夫有多深，师父有多厉害，门派有多深奥。功夫，两个字，一横一竖。对的，站着！错的，躺下！只有站着的才有资格讲话！"这就是扁担的性格：不惧艰难，不怕失败，顶天立地，宁折不弯。

草绳：今日长缨在手

1935年10月7日，红军跋涉万里，抵达六盘山下。当天下午，突破敌军封锁线，翻越六盘山巅，进入陕北苏区，完成长征壮举。毛泽东极为兴奋，挥毫写下著名的《清平乐·六盘山》。其下阕是：

> 六盘山上高峰，红旗漫卷西风。
> 今日长缨在手，何时缚住苍龙？

八十多年后，重读此诗，特别是最后两句，便想到乡间最朴素的农具——绳索。它可能随便地挂在土墙的木楔上，也可能随意地扔在墙旮旯里，但是有用。乡亲们用它缚住了麦个子、菜籽秸、稻把子、豆荚子，以及其他所有可以捆扎的东西，以及不幸、劳累、困难、贫穷等，拴住乡间的平凡日子，守住乡人的平凡生活。

绳索俗称绳子。早已有之，随处可见，如果论其成就和影响，可以当选中国两院院士，或者其他任何国家任何院士。

据《太平御览》转引《风俗通》记载："俗说天地开辟，未有人民，女娲抟黄土作人，剧务，力不暇供，乃引绳絚于泥中，举以为人。故富贵者，黄土人；贫贱凡庸者，引绳人也。"意思是说，女娲造人时，觉得用黄土一个一个地捏太累，于是用绳子沾着泥浆，在地上摔打了几下子，溅出的泥点便成了人，一绳子打出一个村庄。

绳子还是最原始的记事本、教科书。远古时代没有文字，先祖中的智者，结绳以记事。那是时间排列的秩序，哪一个结关乎渔猎和谷物，哪一个结关乎友谊与爱情，哪一个结又代表着对天地神灵的祭奠，无不了然于胸。今天，我们用绳子打井水时，在绳子上打结，我们用绳子拔河时，又在绳子上打结，其实都是远古生活的遗迹。顺便说一句，古代的拔河，大多比现在的拔河场面壮观，那时的人除了耕种好像没有什么事，不像现在的人忙得脚不沾地，却又都没有好心情。

在我的记忆里，过去农村用的绳子有草绳、麻绳、棕绳、尼龙绳几种。据说还有用竹篾编的绳子，我没见过。现在又有了缆绳、钢丝绳，可以拉住不知有多少吨重的钢筋混凝土大桥。又有比头发丝还要细很多的纤维绳，通过电缆通到各家各户。人类快速发展，绳子日新月异。

最早出现绳子应该是草绳。草绳就是用稻草搓成的绳。比如女娲摔打的那种。毕竟我国是世界上最早种植水稻的国家，距今已有一万年。好的草绳光滑结实，不比麻强差，甚至可以替代麻绳。当然，工艺也相当考究，是细活儿。吾乡称搓草绳为打草绳。打草绳要用糯稻秸秆，它比普通稻草要长很多。先要浸泡，之后铺在鹅卵石上，用木榔头反复捶打，并且一根一根抽出秆芯。捶草的是壮劳力。我也捶过，虎口震得生疼，捶不到几下，手臂酸得举不起来。

材料准备好了，才开始搓。搓绳分两步走，活比较轻，但是要有耐心，所以多是老人担当。他们坐条宽宽的板凳，脚边放着捶过的草芯，先搓出细细的绳，压在屁股底下，搓到一两米长，便绕在绳架子上；等到架子绕满，就像搓麻花似的，把两股细绳合并绞紧。他们边搓边朝手心吐唾沫，把手心搓得通红，脸上也红。这样的草绳非常结实也很耐用，不管是挑东西还是抬重物都没有问题。如果嫌绳不够粗，不够结实，可以三股相拼。不过要动用专用工具"摇心""牛头"，而且两人合作。方法是，先把三股细绳的绳头固定在一个桩上，再把三股细绳的末端全部拴在摇心；一个人摇动摇心，同时给三股细绳上劲，另一个人用牛头把三股细绳合并绞紧，类似用拉链头把两半拉链拉在一起。我自然也搓过草绳，可是粗细不均，又不紧密，拿它跳绳，跳着跳着就断了。

打好的草绳可扎东西，可挑东西，可拴在农田四周的木桩上，防止鸡鸭猪羊闯入地里啄食和踩踏庄稼。我家最早住着两间草屋。稻草分量较轻，容易被风吹走，曾用草绳交叉攀成网络将它们固定住。当时吾乡有句谚语："东北风起朔蓼蓼，草屋赶快攀绳索"，说的就是这种情况。杜甫《茅屋为秋风所破歌》中，"八月秋高风怒号，卷我屋上三重茅。茅飞渡江洒江郊，高者挂罥长林梢"，写的就是屋顶茅草被风吹走的情景。

现在，也有打草绳的，都是用机器打，还有很先进的自动续草打绳机。因草绳多用于捆扎瓷器、砖瓦、预制件，目的在于防震；或用于园林建设，固定树根原土，防止伤根，缠绕树干，以免刮破树皮，所以粗糙，也不结实，与过去的草绳不可同日而语。

略后于草绳的，要算麻绳。麻绳自然用麻搓成，出现也早。

《诗经·王风·丘中有麻》是首情诗，写到了麻："丘中有麻，彼留子嗟。彼留子嗟，将其来施施。"意思是，土坡上一片大麻，有郎的深情留下。有郎的深情留下，盼望郎来的步伐。

《荀子·劝学》中也有麻，用以比喻环境对人的影响："蓬生麻中，不扶而直；白沙在涅，与之俱黑。"翻译出来就是，蓬长在大麻田里，不用扶持，自然挺直；白色的细沙混在黑土中，也会跟它一起变黑。

麻绳的用处与草绳差不多，应该更精致、更结实些。不过，细麻绳可以用来纳鞋底，为草绳所不及。麻多野生，也可种植，无枝无丫，一两米高，乡间到处都是。每到秋天，把麻割倒，趁着新鲜撕下皮，沉在水里沤烂表皮，或用篾刀刮去表皮，晾干以后，撕成丝丝缕缕，搓成绳子，其方法与搓草绳相同。

至于棕绳和尼龙绳，都是买来的。吾乡不栽棕榈树，没有棕剥。每年有外地的手艺人，带了棕绳来卖，或给人家绷棕床、打蓑衣等。棕床有弹性，要不少钱，一般人家都绷不起。

自古而今，关于绳子的故事，比结绳记事时的结还多。比如俗语"背着牛头不认赃"。说古代某县官新上任之时，对所关押的犯人进行审问，当问道一窃贼为何被关押的时候，窃贼却回答说是因一根草绳而入狱。县官不解，那窃贼说，那草绳的尽头拴着一头牛。如同今日某些贪官，被金钱、权力、美色这些无形的绳子捆得铁紧，被查之后却又百般狡辩。一个人在世上行走，如果只追求这些，除了疲惫痛苦，我想不出有更好的结局。

比如"丢草绳祛疟疾"的习俗。散文家陈传荣说，他小时候得过疟疾，乡间有个偏方，说是让生疟疾的人，找根草绳系在腰间，过上一夜后，次日早上，将那根草绳解下丢在路口，如果有人从草绳旁边经过，那么这人就会带走草绳上的疟疾，而原来生疟疾的人就会好了。他的母亲爱儿心切，也丢草绳，可又不忍心害别人，所以丢在几无人迹的小径。他的三姨听说后，特地去找那根绳子踩，引病上身，以求侄儿康复。这里显出人情的温暖。

比如我小时候，看过阿尔巴尼亚电影《第八个是铜像》。主人公易普拉辛是阿尔巴尼亚人民反德国法西斯斗争时期的游击队英雄。他小时候家里也穷。穷到什么程度呢？有句台词是："家里穷得连一根上吊的绳子都找不到。"十多年前，我到北京学习，听过曹文轩的讲座，读过他的评论《一根燃烧尽了的绳子》。他以燃烧尽了的绳子比喻行将就木的毛姆，这很是新鲜，给我留下深刻的印象。

最近，听说北京市成立了中国绳结艺术联谊会，要把绳子当作非遗项目申报。说起我国的绳结艺术，可以追溯到五千年前，从结绳记事开始。开始用草绳编结，小事小结，大事大结，捆个树枝是一种象征，绑块石头又是一种意思；后来编绳结的材质发展到麻、棉、桑蚕丝，到如今的化纤合成纤维，且逐步与服饰文化结合起来，形成一种文化。在我担心草绳、麻绳将被塑料绳完全取代时，这个消息不啻于春风。我因此想到北岛的几句诗，聊以自慰：

　　　一切希望都带着注释，一切信仰都带着呻吟；
　　　一切爆发都有片刻的宁静，一切死亡都有冗长的回声。

粪箕：挑起农事

朋友冬林新著《忽有斯人可想》，可圈可点，妙语频出。中有两段文字，与农具、农事关系密切：

> 城里不知季节变换，但花知。中午陪老父亲闲聊，忽忽然，他说，昨天是雨水。说过他一笑，我也一笑。说的时候，天正下着雨。老父亲已经多年不事农桑，可是依然日时时记得与农事贴近的节气。这是中国老式农民，他们曾经像脚踩田埂一样稳稳地踩着节气，育种、插栽、耕耘、收获。慢慢，节气成了他们一辈子行走的坐标。
>
> 一次跟文友说起种菜，说起农事。他说他从前什么样的农活都干过，每年割稻子，最后一镰，他会割在自己手上，提醒自己逃离。我听了，内心有急雨经过，一阵潮湿。是的，我们曾经都是逃离者。可是，如今们说起菜花，说起三四月的秧田，内心止不住地觉得亲切；看见庄稼，总是如遇故人。

两段文字，皆言农事。说起农事，自然离不开粪箕，就像烧锅离不开柴火，秀才离不开书。它是常用农具，在我小时，随便哪家门口，都可能晒着一副（两只）。它用竹篾或藤条编成，可运垃圾、拾粪、挑秧把子、挑塘泥等。因其主要用途在于拾粪，故有其名。

在过去，化肥紧张，凭计划供应，农民做田以人畜粪便、塘泥和绿肥为主，农民经常背着粪箕，拣拾猪狗牛羊粪便，北方另有马、驴粪便。其实，马、驴吾乡也有。我有位女性朋友，前几年居然养过一匹高头大马，养了四五年，以备年轻人举办中式婚礼所用；改革开放之前，各镇均有板车队，拉板车的牲畜就是驴。

驴不偷懒，拉货竭心全力。它消乏的方式，是在地上仰巴四叉地打几个滚，再加几声粗犷的长嚎，像一匹来自北方的狼。它的粪便外光内糙，像兔粪，像猫粪，像苍耳（俗称"惹不起"），像鹅卵石，一粒粒的、一团团的，可以肥田，晒干以后，可充当纸筋用，掺石灰里抹墙，以增加黏性。赵树理的小说《小二黑结婚》中，描写小琴的娘三仙姑时，笑话她上了年纪，还刻意打扮、涂脂抹粉的样子：

> 三仙姑却和大家不同，虽然已经四十五岁，却偏爱当个老来俏，小鞋上仍要绣花，裤腿上仍要镶边，顶门上的头发脱光了，用黑手帕盖起来，只可惜官粉涂不平脸上的皱纹，看起来好像驴粪蛋上下上了霜。

我每次读到此处，总是忍俊不禁。用现在的眼光看，女人求美并不算错，她错在好逸恶劳，游手好闲，还装神弄鬼，骗人钱财，以及秋波滥送，乱勾引人。在小说里，三仙姑已经改过自新，倒是现在，在社会上，三仙姑并未断绝。

——还是言归正传，说说粪箕。

粪箕

粪箕，形似三角，两腰相等。《荆轲刺秦王》中，荆轲刺秦不成反被砍伤，"箕踞以骂"，像粪箕似的两腿张开，坐于地上，痛骂嬴政。以这种姿势骂人，当然是极不礼貌的极度轻蔑，反正他也不想活着出门。在北方地区，有的粪箕之上，有根粗粗的提梁，多用荆条、柳条、白蜡条或棉槐条编成，背在背上，拾粪运物都成。吾乡风俗，是在这三角形的三个角上，各穿一根麻绳，绾结于上，可用手拎，或用拾粪用的小四指钉耙的把挑着走。

拾粪的活都是起早做，故有俗语："早起的鸟儿有虫吃，肯起早的汉子拾粪多。"拾过粪后，才洗漱早餐，等生产队长用铁筒喇叭一吆喝，赶紧出工。没长全身量的半大孩子，也早早起床，学着大人样子，背着或挑着粪箕拾粪。早期是送到生产队里换工分，分田到户以后，倒自家粪堆里，留着自家肥田。

粪箕的历史，至迟可追溯到《荆轲刺秦王》中的"箕踞以骂"。战国以降，典籍之中时有粪箕的身影。例如南朝宋代刘义庆《幽明录·石长和》："斯须见承阁西头来，一手捉扫帚粪箕，一手捉把筊（读"拐"，是捕鱼用的竹器，肚圆口小，鱼游进去出不来，类似现在的地笼），亦问家消息。"明代居顶《续传灯录·宗杲禅师》有言："师高声叫曰，'行者将粪箕扫帚来！'"当代作家王中才《郎家坡》："挑土用的粪箕多，他就把组织上给他的医疗费拿出来，买了一百多副竹粪箕。"

王中才写到了粪箕另外的作用，它是挑土工具。在我的记忆里，挑河堤、挑塘泥、开山造田都用它。我读初中时，参加过平整土地的劳动，用粪箕挑着土。挑石头自然也行。《愚公移山》中有句"箕畚运于渤海之尾"，那里面挑的估计就是石头。挑秧把子更是不在话下，不容易倒。也有用泥兜挑塘泥的，不粘泥，更方便，自重也轻。

以前读赵树理的小说，读陈登科的《风雷》，里面都有挑塘泥的描写。我没见过陈老先生，但跟她的女儿很熟。她是编辑，我是作者，交往多了，成为朋友。我从她那里知道陈老先生的故事，很敬佩他关心"三农"的精神。我国农村面积大，农民人口多，农业方面有很多值得研究的课题，《风雷》当为发轫之作。

近读《秦腔》，感觉最有特色、最令人难忘的是老支书夏天义。他大个子，一张黑脸，很威严，很有杀气，话不多，一砸一个坑，他平时经常披着褂子，反手抄在褂子后边，每有重要的事，都要戴上石头镜，叼着黑烟卷，像个将军倔倔地来到群众面前。他挑的粪箕，土总是堆得很高。

又读《生死疲劳》，我最佩服倔强的蓝脸。别人都融入大集体了，他却始终单干。其间多少曲折，他都默默忍受。叔本华说，"我的拥有就在我身——这是构成幸福的最重要的内容"。终于到了1978年，农村开始实行家庭联产承包责任制，他胜利了。别人走了一圈回归原地，而他一直就在这里。这种定力不是人人都能具备的。我就不行。

编粪箕是篾匠的活。

小时候的视野里，农具及生活用品，多是木器、竹器。比如背篓、簸箕、箩筐、撮箕、凉席等，都好结实，感觉用很久都不会坏！

篾匠手艺是门细活。一个好篾匠，就像一个好木匠、好铁匠、好扳匠、好裁缝、好箍桶匠、好泥水匠受欢迎，他们的人生价值也并不比当今会玩电脑、会搞销售、会写几篇散文的人差。当然，要做个好篾匠，必须经过多年磨炼才行。篾匠的基本功：砍、锯、切、剖、拉、撬、编、织、削、磨，样样都得练得扎实。

篾匠也叫竹匠。把竹子一分二，二分四，四分八，一一剖开，再分出

110

青篾和黄篾，这是手艺人的基本功。篾匠的工具不多，一把篾刀最为关键，一如庖丁解牛的刀。

我见过村里周氏兄弟——得金、得银做篾匠活的情景。过去，有的人家活多，就像过年请裁缝上门做衣服似的，要请篾匠来家干几天。两兄弟一进人家的门，一个断料，一个刮除竹节间的凸痕，然后是两把篾刀唰唰破篾，直看得人眼花缭乱。粗糙些的编粪箕、竹筐、竹篓，精细一点的编稻箩、凉席。竹子柔韧性好，可以拧成半圆形甚至圆形，竹筐用的外框，就是一个圆圈，孩子可以当作铁球滚。

比较费时，也最见功力的是编凉席。不但要去除里层的黄篾，还要去掉外层的青篾，留下的叫竹黄，特别薄，特别光滑，像硬塑料片。人站近了，能清晰地闻到篾黄散发出的特有香气。我和妻子结婚时，岳父请兄弟俩来家打过两张竹席，有一张是作为妻子的嫁妆的。两张凉席两人打了一个星期。如今席子还在。三十多年过去了，席面平整暗红，每根篾依然严丝合缝，水泼在上面都漏不下来，不过用得也少了，先有电风扇，后有了空调。

随着时代发展，化肥多起来了，不再积肥，不再挑塘泥；河堤是常修的，加高加固，但早已不用人工，而用挖掘机、推土机、冲塘机。从此，粪箕被庄稼人遗弃在堆放杂物的旮旯里、猪圈边……天长日久，日晒雨淋，慢慢地就变成了一堆腐烂而破败不堪的烧火柴了。

前不久，农历三月三，我到绰庙赶庙会。以前的庙会上，农用品琳琅满目，应有尽有，竹器堆得像小山一样。今年却有些寥落。那些农具、生活用品，几乎都被塑料制品、金属制品替代。篾匠，在乡村的清晨，或黄昏，像中了魔咒一样，突然间消失了。得金、得银都到南京打工去了，月薪四千，比做篾匠收入翻了一番。

稻箩：拥有三千世界

稻箩是装稻谷的。

稻谷可以果腹，使人的生命成长。

有了人的活动，才有三千世界。所以有此题目。

箩有两种解释。一种用框架和纱网材料组成的，专供筛粉状物质或过滤流质的器具，可以漏掉灰尘和碎末，又叫筛萝。

一种如《广雅·释器》的解释："箩，筥也。"本文所说的稻箩，属于这类。

"稻箩"，顾名思义，就是装稻谷的箩筐。在乡村，每户人家至少有一担稻箩。稻箩有半人高，上圆下方，箩身是由半寸长的篾条编成，十字形的竹架支撑住箩底、箍牢四面，结实的竹片包住四角——就像老式木箱的铜片包角，腰部锁两道篾箍，箩口则由篾条一道道裹紧。稻箩都是两只一对，造型相同，摆在地上，酷似胖墩墩的双胞胎孩子。两箩谷子，就是一担。以前，农民都是以多少担稻谷来形容收成的。

叶圣陶的小说《多收了三五斗》，写农民到河埠头的万盛米行粜米的故事，讲述了旧中国农民丰收成灾的悲惨命运。好不容易多收了点粮食，米价却是大跌，收入居然不如灾年，农民的议论即以担为单位。

　　"五块钱一担，真是碰见了鬼！"

　　"去年是水灾，收成不好，亏本。今年算是好年时，收成好，还是亏本！"

　　"今年亏本比去年都厉害；去年还粜七块半呢。"

　　"又得把自己吃的米粜出去了。唉，种田人吃不到自己种出来的米！"

　　在竹制器物里，数稻箩的体形最为富态，这和它与生俱来的使命有关。在收获的季节，负责将田里打下来的稻谷满满地盛在箩内，一担一担运送到晒场，晒干以后，再运送到谷仓。由于这种使命，稻箩在民间就成了喜庆和吉祥的容器，倘若一户人家的稻箩总是不停地使用，便意味着这户人家是勤劳的、富足的。

　　为了和别人家的稻箩有所区分，主人用蘸了浓墨的毛笔在自家的稻箩上写下一行字——某某

稻箩

某置办于某某年。写了字的稻箩仿佛盖了印章的字画，有不容置疑的气势。我家的稻箩上，就用红漆写个"徐"字，另有时间"1974"。那是我母亲去世之前，亲手置办的家当。

也有以绳子来区分的。稻箩的身上总是缚着粗麻绳——挽一个十字，兜住箩底，穿过四面的竹架，在箩口打上扣。一根扁担从绳扣中穿过，便可以稳当地挑着走了。麻绳可做记号，仿佛远古时期的结绳记事，那些疙瘩里，自有日月星辰、酸甜苦辣。

民间生活里，生得富态的稻箩是很出风头的角色。村里有人家要嫁女儿了，嫁妆得用贴了大红喜字的稻箩来装。嫁妆是否丰盛，看看动用了几担稻箩就知晓了，至于稻箩里装的是什么，这得进了新郎家的院门以后才能看。出娘家门的时候，稻箩上一律用红纸盖着，很是神秘。挑稻箩的人列队走在村路上，阵势浩荡，颇有排场。觉得担子沉的人说："这稻箩里装的肯定是百子盆、百子桶，算我运气，挑了个满堂红"；觉得担子轻的人则说："那我这稻箩里装的就是喜枕喜被了，我的运气也好啊，挑了个满堂彩。"

稻箩一担担地进了新郎家的院门，摆在地上，新郎的兄弟姐妹挨个儿上前，将稻箩里的物品一件件取出，搬进新房。此时院里院外挤满了看热闹的村邻，大声地议论着嫁妆的内容，咂嘴惊叹。送嫁妆的人听到这样的声音后脸上漾起灿烂的笑，虚荣心很是满足。新郎家的人看着满地稻箩也乐得合不拢嘴，觉得够体面。

新娘过门没多久肚子就鼓出来了，隔个一年半载，家里的稻箩又贴上了红喜，由新郎挑着，脚不沾地地去新娘的娘家报喜。进门放下肩头的稻箩，新郎从箩里拿出一挂红鞭炮点着，一扔——点着的鞭炮若是扔在屋子里，就表明生了个儿子，若是扔出屋外，表明生了个女儿。

为什么生了女儿就要把鞭炮扔到屋外去呢？很多年后我这样问母亲。母亲说，因为女儿迟早是要嫁出去的，从她生下来的那一天起就注定了是别人家的人。

那么报喜的稻箩里装的是什么呢？我接着又问母亲。报喜的稻箩里装的是红糖、米酒、饼子，母亲答道。稻箩里的三样东西拿出来后，新上任的外婆就得把早已备好的尿片、婴儿的四季衣服、小棉被、小鞋小帽——放进稻箩，慰劳产妇的红糖和鸡蛋也是不可少的。"吃了饼子，套了颈子。"农村里流传的这句民谚指的就是这个。当然了，被套了颈子的外婆此时是满心喜悦的。

除了运送粮食和嫁妆，稻箩还用来装人，被装的人当然是小孩子了。我母亲和我舅舅，当年就是被外公，从北京城沿津浦铁路挑到和县乌江来的。我的妻妹从东北回到老家，才两三岁，也是用稻箩挑到故乡的老房子里。

到了正月初二，嫁出去的女儿必是要携夫抱子回娘家的。在还未开始计划生育的年代，女人生孩子就像鸡生蛋一样勤，一个接着一个，回娘家的日子里，男人便把稻箩搬出来，箩底垫上几层尿片，把小孩抱进去，一头放一个，挑起稻箩的时候，嘴里不忘叮嘱着："手扶稳了，身子别乱动，掉出来可就吃不到外婆家的好东西喽。"

坐在稻箩里的小孩兴奋得脸发红，眼睛发光，双手扶紧稻箩边缘，头使劲仰着往外看。稻箩在男人的肩头一颠一颠，很有弹性，箩里的孩子则随着颠弹的节奏颤动，别提有多舒服。

最惊险的是从外婆家回来的路上，男人挑着稻箩，走在覆着薄雪的田间小路上，脚步扭七扭八，跟跳秧歌一样，还大声地唱着民歌，一看就知道酒喝多了。女人抱着最小的婴儿紧跟在男人后面，嘴里直叮咛着："走稳了啊，别把孩子甩田里去了。"男人仿佛故意要逗女人担心，把秧歌扭得更欢，稻箩随着男人的脚步甩来甩去，像失控的飞轮。稻箩里的孩子却一点也不觉得害怕——有什么可怕的呢，这是多好玩的游戏啊。

很遗憾的是，我出世时，没有外婆，没有外公，没有享受到这等待遇。母亲说这些时，眼里含着泪。现在想起来，她是在孤苦中思念亲人，像卖火柴的小女孩，以亲情的火光取暖。可是我那时哪里懂得呢。

农村有句俗语，叫作"稻箩被踢得滴溜溜地转"。乍听起来觉得有

115

趣，其实并不是在玩游戏。只有经历过那个特殊的年代的人，才解其中的味。那不是趣味，是一种耻辱和心酸的味。

在改革开放以前，还没分田到户时，农村是个大集体，以生产队为一个小单位。用现在的语言来形容的话，生产队里也有"留守"的儿童和妇女。农村需要的是劳动力，而这些妇女儿童们，往往都是软脚蟹子，是城市不要、农村嫌弃，又干不了重活的一批人。

农民们种出来的粮食，交完公粮后，才能分配自己的口粮。那年代又都是按人头分配。而这些留守的家属们，干不了重活，没有多少"工分"，当然也就享受不了公平的分配待遇，只有拿出"钱"来称口粮。但是，有的人家拿不出钱。

"没钱来称什么粮？过去！"鄙夷的声音刚落下，稻箩已飞到老远，并被踢得"滴溜溜"地转。掌管大称杆子的人，在这时是绝对的权威。可怜的妇女孩子们，不仅仅是伤心，更多的恐怕是羞愤了，大家只得默默地靠到一边去，胆大的人还想说几句求情的话，爱面子人的泪只得往肚里流。

在那些岁月里，乡下人的盐钱和花销，只有靠母鸡下蛋来解决，人的口粮都不多，母鸡也就不会多的。所以生产队里的经济来源，也只有靠这些在外地拿工资的人的买粮钱。于是矛盾也就存在了。

还有一种情况，就是像我家这样的，母亲去世了，父亲一个人挣的工分，远不够他和我们兄妹仨的口粮钱。也只能靠边站，等别人家分完之后，再向生产队长求情，以多分些口粮；钱呢，暂时差着，这叫"冒火"。

如今，稻箩已完成了它的历史使命，逐渐淡出了人们的视线。取代它们的是塑料编织袋。而那种用"稻箩"排队称口粮的日子，已经成为闲聊中的资料。

曾在吾乡做过刺史的唐代诗人刘禹锡，写过"二八笙歌云幕下，三千世界雪花中"的诗句。"三千世界"这个短语泛指宇宙，源自佛教名词"三千大千世界"。意思是：以须弥山为中心，七山八海交绕之，更以铁围山为外郭，是谓一小世界，合一千个小世界为小千世界，合一千个小千世界为中千世界，合一千个中千世界为大千世界，总称为三千大千世界。家里有粮，心中安稳，家有稻笼，便能坐拥世界。

板车：慢有慢的价值

板车很慢，四平八稳，咿呀蜗行，又称太平板车。冠以"太平"，表达的是愿景，也是图个吉利。

板车不是独轮车。独轮车俗称手推车，以双手推动，轻便灵活，可以运货，可以载人，几乎与毛驴起同样的作用。老电影《车轮滚滚》里面，老百姓就是用它给前线送粮食送弹药。板车呢，两个轮子，可以向前推动，也可向前拉动。

最近读《大唐史》，唐武宗李炎为了维护道教、打通所谓成仙之路，不仅大肆灭佛，而且极荒唐地禁止老百姓使用独轮车。他认为独轮车会碾破道的中心，引起道士们的不安。我每次看到影视剧里宣扬皇帝们的英明武功，都会嗤之以鼻，这次又添新的证据。

板车不是马车。马车是马拉的车子，用途广泛。有文献说，马车历史悠久，几乎与人类的文明一样漫长；直到19世纪，仍然是重要的交通工具。不过，在我看来，它的历史不会比板车更长；马车高大，板车矮小。

马车上有很多故事。读19世纪英美小说，几乎每部作品的字里行间都有马车的身影，都有马的嘶鸣。夸张点说，少了马车，就没有了小说。电影《翠堤春晓》里，约翰·施特劳斯的名曲《维也纳森林的故事》，也是在马车上诞生的婴儿。乐曲完成于 1868 年，距今整整 150 年，依然散发出树木与爱情的气息。

板车也不是平板车。平板车是工业时代的产物，是机动车辆。多用于机器制造和冶金工厂，作为车间内部配合吊车运输重物过跨之用。也可拖送大型机械。板车身板很小，依靠人力以及意志力拉动。

板车

板车属于农具系列，虽然也曾在工业生产中发挥过重大作用。它长约三米，宽约一米，高约半米，全木结构，边框、横档为刺槐（洋槐）充当，极为结实。早期，两只轮子也是木质，《劝说》中就有"煣以为轮"的句子；后来，随着工业文明的发展，换成胶皮轮子。这要轻巧很多，经久耐用，麻烦的是，车胎常被扎透或者爆裂，需要补胎或者换胎。这两样技术，我小时会，如今由于长久不用，手法生疏。我骑自行车、电动车，如果胎有问题，也都请人修理。仅这桩小事，让我深刻意识到，人是容易懒惰的。

在过去的年代里，农民用板车拖粪拖肥，拖稻把子。他们两手扶住车把，肩上背着厚而宽的布带。上坡的时候，上身弯曲几与地面平行；下坡时直身踮脚，防止板车直冲下去。虽然拉板车也很吃力，但比用肩膀挑还是省力得多。

板车当然也可用于其他方面。路遥的长篇《平凡的世界》中，人们用板车拉砖挣钱。陈登科的长篇《风雷》中，人们用板车拉芦苇。改革开放初期，城里兴起大排档，摊主以板车当案板，摆上菜肴，招徕顾客，子夜时分，收摊打烊，拉车回家。这些厨师兼车主心眼灵活，吃苦耐劳，成为最先富裕起来的人。很多年前，我外公生病时，是用板车送到医院的。我外婆去世时，是用板车拉上山的。

那板车轮子，年轻人把它当杠铃举，像项羽似的"力拔山兮气盖世"，孩子们骑那轴上，把它当车子坐，或者推着轴跑。在那年月，生活简单，乐趣不少。

板车可与老牛、老驴搭班，成为合伙人。白居易《卖炭翁》中，"夜来城外一尺雪，晓驾炭车辗冰辙。牛困人饥日已高，市南门外泥中歇"，那辆牛车估计就是板车。过去吾乡有板车队，以驴拉车。驴吃干草，屙下的粪蛋蛋晒干揉碎，是做纸筋的绝好材料。驴做的是重活，负重前行，每次卸下货物，长嚎两声，打两个响鼻，在地上打三个滚，浑身疲乏烟消云散。

板车上故事也多。春秋时期的老子骑青牛出函谷关，留下著名的《道理经》，所谓"道可道，非常道"是也。魏晋时期，驾牛车出行蔚然成风。这是因为那时的名士整日空谈，吃药喝酒，也不赶时间，牛车慢点无所谓，居然慢出了风度。因为速度慢，所以不用学习专门的驾驭技巧。"竹林七贤"之一的阮籍，就经常一个人驾牛车出行。

120

关于板车的最早记载，见于《载敬堂集·风习事物记》："浙南造用之板车，车架两边护栏高尺许，车架底部左右纵木方而粗，前延伸段渐腠稍圆是谓车手，车手前段略内向，以利挽拉。车底中部横一铁轴，左右各着一轮。单人拉之行，上坡或足重时常有一人从车旁助推。"

当代学者江群的《酷说大禹》中，有关于禹行九州的描述，当中写到出行工具："陆行乘车，水行乘船，泥行乘橇，山行乘檋。"其中有关"陆行乘车"的推想是：

> 陆行主要靠徒步，乘车的机会很少。不可能有任何机动车，动力只能是人或畜力。以最简单的车辆形制考虑，可能是独轮车或双轮车吧。

> 黄帝又称轩辕黄帝，传说是黄帝发明了舟车，所以"轩辕"二字均以"车"为偏旁。上古造字留下的这个文化密码，其中包含着重要的历史信息。

> 我到西安参观兵马俑博物馆，看到战国时的铜马车，极其精致。可以想见在这之前应该有车了。

特别钦佩艺术家们，在他们的眼睛和心灵里，万物有灵，万物有情。世界美术画册中，有干草堆，有板车。饿得慌，拉不动车，就高声唱民歌，唱民歌中的爱情。

现在板车很少见到了。但是还有。我觉得板车的现代价值，就一个字：慢！

慢有慢的妙处，慢有慢的价值。如木心的文字：

> 记得早先少年时，大家诚诚恳恳，说一句是一句。清早上火车站，长街黑暗无行人，卖豆浆的小店冒着热气。从前的日色变得慢，

车、马、邮件都慢，一生只够爱一个人。从前的锁也好看，钥匙精美有样子，你锁了人家就懂了。以前的生活多么艰苦，但是人们不急，慢慢悠悠。人生就这么长，走快走慢都到终点，走得太快的话，都看不见路上的好风景。

前几天读到一篇通讯，题为《"板车剧团"四代人，送戏下乡60余年不落幕》。"板车剧团"从最早的板车，发展到如今的大篷汽车、流动舞台，在我看来，并非好事。板车慢慢悠悠，它实则体现了慢的生活状态、慢的心态，而汽车、流动舞台则追求速度、花哨，即使演出老戏，也失掉老戏的味道了。但我无法批评他们，他们也是与时俱进。

板车很慢，拉板车的人思维也慢。你问他："树上有10只鸟打死1只，还剩几只？"他会老老实实回答："9只。"他不会想到：鸟有没有又聋又瞎的？鸟有没有不会飞的？鸟有没有傻了的？枪是不是消音的？这人枪法好不好，会不会一枪打中两个及以上？鸟死了尸体会不会挂在树上？人变得如此复杂，生活还有乐趣吗？

拉板车的人只顾埋头拉车，因而视野狭窄。电视剧《一地鸡毛》中，片头那些琐碎的所谓国内外大事，他们是不关注的。白天出汗，晚上睡觉，生活就是如此简单。那么远的东西，就像微信里的海量信息，与我们的生活有关系吗？脑子里被这些东西充塞，哪来乐趣？

我小时拉过板车。

1978年，农村开始实行家庭联产承包责任制。我家分得几亩田，有肥沃的，也有贫瘠的，就像到菜场买肉，买瘦搭肥。我妈妈去世早，弟妹都小，农活基本落在我的身上。我身子单薄，体力不支，遇到重活，就跟村人借板车代劳。板车在当时，是不小的家当，是舍不得外借的。承蒙村人怜惜，多能借到，所以至今怀着感恩的心。

印象深刻的，有两次。

一次是拖稻把子。稻子收割以后，捆成稻个子，先抱到田埂上，再码到板车上。那时田间已经修了窄窄的土路，可以直运到场基，路程约两千米，路上时常有人帮忙推拉。之后铺开稻把子，用碌碡脱粒——乡间叫作轧场，是要请人帮忙，支付报酬的。江大爷怜惜我家困难，往往不收分文。前几年他孙子江流到城里读高中，正好在我供职的学校里，我对江流关爱有加，为他跨进大学之门出了一点儿力。江大爷逢人便夸我懂事，他不知道对于父老乡亲的帮助，我是难以报答的。

还有一次是拖灰粪。稻谷晒干，用铁锹铲出直直的沟，整块田像隔成若干泳道的泳池。我用锄头挨着打宕子，撒入油菜籽。下午跟邻居借了板车，先把粪堆的灰粪装入竹筐，再把竹筐搬上板车，一步一步地把粪拉到田间，再把灰粪盖在宕子上。秋阳照在身上暖暖的，汗水滴落路上，像种子没入泥土，后来开出了彩色的小花，类似蒲公英、打碗花、车前草、夏枯草，一路陪伴着我，使我享受到艰难生活中的美妙时光。

劳动的过程是电影中的慢镜头，可以定格成无数画面。如今想来，这就是慢的价值。

与"车"相关的成语有辅车相依、杯水车薪、学富五车、盈车嘉穗、闭门造车，等等。我感兴趣的是学富五车、盈车嘉穗两个。前者，五车，指五车书，形容人读书多，学问渊博。出自《庄子》："惠施多方，其书五车，其道舛驳，其言也不中。"后者，意为一棵稻就能装满一车，形容粮食丰收。在我看来，一个满腹经纶，一个丰衣足食，都是我所向往的生活。

第五辑　收获农具

磨刀石：砥砺前行

磨刀石出现的历史应该很久了。

荀子《劝学》里写道："故木受绳则直，金就砺则利，君子博学而日参省乎己，则知明而行无过矣。""金就砺则利"的"砺"，就是磨刀石。

庄子《庄子·养生主》里写道："今臣之刀十九年矣，所解数千牛矣，而刀刃若新发于硎。"最后一句"而刀刃若新发于硎"中的"硎"，也是磨刀石。

庄子，约公元前369年—公元前286年，战国时期宋国人。荀子，约公元前313年—公元前238年，战国末期赵国人。他们作品中的磨刀石，足以成为中国文化的镇山之宝。

后人经常用到成语"再接再厉"。此句出自韩愈《斗鸡联句》，原指公鸡相斗，每次交锋之前，先磨快嘴，比喻继续努力再加把劲。"厉"的本字是"砺"，其意当是"在磨刀石上磨"。连公鸡都能找到磨刀石磨嘴了，那磨刀石的一定遍地都是。

最近流行新词"砥砺前行"。砥砺的本义也是磨刀石。如《山海经·西山经》："西南三百六十里，曰崦嵫之山……苕水出焉，而西流注于海，其中多砥砺。"郭璞注："磨石也。精为砥，粗为砺。"可引申为在磨石上磨。如《荀子·性恶》："阖闾之干将、莫邪、钜阙、辟闾，此皆古之良剑也，然而不加砥厉，则不能利。"又可引申为磨炼、锻炼。如《墨子·节葬下》："此皆砥砺其卒伍，以攻伐并兼为政于天下。"还可引申为激励、勉励。如《荀子·王制》："案平政教，审节奏，砥砺百姓。"总而言之，磨刀石历史悠久，磨块时间之刀，除旧布新，历久弥新。

江群先生《酷说大禹》中有关于磨刀石的推想，如果能够确定，则是最早：

> 禹墟考察中，在祭祀台，有大片红烧土，可能是烧火"燎祭"的场所；红烧土附近，有几块质地较硬的"磨刀石"，可能是杀牲祭祀时使用。

我现在已是天命之年。追溯以往，直到孩提时代，印象中，每家都有几块磨刀石。在村子里，我家算是最穷的，也有几块磨刀石。它们是青砖，并不是石头，大概最早用的是石头，于是名称沿用下来了：长约30厘米，宽约20厘米，厚约10厘米。不过磨到后来，中间凹，两头翘，像一块瓦片，几乎能照见亮。

我家的磨刀石都靠在大门后面。上面土墙裂缝里插着镰刀。早春打秧草，午季割油菜籽、割麦，立秋前后割早稻，寒露割晚稻、割黄豆、割山柴、割山芋藤子，都要先磨镰刀，就得用到它。有时把它带到田间，割几趟稻麦下来，顺手磨几下。就像我们用菜刀切菜时，有时觉得钝，在瓷砖上或碗底上临时蹭几下。

俗话说："砍柴不费磨刀时。"磨刀是细致的活、费时的活，所以不能蹲着磨，而要坐下磨。又有俗语说，"慢工出细活"，确实不错。母亲每次磨镰刀时，都坐着小板凳，在旁边放盆清水。她用旧鞋把磨刀石后部垫高，使其略呈斜面，右手握稳刀把，左手按在刀面上，手指靠紧刀背，稍微使劲往下压，往前推送，再往后拉，不温不火，不急不躁。她还不时腾出右手，用手掌往磨刀石上招些清水。磨了一会，又用手指在刀刃上试试。磨刀是有声音的，虽没有"磨刀霍霍向猪羊"那么夸张，但那磨刀石与刀刃摩擦时的窃窃私语不绝于耳。如果声音比较清晰了、流畅了，就说明钝的刀口已经磨平而锋利了。一年里的各个季节，两者时常耳鬓厮磨，结果磨刀石成了瓦片，镰刀也成了镰刀头，都扔在墙旮旯里，成了两相厮守的老兄弟、老姐妹、老夫妻。

母亲磨镰刀的时候，喜欢看天。我觉得她的骨子里是个诗人。她去世后多年，我听舅舅说他们祖籍北京，那是文化古城，是个人血脉里都有点文化因子。时隔多年，最近，我读到我以前的学生奉靖写的一段话："我们人类，是最擅长运用、开发和背弃大自然的生物。但我们所钟情的每一位大师和品牌都和自然息息相关。撇开天猫、京东、苏宁，单说国外的卡地亚的豹子、香奈儿的茶花……还有艺术层面的梵高的向日葵、肖邦的小夜曲，故宫翘檐上的神兽、嫔妃日用品上刺绣的花型……我们的创作灵感来源很多时候并不在嘈杂的人群里，而在唯美和谐的自然韵律里。有一天，日光明媚又照耀，我在一阵阵泛着泥土气息的小道上，搓着手上在菜地里沾的泥巴，顿然感悟出大自然的伟大。"我感觉这段话正是我母亲当年的生活写照。

我们有时也用磨刀石磨菜刀。在贫穷的年代里，菜刀并没有骨头砍，却时常当作柴刀、斧头来用，砍树、砍木屑，用以起煤炉或者烧土灶，所以总是缺牙少齿。磨菜刀的活经常是我做，因为我很小就算得上家里的"主厨"：也就是煮饭，烧几样蔬菜，偶尔搞点创新，如焖黄豆小菜、红烧煎饼之类。把用钝的菜刀，放盐水或者淘米水中泡泡，然后边磨边朝上面浇水，也用手指试试刀刃，只要缺口不硌手就行。

在母亲去世后，我家的菜刀起过门卫的作用。那时父亲晚上有时回来很迟，我带着弟妹在家，都小，害怕。晚上睡觉时，关了门，插了门闩之后，两扇门合得不紧，被风吹得咣啷响，从门外也可以把门吹开。于是在门闩与门板的缝隙之间插入菜刀，好像如今购买人身意外保险似的。从这个角度说，它也可算镇宅之宝。

有了电视之后，时常看到磨大刀的场景。那是官逼民反，要报仇了，或者是抗击外敌入侵。很多电视剧里有中国大刀砍断日本武士刀的镜头。我知道，这是为了凸显中国人民抗战必胜的意志，具有象征意义。因为日本刀象征日本武士，象征侵略者的暴力，斩断这个就等于斩断侵略者的魔爪。

后来我上了大学，毕业后到中学教书，基本不用镰刀，菜刀质量也好，因而远离了磨刀石。最近三四年，业余时间种菜，会用镰刀，但并不多，所以也没用过磨刀石。但我现在知道，磨刀石是用陶土烧制，并不是一般的青色砖头，而是由特殊材料制成的专用砖。

我还知道一个关于磨刀石的故事。故事的主人公是阿古顿巴，类似阿凡提，也是修理财主。

有一个大财主，住在阿古顿巴的村子东边，他虽然拥有大批的良田沃土和无数的金银财宝，但贪欲还是越来越大。一天傍晚，阿古顿巴悠然洒脱地赶着两头牦牛，牦牛背上载着满满的四驮子粮食，快进村时，并没有取近道回家，而是绕到村子东头，故意打这家财主门前经过。财主马上问道：

"阿古顿巴，瞧你这驮子里装得满满的，是些什么？"

"粮食。"阿古顿巴答得很干脆。

"哟，你真不简单！哪儿弄来的？"

"穷得没有法儿，只好做点小买卖呗！昨天，我运了点磨刀石到拉萨

129

去了。这点粮食就是用磨刀石换来的。"

财主听说"运了点磨刀石"就换来这么多的粮食，觉得这倒是生财之道，有利可图，于是就详详细细地向阿古顿巴打听起拉萨的市面情况。阿古顿巴介绍说："磨刀石在拉萨可真吃香啊！我一运到那儿，就被他们给抢购一空。不过，这方面的行情、价格，也确实有点奇怪，大磨刀石每块卖五两银子，小磨刀石也是每块卖五两银子。我这次算是倒了霉，运去的全是大块儿的磨刀石，要是小的，那该是多么合算哟！"财主听到这里，已是急不可待，没等阿古顿巴介绍完毕，就跑回家，命令他家的用人，将那些本来现成而适用的磨刀石统统砸成小块儿。第二天清早，即领着长长的、满载着砸碎了的小磨刀石的马帮，向拉萨市进发。到了拉萨，果然引来了不少人看，可是摆了一整天，都没有人买。

后来，他知道自己上当了，就找阿古顿巴算账："你说磨刀石很吃香，我运去了，怎么一块都没卖掉啊？"

阿古顿巴理直气壮地答道："昨天人家都已经买了我的了，仅仅隔了一夜，怎么还会买你的呢？磨刀石又不能当饭吃！"

我又想到磨刀石的寓意。微信上有个帖子，说狐狸发现一窝鸡，因太胖钻不进去，于是饿了三天终于进入。饱餐后又出不来了，只好重新饿三天才出来。最终它哀叹自己在这个过程中除了过嘴瘾，就是白忙活。这个帖子，其实是一种人生观。从消极方面看，人生短暂，最终都是虚无；而从积极方面来说，人生是个过程，生命历程的体验。生活就是一块磨刀石，可以磨炼人的意志。

我喜欢保尔·柯察金的名言："人最宝贵的东西是生命，生命属于人只有一次，人的一生应当这样度过：当他回首往事的时候，他不因虚度年华而悔恨，也不应碌碌无为而羞愧。在他临死的时候，他能够这样说：我的整个生命和全部精力，都献给了世界上最壮丽的事业——为人类的解放而斗争。"这是一种精神，给人一种向上的力量。在小说中，他无论是背部受伤，还是患伤寒病，还是最后失眠，他都不气馁，顽强面对，最终成为青年人的楷模，影响了几代人。很多人虽然不是"为人类的解放而斗争"，但是他们积极进取，敢于面对困难的精神令人敬佩。

　　现在磨刀石很少见到了。但是我们行走于世，需要这块磨刀石。

镰刀：横渡四季

　　1986 年奥斯卡获奖影片《走出非洲》，除了故事曲折动人，地域景色美妙独特，当地土著手持镰刀劳动的场景令人神往。我读书，看电影，有时关注风景，比如《瓦尔登湖》，比如《查泰莱夫人的情人》，湖上风光和森林里的花草，都引起我极大的兴趣。

　　《走出非洲》改编自凯伦·布里克森的同名自传体小说。开头几句，就把读者引向遥远的异域：

　　　　我在非洲曾经有一个农场，种咖啡豆，给黑人小孩治病……我在非洲曾写过一首歌，哪里有已逝的热土，哪里有纯洁的朝露。我总是两手空空，因为我触摸过所有。我总是一再启程，因为哪里都陌于非洲。

　　我出生在农村，后来外出求学，在外地安家，渐渐远离村庄；如今古老的村庄，已经被夷为平地，建起钢筋水泥的丛林，是完全回不去了。

村庄于我而言，也变成了"曾经"。我怀念那些年我使用过的所有的农具，包括镰刀。

镰刀是农具中的高寿，而且健康快乐。很多农具已经被请进了农展馆，成为僵硬的不能呼吸的标本，它却身康体健，伸臂踢腿，穿越四季，发挥着不可替代的作用。如今，在《激战：英雄世界》开发以后，越来越多的镰刀，居然出现在玩家们的视野里。

镰刀产生于旧石器时代末期，经由石镰、蚌镰、青铜镰而至铁镰，其形制至汉代以后基本定形，沿用至今。西汉末年著名学者扬雄《方言》一书

镰刀

中出现了"镰"字。四川成都出土的汉画像砖中、敦煌的唐代壁画中都有收割图景。可以说，一部人类农业发展史，也可看作镰刀的历史。镰刀家族绵延不绝，自然人丁兴旺，有收获禾穗的手镰，古代称"铚"；有可以装柄的镰，古代称"艾""刈"；汉代出现专门用来收割禾草的"钹镰"，宋元时期又出现铲割作物的"推镰"。如果建一座镰刀博物馆，定然参观者众多。

在我看来，镰刀旺盛的生命活力，以及长寿的秘诀，在于它的勤劳。就像网传的102岁日本老人世本恒子，写作、旅行、搞摄影、研究服装，她说自己简直没有时间去死。其他的农具有忙有闲，有双休日，有年休假，镰刀是没有的。镰刀横渡四季，生命不息，战斗不止。它在割完菜

籽麦子，割完水稻黄豆的间隙，栽秧前要割秧草（割杂草，闷到水田里沤成绿肥），割稻后要割山柴，还要割芝麻、山芋藤、枯藤老树。我现在种菜，又用它割韭菜。乡间常说"看镰刀，知勤懒"，如果你发现了一把刀刃锈迹斑斑的镰刀，那主人定是游手好闲之徒，为众人所不齿。

镰刀是农具中的孔明，具有"鞠躬尽瘁，死而后已"的精神。镰刀的刀头，主要有平刃与弯刃两种，前者略像香蕉，短而宽展，用来割草或割硬实的植物，后者仿佛月牙，是平刃的加长版，长而精细，割麦割稻，左手挽住庄稼，一挽一片，右手握镰，以刀刃压住根部并向后拽，一镰下来就是一抱，效率极高。镰刀是农人的武器，在与庄稼以及杂草的搏杀之中，总是精疲力竭，笑到最后。它打败对手，也打败自己。但看镰刀头，每次大战之前，都要放磨刀石上反复磨炼，把刀刃磨得锋利，雪光闪闪，在气势上压倒对手。我母亲磨镰刀时，总要用手指试试刀口，像再接再厉的鸟，经她磨出来的镰刀，削铁如泥。磨啊磨啊，刀刃钝得像一块瓦片，要送到铁匠铺淬火加钢，将就几天。你看到它的时候，只有短短一截，像老人矮了身体，与破瓦片毫无二致，还要回炉，敲落铁锈，凤凰涅槃，浴火重生。回顾母亲40岁的人生，就是镰刀躬身劳作的身影、无私奉献的精神。母亲的盛年陨落，是我心头永远的痛。

我见过永兵和他父亲打镰刀头的情景。先把铁块在炉里煨红，用钳子夹到铁砧上，用大锤锤打成形；将其回炉烧红，放铁砧上，在刀口錾出一条小沟，加进钢；再烧，再锤，反反复复，锻打成镰。最后一步，永兵用钳子夹住镰刀头，一点点地放进水里淬火，使其坚硬。滋啦一声，白烟腾起，一把青色的镰刀头，光荣诞生。因为镰刀用得多，特别费，所以那个时候，有些铁匠带着家伙，走村串户，专打镰刀，谓之"利杀镢"，其收入远远超过在生产队里上工挣工分。故乡便有"荒年饿不死手艺人"之说。我父母都在生产队上工，收入微薄，永兵家的经济条件要比我家要好很多。所以说，劳动跟劳动是不一样的。

镰刀的长久生命力，更在于它始终不离土地。手握镰刀，便想起与草木耳鬓厮磨的时光。少年时期，我割过菜籽，割过麦子，割过黄豆，割过水稻，割过各种各样的杂草。那时，我的母亲已经去世，家里穷得年年冒火，兄妹仨饥寒交迫。冬天里，我仅穿两条单裤，手脚冻破，鲜血淋漓，硬被冻成鼻炎。但是小小的我，没有屈服，在节假日，跟成年人一起出工，一天能挣四五分工（成年人中，男一天十分工，妇女八九分工）。在分田到户以后，家里缺乏劳力，我只能夙兴夜寐，勉力为之。在我手里，镰刀不仅仅是一块冰冷的铁，而是与困难抗争的勇气和实践；它是有温度的。镰刀上的光，不是寒冷的铁光，而是汗水的光，是日月星辰的光。我朝手心吐一口唾沫，紧攥着镰刀的把，竭尽力量，割、割、割，扫、扫、扫，砍、砍、砍，我听见庄稼纷纷委地的声响，我看见杂草茎管流出的草汁。我有一种获胜的自豪感。靠着这股拼劲，我读书学习，考上大学，终于走出了困境。

《小森林》中也有收割的独白，也写到镰刀：

> 我的稻束会飞越天空两次。第一次是种下的时候，等距离地把稻束扔进田里，这样就不用费事老是回去拿了。
>
> 第二次是收割的时候，割下的稻子用稻草捆成束，堆放在水田中间的田埂上。我看不是田埂，是插一根棍子，把稻束交错码在上面晒，等晒干后用脱粒机脱粒，似可同时碾出米来。

在大学里，我读到了海子，被他的像麦地一样的文字所包围，也从中汲取来自土地、阳光、植物和水的营养。以后，每次回乡，走过我曾劳动的土地，都会高声背诵那些光辉灿烂的华美诗篇：

"健康的麦地 / 健康的麦子 / 养我性命的麦子"（《麦地》）

"我摘下你的头巾，走到你的麦地／这里的粮食虽然是潮湿的／仍然是山顶的粮食"（《冬天的雨》）

"那一年／兰州一带的新麦／熟了／／在水面上／混了三十多年的父亲／回家来／／坐着羊皮筏子回家来了"《熟了麦子》

镰刀也曾充当兵器。远古时期，士兵没有充足的武器，只能手执农具冲锋陷阵。后期出现的钩镰枪、戈等武器，都是从镰刀而演变来的武器。在中学历史教科书里，农民起义的喊杀声此起彼伏，而他们手中的武器，如《过秦论》所说的"锄櫌棘矜"。我想，其中肯定会有镰刀，那砍杀起来多么方便多有力量啊。

镰刀具有象征意义。我们的党旗上，就是铁锤镰刀，分别代表工农。毛泽东有诗："军叫工农革命，旗号镰刀斧头。匡庐一带不停留，要向潇湘直进。"其实，自古而今，写镰刀的诗举不胜举，那些诗歌，因为镰刀的加入，多了许多烟火气。如王昌龄诗："腰镰欲何之，东园刈秋韭。世事不复论，悲歌和樵叟。"苏轼的诗："老翁七十自腰镰，惭愧春山笋蕨甜。岂是闻韶解忘味，迩来三月食无盐。"诗中称镰刀为"腰镰"，说明当时镰刀多是别在腰间。我小时候，也曾把镰刀别在腰上，只是不知"腰镰"之名。

晚上，看老电影《安娜·卡列尼娜》，无意中与镰刀相遇。一种类似推镰的镰刀。把子很长。在农庄里，贵族列文与农民一起，双手握着镰刀把，在草地上横扫，一片狼藉。据说，这个形象，是托尔斯泰式主人公中自传性最强的一个。托尔斯泰是个善良的人，他大概是想用镰刀横度四季，扫荡不平。

斛桶：掼得轰轰烈烈

近三五年，掼蛋蔚然成风。风云际会，地不分南北，人不分老幼，都能凑成牌局。电视上都有直播。但我说的，不是掼蛋，而是掼稻。

往前推移三四十年，夏历七月底八月初，栀子花开之时，或 9 月底 10 月初，桂花飘香时节，早稻或者晚稻开镰收割。你走过乡间，就能看到，稻田当中，一排排稻铺子之间，垛着几张四方大桶。每张大桶旁边，两个三个或者四个汉子，各把一方，双手像铁钳似的卡着稻把子（方言，指一束带穗子的水稻；也指一铺或者一担没去谷粒的水稻），先是高高举过头顶，接着往桶壁上用力甩打，同时喊着高亢嘹亮的号子："掼一把啊，敬天地啊；掼一箩啊，敬神灵啊；掼一场啊，老婆孩子热锅堂啊。"

这就是掼稻了。

用来掼稻的方形大桶，叫作斛桶、掼桶、稻禾桶。

我国水稻种植历史悠久。《管子》《陆贾新语》等古籍中，均有神农时代播种"五谷"的记载，而水稻列于其中。1974 年，考古工作者在河姆渡新石器时代遗址发掘出大量的稻谷、稻壳和稻叶。稻壳、稻叶不失原形，有的稻叶色泽如新，有的稻壳上连稻毛也清晰可辨。经鉴定，这些稻谷已有六千多年历史，是世界上现存的最早的稻谷。而古代脱粒的方法，一般是掼。

斛桶

掼稻需要工具。甲骨文里，有个"毌"字，就是"掼"字。其为独体象形字，应该就是掼桶的雏形。元代《王祯农书》里，记载了一种掼稻工具，叫掼稻簟。簟就是竹席。掼稻时，在晒场上铺张竹席，上置石块，农夫手举稻把子，在石头上甩打，把谷粒打落下来。后来，在水稻产区，有了掼床，简单点的，是在木架上搁块木板，人蹲着掼稻；讲究些的，用木料打成床的形状，下立四脚，上铺粗的竹竿，人可以站着掼稻，好用力气。再后来，在南方地区，由于收割之时，多是黄梅天气，雨水较多，稻秆潮湿，田有积水，泥土也烂，挑稻把子十分费劲；假如割的是早稻，稻田里的水还要留着，正好可以犁田打耙，栽插晚稻。这样，就出现了掼桶。用时尚的话说，就是应运而生，也算技术革新。

掼桶成形以后，就像传统一样，一代一代流传，几乎没有变化。我见过的掼桶，都是全木结构，榫卯穿插，一根铁钉都没有，大概是怕锈蚀。呈四方形，口大腿高，桶口略大于底，四围木板约四尺长、两寸厚，上沿略有弧形。印象最深的是，四个拐角榫头凸出，可作把手，便于推拉。桶底内侧光滑平坦，外侧装有 H 形的两根枕木，很粗，两端略略翘起，像雪橇似的，方便拖行。

掼稻是累人的活，要有蛮力，一般都是男人掼。他们站在桶外，接过妇女或者孩子递过来的稻把子，用力打在桶板上，一下、一下，又是一下、一下，"嘭嘭嘭嘭"，边打边抖，谷粒簌簌落下，"大珠小珠落玉盘"。一把稻把子要掼四五次，最后一次一定要抖干净，俗语称："抖一抖一杯酒。"等掼完一片，再把桶向前移动几米十几米接着掼；看到遗落的稻穗，哪怕只有一根，都要拣起，每根稻穗的成长都不容易，也是节俭的表现。我那时小，做递稻把子的活，一会弯腰一会站起，忙得不亦乐乎。再看桶里，谷粒渐渐升高，像金色的沙滩，那些青黄的稻叶，像美丽的云帆；有时把手指插进谷粒之中，感觉日子充实，或者紧攥一把谷粒，内心生出满满的幸福感。

　　落在斛桶的谷粒是潮湿的，到大半桶时就要取出，用稻箩挑到稻场上去晾晒。掼过的稻草，称为"斛桶秆子"，分成一把一把，用草绕子扎住穗部，再将根部旋开，站住，就地晾晒。要是等着犁的田，则把它们

用稻草编草帘

139

搬上田埂晒，晒干以后，码成草堆。这草有用。以前草房子多，屋顶都是用稻草盖的，每年都要翻盖一次，或者补些新草，可以编成草帘子，挂在门口挡风，或者垫在床底下，当作床褥。草茎是空的，里面蓄满阳光，温暖而有草木气息。20世纪80年代以后，吾乡开始大规模种植大棚蔬菜，冬天里，可以盖在大棚上面，防风、保暖，有雪的话，可用竹竿扫下。还可以贴在土墙外面，挡雨。我家过去极其贫困，住着两间东倒西歪的草屋，四面墙都是用土搭成。年深日久，风雨侵蚀，墙皮脱落，坑洼不平，就曾和了稀泥，贴了稻草，像渔夫穿了蓑衣，独钓寒江。十多年前，我到皖南旅行，见当地人把稻秸架树杈上，以防受潮霉烂，深有感触，写成散文《树上的草垛》，有幸发表在《安徽文学》上。

1977年高考制度恢复之初，有年，语文卷中有道新诗赏析题，材料是郑敏的《金黄的稻束》。那些稻束，就是站在田里的稻把子：

金黄的稻束站在割过的秋天的田里
我想起无数个疲倦的母亲
黄昏的路上我看见那皱了的美丽的脸
收获日的满月在高耸的树巅上
暮色里，远山围着我们的心边
没有一个雕像能比这更静默
肩荷着那伟大的疲倦，你们
在这伸向远远的一片
秋天的田里低首沉思
静默。静默。历史也不过是
脚下一条流去的小河
而你们，站在那儿
将成为人类的一个思想

这是诗人 20 世纪 40 年代的作品。整篇围绕"金黄的稻束"的意象展开，通过稻田、路上、天空、远山等空间性的位移，传达出对劳动中生命力的消逝的沉思和对母性的歌颂。当时诗人居在昆明郊外，傍晚散步时，看到站在田野里的稻束，当即写出了此诗。此可作为诗歌源于生活的实例，也给了我写作的启迪。

斛桶体积较大，分量不轻，搬到田里并不容易。多数地方是把斛桶倒扣过来，两人斜角抬着走。我们家乡是一个人扛。有力，还要掌握平衡。

扛斛桶和掼稻把子都需要力气，不同的是，扛斛桶尤其需要爆发力，掼稻把子特别需要耐力。稻把子是湿的，把稻谷从稻秆上掼下来，并不容易。我曾经掼过半天，稻谷没有掼下多少，可是胳膊已经没有知觉，好像甩丢了一样。斛桶我是扛不动的，所以从小羡慕村里那些有力气的人。多年以后，我扪心自问：我虽然土生土长，可我不是一个合格的农民。

斛桶除了脱粒外，还有一个用途，可作稻谷的储藏容器。闲置不用时，便斜靠在生产队的仓库墙壁，用桐油油三四遍，可以用很多年。后来，农村普遍使用脚踏式打稻机，接着又有电动打稻机，如今更有收割脱粒机，斛桶渐渐失去往日的辉煌。我们村里，在农村实行联产承包责任制以后，那些斛桶不知去了哪里，掼稻的大场面已然成为回忆。

斛桶还称胡桶。它们两个字的读音相同，但是含义有别。前者乃旧为量器名，底方口敞，颇似倒四棱台，形状很像掼桶，只是缩小很多；后者出于我的想象，胡人逐草而居，以马代步，臂力无匹，民风彪悍，以此为号名副其实。

碌碡：轻吟浅唱

在乡间，小伙子们的游戏方式，多与比试力气有关，比如掰手腕、甩石锁、滚碌碡、抓五爪石。"男"是个会意字，由"田"和"力"构成，男人天生依靠土地求食，缺少力气的话，不要说被人耻笑，连自己都看不起自己。有力气的男人，在村子里，像骄傲的公鸡，母鸡们都围着它咕咕叫。水手也要力气，所以海明威《老人与海》里，桑地亚哥与人掰手腕，连掰三天三夜，非要比个胜负。

我们生产队的稻场上，横七竖八地睡着十几个碌碡（又叫石头滚子）。青石做成，长约一米，直径半米，似圆柱体，中间略大，两端略小，宜于绕圈旋转。两端中心各凿一个圆形凹槽，一手指深，光滑滑的，便于插入木楔，套木框架。整个碌碡表面，光滑如镜，青得发亮，露出白色的网状纹路，就像手背上的静脉。小孩子爬上面骑着，或躲在后面玩捉迷藏；青年人则推着它们跑，看谁滚得远。赵大力力气最大，可以把它们竖起来，推倒，再竖起来；他还可以站在睡倒的碌碡上，用双脚向后蹬，使它滚动。

在我的印象中，我一出生，碌碡就在那里，我长大以后，出去读书、工作，在外地安家，每次回来，它们还在那里。我不知道它们来自哪里，又如何能够坚守乡间。以至曾经傻想，是不是稻场就是妈妈，而它们是在某个神秘的午夜，在繁密如花的星光下，与庄稼一起出生。它们生下来就是为了与妈妈做伴，所以任凭时光流转，却能不离不弃。到了现在这个年龄，我才知道，稻场既是它们的家，也是它们施展才华的舞台；就像有人说的，人离了单位，离了圈子，离了祖国，什么也不是。

碌碡又称碌轴，是用来碾平场地、轧谷物（两者都叫轧场，如果区分，前者叫"碾场"，后者叫"打场"）的农具。每年午季、秋季之前，队长就会派几个壮劳力，用铁锹或镢头，把稻场（我们俗称场基，或称稻床、乡场、晒场）的老土翻过来，先撒青灰（草木灰）、草屑、

碌碡

石灰，用耙耙匀、耙平，再洒清水，最后用碌碡反反复复地轧。我们生产队的稻场很大，有两亩地，分成六块，要一块一块地轧。李爷爷挥舞长鞭赶着牛，牛拖着碌碡在稻场上转，从太阳出转到太阳落，转了一圈又一圈，才能轧好一块。轧好的稻场像光滑的丝绸，瓦蓝瓦蓝，不起壳，不起灰，不吃雨水，不搅石子，比后期的水泥地还好。但不平展，而是中间略高，两侧略低，像大马路。等到六块稻场轧好，连在一起，像蒸馒头时，并在一起的六只馒头。如果下雨，雨水可以向低洼处淌掉，雨过即干。

每当轧场的时候，就能听到两种声音。一是碌碡的轻吟浅唱，连续不断，像春天的风穿过柳丛桃林，像最美丽的抒情女诗人吟唱极舒缓极轻柔的小夜曲。其实，那是碌碡滚动时，套在碌碡外边的木框上的木轴，与碌碡两端中心的窠臼相摩擦而发出的吱吱的声音，但是悦耳动听。那是劳动者的歌唱，是实实在在的生活。二是李爷爷打起的鞭声。他的长鞭不是打牛，而是甩在空中，扭几道弯，像蛇游动，叭叭脆响，像逢年过节，或者婚庆放的鞭炮，炸出喜庆的氛围。他还让我想起老电影《青松岭》里张万山大叔："长鞭唉那么一呀甩耶，啪啪的响哎，哎嘿依呀，赶出了大车，出了庄啊哎嘿依哎……"

槐花开了，荷花开了，栀子花开了，苦楝花开了。兼以油菜、麦子的气息，空气中弥漫着清新之气。小公鸡开口鸣叫，声声脆生生的。空气清新，万物美好。

接着就是割麦割油菜籽。油菜籽略早些，也好脱粒，铺在稻场上，晒透以后，妇女们用连枷扑几下，那些活泼乱跳的小不点儿，就急不可耐地跳出籽荚，满地打滚，像刚会迈步的孩子，急急挣脱妈妈的怀抱，满地乱跑。麦子迟些，也难打些。有时把麦穗头对头排好，等晒干了用连枷打，更多时候是用叉钌抖开，铺在场上，用碌碡扎。又是李爷爷出场，他赶着牛，牛拉着碌碡，在麦铺上转圈；估计麦粒落得差不多了，其他人用叉钌把麦草抖开，再翻过来，再轧几圈，基本完工。北方有些地方给牛戴上"笼嘴"（用竹篾或者

小碌碡

144

铁丝编的半球形器物），以防牛吃麦子。我们乡间是不用"笼嘴"的，打稻也不用。牛这么辛苦，低头吃两口麦粒、稻穗，有什么要紧的呢。

之后就是耕田打耙，育秧插秧，或种黄豆。到七月底八月初，早稻成熟，虽有用斛桶掼的，但那是少数，毕竟效率太低，所以多数还是用碌碡轧。把稻把子散开，铺成蒲团形状，然后赶着牛轧。再后来轧晚稻、轧黄豆。整个过程跟轧麦子相同。只是轧稻子的人要多些。赵大力也在。他喜欢唱："拉起碌碡吱扭扭响，满场的稻谷泛金黄；漂亮姑娘你看过来啊，大力我是不是有点狂……"牛呢，不为所动，只顾悠悠转圈，偶尔拽口稻穗，慢吞吞地咀嚼，有时突然停住，尾巴往上一翘，那是要屙屎了，大力连忙张开双手，垫把稻草去接……

不管是平整场地，还是轧麦轧稻轧黄豆，牛都走得很慢，吱吱绵绵，像如歌的行板。轧场的人也不急，听其自然，鞭子甩得叭叭响，但从没落在牛的身上。反观现代的人，做什么都急匆匆的，看电视频道换得不歇，看微信手指划得不停，看一本书，总是往后翻动，数数还有多少页。都很焦急，不知道寻找什么；又不快乐，不知道怎样是好。

不过，以上描述实为多年以后的诗意回忆。其实，打场的人是很辛苦的。特别是打早稻，正值酷暑，太阳如火，地都烫脚。他们头上戴顶草帽，肩上搭条毛巾，随着牛与碌碡转圈，汗水顺着脊沟往下淌。再看老牛，累得张口喘气，"呼哧、呼哧"不绝，歇场的时候，卧在池塘打汪，只露个头，鼻子拽豁了都不肯上来。

很多年后，我才知道，碌碡是石匠用錾子砸出来的，可以传代。我们村的这十几个碌碡，不知道迎来过多少代人，也不知道送走过多少代人。它们是历史的见证。它们本身也是历史。碌碡的作用，是通过滚动来实现的。滚出平整的稻场，滚出麦粒谷粒，滚出温饱生活，滚出太平日子。人的成功，也需要经历摸爬滚打的过程。而木框架是碌碡的配套工具，是木匠根据碌碡大小量身定制，两道横梁、两道边梁、两个圆木销子（又叫木脐、辊子）而已。木框架毕竟是木制的，劳累过度，易坏，用了两三年就要换，不能与碌碡长相厮守，只是从它的全世界路过。它没有碌碡命硬。

作为打谷碾场的主要农具，碌碡已经穿越千年风雨。北魏学者贾思勰所著《齐民要术》中，就有记载："治打时稍难，唯伏日用碌碡碾。"唐代著名诗人陆龟蒙所撰论述农具之书《耒耜经》中，也曾记述："……爬而后有礰礋（lìzé，农具名）焉，有碌碡焉。"宋代范成大《四时田园杂兴》云："骑吹东来里巷喧，行春车马闹如烟。系牛莫碍门前路，移系门西碌碡边。"这说明，宋代碌碡已被广泛应用。

伴随碌碡的出现，产生了很多歇后语，比如"扛着碌碡撵兔子——不分轻重缓急"，又如"牛拉碌碡——打圆场"，都符合轧场特点。在山东等地，还出现了民间歌舞"拉碌碡"。多在正月举行，几名化了简装的老年农民，合伙拉着用彩布或彩纸糊起的大碌碡，在鼓铙声中边舞边唱。滑稽的舞姿，有趣的言辞，引得观众大笑不止。因为演员多是老人，故此项活动，又被称为"老人们的狂欢节"。

20世纪70年代后期，农村出现了脱粒机；改革开放以后，更出现了收割机。现代化机械进入乡间，一步步取代了沿袭已久的碾场习俗，碌碡再也没有用武之地，最后多是横躺在庭院、猪圈。再过几十年，也许青年们再也不会知道碌碡为何物，慢慢地，连"碌碡"这个词，也会在语言中消失了吧。

不过，我是不会忘记碌碡的。碌碡的生命史，就是农耕文化的发展史。我感恩碌碡，为一辈辈乡村百姓所付出的辛劳；我怀念碌碡，伴我一起度过的那段时光。无论行走乡间，还是独坐书房，思绪都会走进农业深处，耳畔满是碌碡的轻吟浅唱。

连枷：乡场上的歌者

读大学时，有门文艺理论课程，其中讲到艺术起源的问题。有模仿说、游戏说、表现说、巫术说、劳动说，等等，谁也说服不了谁。

在我看来，劳动说更合情理。这并非因为劳动提供了进行艺术活动的物质条件，也不是因为伟人说过"劳动创造了人本身"，而是因为艺术活动产生于劳动过程之中，难以割裂。比如鲁迅说过的"杭育杭育派"，是人们为了协调动作，自然而然地喊出的号子，而这号子具有诗歌的激情与节奏；又如人们在插秧时，为了缓解疲劳和劳作的单调气氛，自然而然地唱出的《插秧歌》，旋律与节拍都很上口；还有，人们在打场时，连枷的起落优美而又齐整，一招一式颇合舞蹈的造型，甚至比舞台上的演出更美。

在 20 世纪 80 年代以前，打连枷是乡间常见的劳动场景。在稻场上，一个人，或几个人，或很多人，手举连枷，拍打麦子、黄豆、芝麻、荞麦等等，边打边唱，动作整齐，节奏分明，歌声嘹亮，情绪饱满，一个人就是一个节目，一群人就是一台晚会。我曾跻身其中，乐在其中。后来我远离了稻场，远离了连枷，每每想起打连枷的场景，就会想起歌曲《掌声响起来》："多少青春不在，多少情怀已更改，我还拥有你的爱……"

如果追溯起来，连枷的源头比长江还远，历史比长江还长。它是从原始农业中使用的敲打谷穗使之脱粒的木棍发展而来的。我见到的连枷，由一根竹把和一把拍板组成。竹把是用细毛竹做的，长约两米，略细的一端，用火慢烤，再弯过来，成一个套（类似于"木直中绳，糅以为轮，其曲中规"）。拍板是用竹条或木条并排编成，像长球拍，固定在长约20厘米的短木棒上，一端插入竹把的套子里，可以当作木轴转动。

所谓打连枷，就是挥动手中的竹把，使长球拍绕轴上下翻动，以拍打在晒干的农作物，那些麦粒、黄豆等，就离开麦穗、豆荚，像快乐的孩子满地滚动。那些沉默的麦粒，早就在煎熬中等待，就像向着梦想奔跑的人，急急地脱颖而出。麦穗不喊疼，从田野上走来的麦子就是为了养活村庄，那些透着香味的面粉，可以炕大饼、挂面条、包饺子、夹疙瘩汤，以喂养乡下人的骨骼和感情。吃了麦面的人，健康阳光，没有"三高"，从小孝顺，懂得感恩。人的一生，类似麦子，必须经历碾压与捶打，才能散发出生命本身的光芒。

有些地区把连枷称为"连杖"。连杖，连杖，连连杖打，要多形象有多形象。中国古代的家法也有杖打的，过去教书先生惩处学生就是用竹板打。男生打屁股，女生打手掌。

改革开放之前，都是集体劳动。那会儿，打连枷是很壮观的场面。午季时，人们将菜籽割倒，将麦子割倒，打成捆子，挑到场上，铺开来晒。正午时分，那些早上还温顺地躺在朝阳臂弯和故乡胸口上的菜籽或麦秸秆们，被太阳暴晒后，变得蓬松焦躁，发出吱吱嘎嘎的响声，如同春蚕咀嚼桑叶，如同青年男女窝在一处窃窃私语。这时用连枷拍打，极易脱粒。到了秋季，打黄豆秸也是先晒后打，省时省力。

吾乡风俗，打连枷以女子为主。因为相比于犁田、打耙、车水等农活，打连枷的劳动强度要略小些。她们头戴草帽或者头巾，手执连枷，迎面站成两排，拉开相应的距离，然后高举连枷，对着菜籽、麦穗、黄豆、荞麦，噼噼！啪啪！噼噼！啪啪！动作齐整，此起彼落，一枷挨一枷，枷枷不落空。那些声音高亢热烈，节奏分明，像大地的歌者，把每一粒午季或者秋天的喜悦表现出来，传播到四面八方。我的母亲小巧活泼，嗓子又好，打着打着就唱起来了："手握竹柄五尺长，连枷飞舞啪啪响；细细翻来巧劲打，辗出白面蒸馍忙。"唱完四句，别的姑娘媳妇也就跟唱："细细翻来巧劲打，辗出白面蒸馍忙……"反复地唱，如同"阳关三叠"，但无凄切之情。

连枷

我想重复的是，歌词中的"细细翻来巧劲打"，并非虚言，而是经验。打连枷看似简单，但要打好绝非易事。使用它靠的不仅仅是力气，还有技巧。你必须双手握住竹柄高高扬起，而且起落高低用力要适中均匀，待拍子借着扬起时的惯性力翻转时用力下压拍打，否则会造成拍子翻转不过来而上端着地。如果是双人或两排人对打，还要讲究配合，如果打得磕磕碰碰的，不仅打不到点子上，还可能伤到自己，进而阵容大乱。所以打连枷常常要由经验丰富的长者当领头做主打，领打者打在哪你就跟着打在哪，边打边退，一排挨一排，起如雄鹰展翅，落似老鹰捕食，那阵营与气势，简直可与训练有素的军阵媲美，又像熟练的舞者，既能踩准音乐点子，又能合拍扭动。

但是连枷的前世不是农具，而是作战武器。

早在先秦时期，中原人民即用"连梃"守城，据考证，连梃就是连枷。《墨子·备城门》中说："二步置连梃、长斧、长椎各一物；枪二十枚，周置二步中。"意思是说，守城时每两步配备一把连枷、一把斧头、一把长锤，以便以密集的火力打击敌人。

到了唐代，杜佑《通典》记载："连挺，如打禾连枷状，打女墙外上城敌人。"意思与上句差似，即当攻城的敌人沿梯攀登到接近城堞的时候，守军居高临下，用连枷击打敌人。

北宋时，连枷除仍用于守城御敌，而且成为骑兵武器。《武经总要》写道："铁链夹棒，本出西戎，马上用之，以敌汉之步兵，其状如农家打麦之连枷，以铁饰之，利用自上击下，故汉兵善用者巧于戎人。"这种武器为西戎人先用，宋代士兵加以吸收、改进，用得更好。

后来，出现连枷棍，形似连枷，一长一短；进而演化为三节棍、双节棍。传说双节棍是宋太祖赵匡胤所发明。某次他与敌对阵之时，所用大棍折断。无奈之下，他把两节长短不同的断棍连接起来凑合着用，居然大败对手。"楚王好细腰，宫中皆饿死"，从此流行开来，一直传到周杰伦的歌曲中。你听他唱的《双截棍》，挺威武的：

　　　　什么刀枪跟棍棒，我都耍的有模有样；
　　　　什么兵器最喜欢，双截棍柔中带刚。
　　　　……
　　　　快使用双截棍，哼哼哈兮；快使用双截棍，哼哼哈兮；
　　　　习武之人切记，仁者无敌；是谁在练太极，风生水起。
　　　　快使用双截棍，哼哼哈兮；快使用双截棍，哼哼哈兮；
　　　　如果我有轻功，飞檐走壁；为人耿直不屈，一身正气。

过了不长时间，连枷渐渐转为民用。

《国语·齐语》中就有："令夫农，群萃而州处，察其四时，权节其用，耒、耜、枷、芟。"其中的"枷"即指连枷，说明连枷在战国时候就有了。宋代范成大的《四时田园杂兴》中，有一首是写连枷的："新筑场泥镜面平，家家打稻趁霜晴。笑歌声里轻雷动，一夜连枷响到明。"从字面上看，这首诗里的连枷打的是稻谷。连枷当然可以打稻谷，但稻穗较紧，比较难打。明代徐光启《农政全书》介绍连枷："击禾器。其制，用木条四茎，以生革编之。长可三尺，阔可四寸。又有以独梃为之者，皆於长木柄头，造为擐轴，举而转之，以扑禾也。"

前文所引唐代杜佑《通典》记载，有"连挺如打禾连枷状"，北宋《武经总要》记载，有"其状如农家打麦之连枷"，也都说明当时连枷已经普遍作为农具使用。宋兵学人技术却用得顺手，是因为他们打掼连枷罢了。

由兵器连枷，转为农具连枷，也是铸剑为犁的经典事例。但愿天下武器皆为农具，武库空置，世间太平。作为老百姓，最渴望的，还是连枷声声的安定环境，"宁作太平犬，不作乱世人"。

制作连枷的人，开始可能都是篾匠。后来由篾匠中分出支派，专门制作竹器，如竹床、竹椅、竹碗柜等，吾乡称之扳匠，也叫拗匠。

仿佛转瞬之间，世情大变。乡村的生产节奏日趋快捷，稻场起了高楼，连枷成了古董。那些热火朝天的打连枷场景荡然无存，连枷之声销声匿迹。扳匠也渐渐失传了。

风车：摇啊摇风来了

风谷车，是农具中的高头大马，立于乡村，是巍巍乎独特风景。其穿越时间，从远古农业中走来，又穿越空间，犹如《堂吉诃德》里，立于河边的风车。如果遴选代表性的农具，它应该可以当选。

风谷车，也称风车，又称扇车，但不是用于汲水灌溉，而是极古老的扬场农具，用于分离稻麦米豆中的灰尘、秕谷、糠麸、碎石等废弃物。其用途广泛，使用频繁，是乡村生产生活中的重要角色。我们每每使用它的时候，就说"风××"，比如风麦子、风黄豆。在这里，风不是名词，而是动词，是用风吹去杂质的意思，可以单独使用。

说风谷车高头大马，是因为它体形硕大，在农具中首屈一指，如果进行综合排名，可算得上冠军。其高与成人肩平，长约两米，四脚落地，稳稳当当，远远看去，像头老牛或者大象。全木结构，卯榫穿插，由上到下，分为三层：顶部是倒四棱台形的料斗，料斗底部有一块控制进料量的插板；中间是风箱，鼓鼓凸凸，像大肚子，但里面装的不是心肝五脏，而是数片宽展的风叶，轴心连接摇把，摇动摇把则呼呼生风；下方是两个斜斜的出料口，一个朝前，一个朝后，朝前的出稻谷、大米、麦粒、黄豆等物，朝后的出碎石、泥团等较重的杂质。左侧为出风口，方形，像大张着的嘴；摇动把手时，风从风箱右侧缺口进入，从左侧出风口出，同时把灰尘、细屑、糠麸、秕谷吹出去。左右两端还有四个硬实的横档，人握住它们，可以把风车抬起奔跑。

　　如今每次参观农展馆，或者博物馆，几乎都能看见风谷车。每次看到它的身影，都会想起远年劳作的场景，都会想起曾经一起劳作的人，就会想起那艰苦却很美妙的少年时光。在我，它已经成为乡村生活的缩影和化身。当年，我围着它转圈，或者在它下面藏猫猫时，总是诧异于老木匠的手艺；时至今日，我依然对他们佩服得五体投地，想象不出他们是如何把它打造出来。以我的智商来看，它的制作工艺并不亚于如今的智能机器人。

　　在我的印象中，风谷车经常活动的场所有三处：一是谷场，二是仓库，三是碾米坊。在谷场上，多是用来风黄豆。稻谷是不用风谷车风

风谷车

的。稻场多在村口，或者村中最高的地方，又空旷（少说也有六个篮球场大），绝大多数时候是有风的，有时就是生产风的工厂；稻谷晒干后，攒成一堆，用抛锨向上抛起，迎风一扬，饱谷、瘪谷、草屑等依次排开，饱谷是很干净的。张大伯是抛稻的好手，他把稻谷撒向空中的瞬间，美得令人心醉。

不过，我听张大伯说过，也有完全无风之时。有一年连续半个月高温，树叶倒挂，尘土烫脚，狗趴地上，舌头伸出一尺长。老农们手执木锨，"呜呜呜"地叫唤（这是他们的传统呼风方法），可惜没有诸葛亮借东风的本事，总不奏效。还有一年，天阴欲雨，又赶着要风净粮食上交公粮、余粮或者"忠"字粮，容不得半个时辰的延误，只能动用风谷车。每架风谷车前，至少有五个人忙碌，两个人用笆斗抬着稻谷往进料口里倒，一个人不停地摇动摇把风谷，两个人把风净的粮食往麻袋里装，并抬走排好。灰尘碎屑满天飞，落在人们的头发上，粘在人们汗水肆流的脸上，钻进人们的口鼻。站在旁边的公社或大队的蹲点干部，站在上风声嘶力竭的叫喊："快点，快点，今儿不完成上缴任务，再晚也不准收工！"

麦粒也可以用风谷车风净，其过程与风稻谷相同。但这种情况也不多见，多是迎风抛洒，借风扬净。

菜籽是用蔀子蔀。太轻了，扬不起来，也风不起来。

只有黄豆，必须用风谷车风净。黄豆滴溜瓜圆，抛锨撮不起来；就是撮起来，也抛不上空中；就是抛上空中，落下时也难以聚拢：它太圆了，像玻璃球直滚，像幼儿园的孩子乱跑，像风一样见缝就钻。风黄豆时，两个人用笆斗把脱粒后的黄豆抬起，倒入料斗，一个人一手扶住风车，一手在摇，还时不时腾出手来，把料斗底部的插板调整下，或把已经风净的笆斗里豆子划平。

第二处是仓库。作家张弦写过一篇小说，《被爱情遗忘的角落》，后来拍成电影了，里面男女主人公相偎相拥的场景，就是在生产队的仓库。

那时所有的农田都归生产队所有，收获也全归生产队所有。到了秋后，要按照人口分口粮。农民辛苦一年，总希望能够分些干净的稻谷、麦豆过年。于是把稻谷、麦豆扒起，放风谷车里用劲地摇，扬得干干净净，过了秤挑回家，用折子或泥瓮存放起来。稻谷吃多少碾多少，麦子吃多少磨多少。

第三处就是碾米坊。这是全村碾米磨面的地方。稻谷碾过两三遍后，里面总有些碎石子、稻壳，需要用风谷车风净。那个时候，每家都会分些糯稻，碾过以后，蒸熟晒干，谓阴米干子，可炒食，可炆糖。有年冬天，不知是从哪里传来的经验，说不必把糯米蒸熟晒干，直接把糯稻烀熟，晒透，碾出来就是阴米干子。我家淘了一稻箩糯稻，煮熟晒干后，我和父亲抬到碾米坊加工。我俩抬着糯稻往料斗里倒，因我个子矮力气小，稻箩偏了，稻子倒在地上。父亲飞起一脚，把我踢倒，恶狠狠地骂我："没用的东西。"他是心疼粮食啊！我爬起来，用扫帚把倒在地上的稻谷扫拢，用撮巴撮起，倒入料斗里。至于那碾出来的米是否就是阴米干子，我已了无印象。

更小的时候，看风谷车在那闲着，孩子们爱跑到那里摇着玩。我摇几下，他摇几下，听着里面叽里咕噜的声音，趣味良多。生产队的保管员是严大爷，见我们摇风谷车，走过来，黑着脸，样子很凶地吼叫："空风车不能空摇，摇了空风车会肚子疼！"他是怕我们把风谷车弄坏了，借小孩经常因肚子里有蛔虫闹肚子疼吓唬我们。我们也将信将疑不敢去摇空风车了，有时冒着肚子疼的风险，偷偷摸摸跑去摇几下，遇到肚子疼时，自责不该去摇空风车。现在想起有些好笑。

前几天，我读到一首诗，题目就叫《风谷车》。诗人写道：

这曾是八月的乡村摇动的风声

他们把风攥在手里，要风就有风

那也是一种优胜劣汰

让饱满的谷粒进入属于自己的箩筐

混进粮食的杂草和其他一些冒充者

必须接受风的宣判而望风而逃

而米和糠挺自然的，在风中分道扬镳

让物归其位成为乡村哲学

摇风谷车

在某些地方，风谷车另有用途。比如大集体时，生产队挖有苕窖，霜降前把挖回的苕择其好苕下于窖中，保存到第二年晚春做苕种。苕窖要冬天保暖，收藏的苕才不烂。苕窖上小下大，圆曲面，三米多深。为多贮藏苕，贴近底面挖有拐洞。时间长了又不通风，窖里就产生了沼气和其他一些有毒气体，沉于洞底。每次取苕，先将洞口窖盖揭开，待一段时间，再抬来风车，将风车口对着苕窖口，摇动风车，将风送入窖内置换出窖里的有毒气体，才能下苕窖取苕。

又如山里有种野生动物叫拱猪，体型不大，嘴特长，长相似猪，其肉做成米粉肉特别好吃。这种动物喜欢吃嫩苞谷，夜晚出来活动，白天在附近用其嘴打出的泥洞里深藏不露。农人发现苞谷被毁，寻着脚印，找到它的洞穴，取些柴草、辣秆之类可生烟又不易燃烧之物，置于洞穴前点燃，待烟雾较大时，摇动抬来的风车，把烟雾吹进洞穴。只一会儿，拱猪受不了烟熏火燎，晕晕乎乎从洞中窜出，等候在洞口的人用棍棒将其打死，食其肉。

据说早在公元前 2 世纪前后，中国人已经发明了这种人力扬场机，并由北方流传到南方，陪伴我们走过两千多年时光。西汉史游的《急就篇》里有"碓硙扇隤春簸扬"句，其中的"扇"即"扇车"。最早的扇车被记录在汉代画像砖上。如今，一切皆成往事。如北岛的诗《冷酷的希望》所说："也许／我们就这样／失去了阳光和土地／也失去了我们自己。"可是有谁能够改变这种局面呢？

莨子：莨尽芜杂浮华

莨，读音 lǎng，用于地名，如南莨。

——这是百度百科的解释。

莨，读音 lǎng，方言，指沼泽地或滩涂。用于地名：莨底（在广东省恩平），南莨（在广东省中心）。

——这是《现代汉语词典》的解释。

不过，吾乡有种篾制农具，也称"lǎng 子"，但不知道怎么写。后来我偶然在农展馆看到它了，下面标注："莨子"。我像见到久别重逢的老友，感到分外亲切。

在农村，很多农具是横穿四季的，像万金油、红花油，像人群中的通才，随时可用，随处可用。比如铁锹、锄头、镰刀、扁担等，无论水田旱田都离不开它们，就是种菜也常用到它们。而有的农具似是专用，比如稻箩，人们只用它挑稻谷、麦粒、碾过的米、筛下的糠；又如莨子，在生产队劳动时，人们只用它莨菜籽荚，在各家各户，用它晒晒棉花。晒棉花还有一种农具，叫棉箔，用荻柴或细竹竿编成，床单大小，斜搭

158

在长板凳上，像现在经常看到的太阳能电板。

在吾乡方言里，荫是个动词，就是筛的意思；筛东西的工具，便叫了"荫子"。如理发用具推子，木工用具刨子、锤子，挑野菜用的铲子，耙草用的耙子，都是由动词转化为名词。它的形状也像筛子，但是直径更大，约一米五，孔眼更大，可以漏下黄豆。也可以说是为菜籽量身定做的特制筛子。菜

荫子

籽成熟上场，用连枷扑打之后，把干荚子择走，剩下的就是菜籽荚和菜籽。这时候，荫子登场，用撮巴把菜籽荚撮起，倒在里面，两人面对面地慢慢摇晃，且不时用手指划划。菜籽粒粒漏下，荚壳被滤出来，倒在一边，可烧土灶，可下田沤肥。

《红楼梦》中有"贾雨村言"，谐音"假语村言"，典籍中多"村夫野老"之说，意思说，种地的人都是粗人，做的都是粗活，没有什么技术含量。这个想法，多数时候是对的，可有时候并不准确。比如去除草屑、荚壳的工具，也讲究个"专业对口"，非亲身实践怕不懂得，也做不出来。比如稻谷晒干后，里面掺着草屑、灰尘，一般用抛锨（扬锨）抛，即把谷物抛向空中，稻谷垂直落下，瘪谷略偏，杂质被风吹到一边。又如麦粒晒干后，有杂质就用风车吹，石子土粒落地上，麦粒落进笆斗，草屑飞远；黄豆也用风车吹。菜籽打下后，即用荫子筛去荚壳。

为什么呢？稻谷上有细毛，摩擦力大，可用抛锨抛，而麦粒、黄豆

光滑，用抛锨铲起就滑落了，抛不起来。菜籽更是滑溜，没办法抛。也不能用风车吹。菜籽太轻了，如果倒风斗里，一摇，菜籽同荚壳一齐飞出来了。

我在写作这组农具系列散文时，时常在记忆里搜寻农具的影像，我发现农具当中，最多的是篾制和木制农具，即便是铁制农具，也少不了竹木助力。

篾制农具中，有稻箩、挑崴（挑筐）、粪箕（箕畚）、筛子、簸箕、连枷、耙子，等等，都是用竹篾编成；有些地区有种背篓，也是竹篾编成。木制农具就更多了。光稻场上用的，就有抛锨、推板、拉板、风车，等等。由此也可推想，若干年前，我们的祖先制作工具时的生活场景、劳动场景。

那时，自然是生产力水平低下，先民不断遭受各种自然灾害蹂躏以及野兽侵袭，时常挨饿受冻，饥寒交迫。他们采集、狩猎、种植、养殖。他们眯着眼睛打量身边的竹木，用它们制作出种种农具，延长手臂，或者增加手的力量，与自然抗衡，求得族群的繁衍与精神的成长。他们灾难深重，命途多舛，但是坦然面对，安然自处，并不焦虑难眠，时时叹息。

我读过先秦的民歌《弹歌》："断竹，续竹，飞土，逐肉。"意思是，砍伐竹子，制作弹弓，装上土丸，射击鸟兽。其用精练的语言概括了"弹"的制造过程和使用方法，表现出劳动人民的聪明智慧以及用"弹"来猎取食物的喜悦心情。

还读过明代张岱所著《夜航船》里记载的民谣《击壤歌》：

尧时有老人，含哺鼓腹，击壤而歌，曰："日出而作，日入而息；凿井而饮，耕田而食，帝力何有于我哉？"

《帝王世纪》（西晋皇甫谧著）记载："帝尧之世，天下大和，百姓无事。有八九十老人，击壤而歌。"这位老人唱的就是《击壤歌》。太阳出来就开始干活，太阳落下就回家休息，开凿井泉饮水，耕种田地果腹，尽管日子艰难，然而安常处顺，怡然自乐。

最后一句，"帝力于我何有哉"，"帝力"历来有两种解释。一种认为指"帝王的力量"，也就是说，人们的自给自足、衣食无忧的生活是靠自己的劳动得来的，而君王对此并没有什么作用，歌者反问：帝王的力量对我来说又有什么作用呢？另一种解释是把"帝力"解释为"天帝的力量"，从而突出了此歌谣反对"天命论"的色彩，歌者感叹："老天爷对我来说有什么用呢？"不管持哪一种解释，这首民谣的主题都是赞颂劳动，赞美劳动者的智慧与才能。

顺便说说篾匠。篾匠是古老而服务面很广的职业。早在新石器时代和良渚文化遗址中，就已发现带孔的竹镞和较为精致的竹制器物。《诗经·小雅》中有"尔牧来思，何蓑何笠"的诗句，生动描述了牧童暮归时头戴笠帽的情景。千百年来，由竹篾编成的篾器，一直参与着人们的生产生活，参与历史发展的进程，如同后世的机器、当今的电脑。除农具外，还有筲箕、竹篮、竹笕、凉席、蒸笼、竹筷子、竹刷子（刷锅用具）、竹水瓶壳，等等，这些曾经都是农民乃至市民生活中不可或缺的伴侣。

篾匠的工具并不多。篾刀是必备的。再就是锯子、凿子、篾针、尺竿、挖铲、刮皮、橇子、剪刀、柄锉，等等。还有一件特殊的工具就是："度篾齿"。这玩意儿不大，却有些特别，用铁打成，形如小刀，下端有道小槽，上面楔着木柄。把它插于板凳头的缝隙中，把柔软结实的篾从小槽中穿过、拉出，篾的表面会变光滑，厚薄均匀。它其实就是刮篾器，经它刮过不再戳手。

篾匠的基本功是十个字：砍、锯、切、剖、拉、撬、编、织、削、磨。最重要的基本功就是劈篾，即把一根完整的毛竹或者竹竿剖成各种各样的篾。我以前看过我们村的刘篾匠剖篾，现在偶尔走过篾匠街时，也曾驻足欣赏篾匠李大爷剖篾。他们能把毛竹片削出十几层篾，最薄的篾能透亮光，就像玻璃。剖篾是篾匠看家本领，也显示出篾匠的功底与操守，如同教师写粉笔字、外科医生拿手术刀、设计师画图纸。

我见过刘篾匠编竹篮。从编篮底开始，上三根竹橛，敲紧，稳住底盘，再围着边一圈一圈往上编。篾条在他手里不停歇地翻飞穿梭，不像劳作，而像艺术。待编到半尺高时，渐渐收口，绕于竹圈，安上拎把。不用说他手上的老茧和伤口，但看他那"伤痕累累"的篾刀、度篾齿，便可看出其中的辛苦。我也看过李大爷编莼子，先用细竹扎成圆圈，再用竹篾编成网眼似的底，最后把两者合到一起。看到莼子成形，我的记忆倏然回到从前，眼前浮现出莼菜籽的情景。

时过境迁，我们开始越来越多地使用塑料制品、金属制品这些篾制物品的替代品，甚至连"篾"这个字，都不认识了。而那些物品与自然无缘，也无手艺人的情感与温度，渐渐地我们也忘记了所走过的路。很多很多年后，这或许会成为历史上的一段空白。

我们向往城市生活，可是我们不快乐。贾平凹在《说房子》里写道："房间如何布置，家庭如何经营都不重要，睡草铺能起鼾声，绝对比睡在席梦思沙发床上辗转不眠为好。"又在《说自在》里写道："城里的报时大钟虽然比老家门前榆树上的鸟窠文明，但有几多味呢？那龙头一拧水流哗哗的装置当然比山泉舀水来得方便，但那一拧龙头先喷出一投漂白粉的白沫的水能煮出茶叶的甘醇吗？"我想，回忆过往生活，不是说要倒退到农耕时代，但是不能完全弃之不顾。我以为，世事浩繁，杂务缠身，然而作为人，必须莼尽芜杂浮华，还原生活本真，这才是生活的正途。

竹笓：像弯曲的手指

今天是第 24 个世界读书日。购得丰子恺《儿童漫画集》，中有题画诗：

> 桂子飘得割稻忙，满城丁壮竞下乡。
> 儿童也解供收获，争学成人运稻粮。

画图的主角，是两个孩子，一男孩、一女孩，各扛一束稻穗。两个孩子都是双膝打弯，估计稻穗分量不轻。但是他们，嘴角翘起，满脸喜悦。

我年少时，也曾骑着秧马拔秧、手持乌斗推稻、用扁担挑稻束、用叉鈄晒稻草、用竹笓扒稻草。而今，看到这幅漫画及诗，不年轻的身体，仿佛穿越时光隧道，回到忙碌而又充实的从前。

竹笓是什么呢？

竹笓就是用毛竹制成的笓子，竹把与笓头一体，像弯曲的手指，像放大的耳扒子、痒痒挠；也像猪八戒挥舞的钉耙，只是材质不同而已。

后来，有用粗铁丝做笆头的，现在，有连把子也是金属的笆子，可是只有金属的气味，已经完全丧失草木气息。

笆子用途极广，在乡村里，如"泻水置平地，各自东西南北流"：扒稻草，扒柴草，扒水草（喂小鹅用），晒花生、晒棉花用它翻，东西掉水里了，用它捞，孩子的魂掉水里了，也用它捞。村前村后，水塘毗邻，孩子掉水里，被呛得翻白眼，救上岸后，受惊吓了，用它捞魂，扒一下，喊一声孩子的名字。

过去的农村，从早到晚，总是炊烟袅袅，所谓"暖暖远人村，依依墟里烟"。家家都烧土灶，土灶的食物是柴草，搂柴草的工具是竹笆。你无论走进哪家，都能看见挂在墙上的竹笆，像只壁虎伏在那里。编竹笆的是扳匠。扳匠做一把竹笆，从材料到成品，要经20多道工序。你看到竹笆是实物，你看不见的是隐藏其中的智慧。

我们村里庆叔就是扳匠。扳凉床，扳躺椅，扳竹椅，扳鸡笼，做笆子，做秧夹子，做粪桶夹子，下脚料呢，削筷筒子、竹筷子、刷把，竹节呢，做碗，给孩子用，摔不坏的。他家里，到处堆着毛竹，到处都是竹丝、竹刨花。庆叔就住在我家西首，是邻居，他大儿子祖木跟我读一个年级，小儿子祖竹比我小三四岁，也在一起玩儿。我们经常在毛竹堆里躲猫猫，以致堆稳的毛竹哗哗滚动。有时拾了竹篾做弓，拾了废料做竹板，有时拽把竹丝回家洗锅，或洗粪桶。

编竹笆的工具有笆刀、锯子、刮板、笆模子、轧板、垫木、垫子、笆扣等。笆刀是扳匠的当家利器，像侠客的剑、诗人的笔、商人的秤、官员的印。其长一尺左右，刀柄刀身同体，刀柄用旧布缠绕，不磨手。笆刀主要是劈竹子用的，但劈竹子不是硬劈，而是由上端劈开一个缺口，借助刀的惯性和扳匠的手劲将竹筒撑开。

编竹笆的第一步，是要选好毛竹。竹子生长极快，春雨之中，火箭似的一飞冲天，但是如果不长三四年，就不结实。就像如今的孩子个条虽高，但是骨骼缺钙，经受不起挫折。我妻子原在林场上班，看过毛竹园，她每年春天都要用红漆在新毛竹上注明时间，以便以后间伐。太青的竹较嫩，曲齿时容易蜷齿，甚至折断，也不抗用。竹子外皮有黑点的，俗称出了痣子，

竹笆

韧性较差，弯不出钩来。好的竹子都是青里带黄，所以要挑。

编竹笆用的是细毛竹，可以用手握住。锯竹时，扳匠把毛竹搭在三脚架上锯。庆叔的三脚架是自制的，找根米把长的结实的树杈，搭在等长的毛竹的缺口上便成。锯竹的要点不在于竹筒的长度，而在于尽可能地把笆钩的顶端延伸到竹节上，这种笆钩坚固耐磨，用的时间长。没有竹节的笆钩被称为"木钩"，容易折断。

接着就是笆齿，就是将竹筒一端劈成若干竹条，便于弯成笆齿。做法是，先把竹筒劈开，想弯多少笆齿，就劈成多少份，约一尺长，削去竹瓤子，仅留带皮的竹片，又称揭瓤子。劈齿是力气活，也是技术活，技术好的劈出来的笆齿宽窄均匀，厚薄合适。

下一步，将劈开的竹条顶端弯曲成钩。竹片很脆，弯钩时，要用小火烘烤，一烤，竹子里水汽就沁出来了，竹条也会变软，弯的时候不易断裂；弯好之后，要用麻绳把竹钩拴牢定型。这个方法，就像《荀子·劝学》所说的做车轮的工艺："木直中绳，𫐓以为轮，其曲中规。虽有槁暴，不复挺者，𫐓使之然也。""𫐓"，就是用火烘烤。之后，用竹篾或者藤条，把笆齿编结起来，各个笆齿之间距离相等，形成"V"式就OK了。

季红真在《汪曾祺文学风俗画中市井风情的初始场景》里写道：

165

汪曾祺上学以后，逐渐就能够独自走出老宅。放学的路上，如果走东大街，他就要流连于各种商铺作坊。到银匠店里去看银匠在一个模子上錾出一个小罗汉，到竹器店看师傅怎样把一根竹竿做成笆草的笆子，到车店看车匠用硬木旋出各种形状的器物，看灯笼铺糊灯笼，看烧饼铺烤烧饼，看酱菜园腌萝卜、看炮仗店做炮仗……

我对竹笆制作过程很熟，也爱写作，可惜天分不够，写得不好。很多事，如做竹笆、写文章，要用脑子，脑子不够，终难成器。妻子常说我脑子缺根弦，只能叹息。

在乡村，像我这么大的人，对竹笆都有印象。说起改革开放前，那是物质匮乏的年代，人们往往想到温饱解决不了，却忽略了没草烧火的艰难。当时都是集体劳动，田是生产队的，庄稼长不好，产量都低，柴草也少。每年能分到各户的柴草，就是麦秸秆、菜籽荄子、棉花荄子、黄豆荄子，前两者都不经烧，一把火，"轰"的一声，没了，后两者倒经烧，可是一户分不到一担，架不住烧。稻草不分，留着冬天喂牛。那时也有煤球，一要钱买，二要凭票供应，农民两样都缺。所以几乎每家终年不仅要为"吃"忙活，还要为"烧"忙活。

突然想到1958年的"大跃进"，其实也是文化"大跃进"，口号是"人人会跳舞，人人会唱歌，人人会写诗"。有首"诗"蛮有意思：

稻堆堆得圆又圆，社员堆稻上了天。

撕片白云擦擦汗，凑上太阳吸袋烟！

真敢吹啊！连烧锅柴都缺，遑论稻堆顶天，事实上，常饿肚皮。

为了积聚柴草，各家各户都买了竹笆，我在七八岁的时候，就拖着筢子搂草了。麦子收完，稻子收完，就去扒麦茬，扒稻桩。家家都是像我这么大的孩子搂草，大人们要干农活挣工分。我们拖着筢子，就像拖着大刷子，在田里翻来覆去地刷，直到把麦茬稻桩刷尽为止。晚黑队里收工，大人顺便把孩子搂的草挑回家去。

午季，母亲抽空割田埂草，秋后也割，晒干了，挑回家，码成草堆，烧锅。舅舅在南京上班，有煤计划，节省下来，给我家用。我至今不知道，那些煤球是如何运到我家来的。可能是母亲用扁担挑来家的吧。她去世后，我印象深的有两件事，一是我锄芨根草，二是和弟弟拎着竹篮满村拾柴。想晒牛屎巴巴烧锅，但那也是肥啊，家里也没有牛，到哪里找牛屎去呢。

芨根草是藤蔓草，贴地而生，生命力强，先要用锄头锄掉，就地晒干，傍晚再用竹筢搂起，用竹筐挑回家去。锄了半天，累弯了腰，流干了汗，看起来一大路（一般长在路面或河堤上），晒干了没有多少，就像新茶似的。有时锄草锄到天黑，怕"鬼"。那时村人似乎特别爱讲鬼故事，孩子们又害怕又想听，结果晚上不敢出门。偶尔锄得太多，码起就倒，或挑不动，急得大哭。草挑回家，要码些在土灶后面，怕雨天里，外面草堆潮了，柴烧不着。比如潮菜籽秸，就难烧着，只好扒灶膛口，撮着嘴吹，吹老半天，没有火，只有烟，熏得直流眼水，突然一声轰响，火舌一闪，把头发燎去，一股焦味。

1983年，我大专毕业，分配到山区中学教书。工资低，不够养家，家里也备了竹筢，周末就和妻子上山扒柴，扒杉木枝，扒松树毛。之后，她在灶上掌勺，我在灶下添火。杉木枝硬，戳手，只能戴着手套烧火；松毛油润，用火钳夹住送灶膛里，可就着火光读书。常听到噼噼啪啪的响声，又闻到饭菜香，心情大好。1988年，女儿出生了，后来上街道小学时，每天自己回家，经过小山坡时，总要拽一把松毛，或拖一根树枝来家，小脸热得通红，鼻子上全是汗。

现在农村条件好了，煤不烧了，烧液化气，用电。稻草、麦秸、菜籽荚子之类，被一把火烧掉，山柴更没人割，杉木枝、松毛也没有扒。村镇为治理环境，拆了大部分土灶。路边刷着标语，扯着横幅："烧秸秆，罚款两千，拘留半月。"可是剩下的秸秆如何处理这个问题，一直没有解决。

庆叔去世有几年了。他在世的时候，教会了祖木祖竹兄弟俩手艺，在 20 世纪 80 年代初期，兄弟俩在街上各开了一爿店，几年后祖木另行择业，祖竹勉强支撑。因为强劳力越来越多地离开了田地，农活多被机器代劳，不烧土灶，不养鸡鸭，也不用凉床、躺椅——都有空调了，又出现了各种塑料或金属替代品，价格比手工制作的低得多。老话说，荒年饿不死手艺人。现在怕行不通了，即使饿不死，不赚钱谁干呢。竹箝扒的是生活的烟火，而我怕这烟火断。

《儿童漫画集》由未来出版社出，最合适不过了，民以食为天，儿童终要长大，是不能忘记稼穑之事的。

叉鍬：举重若轻

在乡间，叉鍬是件兵器，像字母"Y"，像汉字"丫"。与泥土作战，与庄稼交手，与贫穷牛顶角，与困境掰手腕。盖房搭土墙时用它叉土，轧场时用它抖麦秸、豆秸、菜籽荄、稻把子，用它翻晒稻草、堆草垛，冬天挑肥时用它叉粪。当然，也可说是它们的朋友。俗话说，不打不成交，打久了，对手成了朋友。

搭土墙是什么意思呢？《生于忧患，死于安乐》中有两句话，"舜发于畎亩之中，傅说举于版筑之间"，翻译成白话文，就是舜从田地中被任用，传说从筑墙的泥水匠中被选拔。筑墙干什么呢？盖草房。直到20世纪70年代初期，农村盖房，除了少量用土基砌墙，多是先和稀泥，掺进稻草，反复地踩，踩得黏脚，再用叉鍬挑起泥土，码成土墙；每次码一截高，等到晒大半干，能吃劲了，再往上码。之后架起横梁，苫以稻草，安上柴门，新房落成。在这过程中，叉鍬出了大力，举重若轻。

叉鍬又叫木叉、扬叉，其得名与其加工材料和使用方法有关。叉鍬早期木制，后来铁制。所谓木制，就是砍段树枝，一米五长，五厘米粗，要直，要少节疤，一端要有两根或者三根岔枝，约二十厘米长，把树皮都削掉，用砂纸打磨光滑。所谓铁制，就是树段前端不要岔枝，而是安上用铁打制的两股或者三股的叉。木制的叉，是一个整体；铁制的叉，是木把与铁叉头的组合。

叉钏又有多种规格，各有用处。比如上面说到的，叉土搭墙用的铁叉，多为三齿，齿是平的，不是圆的，叉头较小，因为泥土很重，如叉多了，举不起来。叉粪用的叉子，也是这种。清理池塘沟渠里的水花生、水葫芦也用它。又如翻晒稻草用的叉，叉头较大，叉齿圆如铁锥，晒干的稻草容易缠绕，但用叉钏可以很轻松地把它们抖开。还有一种把特别长、两齿之间的距离特别宽的叉，专门用来堆大草堆。

叉钏还有一个用处。夏天在室外乘凉，蚊子多时，要吊蚊帐。就找四根叉钏，插在四方形的四个点上，拴上帐子四角，极为方便。其样式很像后来流行的帐篷。夏夜里，稻场上，拉起若干白色纱帐，里面是竹凉床，或者垫着干草的凉席，凉快又无蚊子，易起酣声。吾乡有条无蚊巷，再热都没蚊子。据说是因为项羽当年扎营于此，被蚊子骚扰，难以入眠，嘟嘟一句"怎么不死光光啊"。后来居然没有蚊子了。去年我去此处采访过，村里人说，确实没有蚊子。

叉钏这东西很快，尖锐，容易伤人。人们拿着它时，多是在地上拖着走，很少扛肩膀上，怕戳到后面的人。那时候家家养猪，都是圈养，但有时候，猪自己跳出院墙，像莫言《生死疲劳》中的猪，跑到田里吃人家的菜和庄稼。有人就拖了叉钏，悄悄走到猪的跟前，把叉钏像标枪似的投掷出来，把猪戳得嗷嗷叫，但是不怎么出血，一时看不出来。戳得重的话，可能把猪戳死，结果引起两家人吵嘴打架。

大多数时候，乡村生活由于叉钏的参与，而变成诗歌中的田园牧歌。你读陶渊明的那些诗，读王维、孟浩然、范成大的那些诗，皆写到平凡的劳作和乡村景色，但是很美。如果以现在那些厌恶城市快节奏、压力大的人的眼光来看，乡间肯定是充满诱惑，如同伊甸园般美好，而往来耕作的农民则"诗意地栖居"其中。确实也有教授到农村买地建房，年轻人放弃城里的工作到农村种水稻种瓜果的事。吾乡有两处碧桂园项目，一处在城里，一处在山区，前者门庭冷落，后者销售火爆。

有几首歌唱的就是乡村美景，或是对乡村美景的向往之情。比如李健的《风吹麦浪》："远处蔚蓝天空下，涌动着金色的麦浪，就在那里曾是你和我，爱过的地方，当微风带着收获的味道，吹向我脸庞，想起你轻柔的话语，曾打湿我眼眶……"比如谭维维的《如果有来生》："以前人们在四月开始收获，躺在高高的谷堆上面笑着，我穿过金黄的麦田，去给稻草人唱歌，等着落山风吹过……"比如丽江小倩的《我们的歌》："我要你陪我看日出，我要你陪我看日暮，我要你陪我看雪山，我要你陪我看湖泊……"

我每次散步的时候，边走边听这些歌曲，感觉真的很美。不过，现在的乡村也在往快节奏方向发展，从前慢，冬天里围炉负暄，期盼夏天早点儿来；夏天太热，就想，要是有场雪就好了。如今倒好，空调按键一按，冬夏瞬间转换；大棚菜也是，太多的人为干预，太多的急功近利，太多的短期行为，太多的物质至上，使蔬菜的生长密码混乱，以至模糊了节令，仿佛误入迷宫，找不着北。从步行，到自行车，到电动车，到汽车，到高速列车，一路狂奔；省下的时间干什么呢，闲聊，唱歌，玩跑得快，搞婚外恋，一地鸡毛，空气中弥漫着颓废、感伤。大机器到了田里，人的劳动退席，原先的诗意荡然无存。

还是让我们回望当初的美妙场景。劳动是种享受，像一首歌，生活如此简单，是一首诗。

乡间有句俗语，"叉耙扫帚扬场锨"，即每到打场时，这些农具是少不掉的。叉就是叉钗，其作用，三个字：铺、翻、堆。铺者，是说菜籽荄、麦个子、稻把子、黄豆秸等挑到稻场后，原是一捆一捆的，无论是用连枷打，用碌碡轧，还是用脱粒机打，都需要用叉锹抖乱，铺展开来。用叉锹抖乱黄豆秸时，因为已是晒干的老豆子了，所以如同摇动铃铛，丁零零响。

用连枷扑打过或者用碌碡轧过的黄豆秸等，原都是硬扎扎的，像一言不合就斗嘴的孩子，现在皆变得柔软，犹如情窦初开的少男少女。你用叉锹把它们挑起，用力抖动，把黄豆、麦粒等抖下来，就便翻过来，好继续拍打、碾轧。用脱粒机打的也要抖，抖完之后，把豆秸等再放脱粒机里打一遍，呼噜呼噜地响。那个时候父母脱粒，孩子满场跑着玩，玩累了就倒在草垛底下睡觉。打黄豆时，老鹅可以杀吃了。有时忙到夜里，生产队会买只鹅来，杀了煨黄豆，是劳力一人分一碗吃。我母亲总是把我叫醒，把鹅肉给我吃了，她自己只吃点豆子。现在想来，我真是太好吃了，不懂事。

最后就是堆了。麦粒、黄豆等等脱粒干净以后，稻草、麦秸草等等都要晒干堆起垛来，各有用处。菜籽荄、麦秸草、黄豆秸都是烧锅柴——过去家家烧大灶，烧柴挺费。菜籽荄不容易着，需要扒在灶膛门吹，一不小心，火轰出来，朝脸上扑，燎焦头发。麦秸草温和，光滑滑的，像含油脂，火焰金黄，静如淑女，最是柔情，我最喜欢就着它的光看小说，即便是悲剧的情节也少了感伤。黄豆秸火大，火苗硬实，像雕塑中的造型，时有豆荚啪啪响起，或者跳起豆粒，啪一声响，像放鞭炮，灰烬扬起，如蘑菇云。而屋外，高高的烟囱里冒出缕缕炊烟，缠绵悱恻，直接云天，过了好久好久，才渐渐淡去。后来每次听到邓丽君的歌《又见炊烟》，眼前便会浮现那情景，仿佛回到从前。如今，大灶基本拆除完毕，炊烟已成绝响。

稻草也可烧锅，但不经烧，灰烬细密，青色如面。它主要是用来喂牛。衰草连天的深秋，风霜雨雪的寒冬，草木未发的初春，牛垫着稻草睡觉，吃的也是稻草。稻草就是牛的粮食。所以那草堆一定要堆得极好，不能漏雨受潮，发霉腐烂。堆草堆的人，先要用叉钶打好长方形底子，要踩严实，之后接过别人用叉钶递过来的一团团稻草，一层层地往上码，同时把四面修整齐，像理发似的，不让一根头发翘起。码到后来，草堆高了，下面的人就换长把叉钶递草，那一团团的草被高高举过头顶，像一朵朵金黄的云。约有五米高的时候，码草堆的人开始收顶，使中间略高于两边，像大马路，便于雨天沥水。最后，他自己顺着竹梯或者木梯下到地面，拄着叉钶掐着腰欣赏自己的杰作，为之四顾，踌躇满志。一冬的希望就堆在这里，一村人的希望在这里，他的荣誉和责任也在这里。他其实是乡村的工程师。过去的乡村，评价一个人，不是看重他的权力，或者他有没有钱，而是看他有没有能力，有没有实干精神。这与今天殊异。

叉钶不用的时候，就靠在门后，两根铁叉尖秃而亮，像黑暗中的眼睛。它在想些什么呢？

但是现在，叉钶已经绝迹。

抛锨：凌空舞蹈

现在舞蹈节目很多，有独舞，有双人舞，有广场舞，还有伴舞。这都是人的舞蹈。除此以外，还有杨条的舞蹈、风筝的舞蹈、蒲公英舞蹈，洁白的花球散开，犹如一把把飞翔的伞，飞啊，飞啊！而我最喜欢的，是少年时在晒谷场上见过的稻谷的舞蹈。

在晒谷场上，样闷、拉板、抛锨，如同雪原之上的三套马车，担负着晒谷、净谷的重任。它们细腻的木质，与浑身毛糙的谷粒亲密接触，发出沙沙之声，仿佛热恋中的甜蜜絮语。它们木质的光辉，也如絮语般温婉。

几十年前，没有烘干机，稻谷脱粒下来，都是湿的，要尽快晒干、扬净、归入仓库，或者作为公粮送进粮站。晒谷的工具有三样：样闷、拉板、抛锨——各地名称不尽相同。这几样都是木制品。

样闷由一根长把和一块长方形木板构成，木板长约 80 厘米，宽约10 厘米。用它可以摊开稻谷，翻晒稻谷，收拢稻谷。

拉板是把几块窄木板拼接成面，长约 80 厘米，宽约 60 厘米，厚约 2

厘米。正面底沿钉着两只铁环，分别穿上麻绳，可以向前拉动；背面垂直钉着两根木档——像人穿的背带裤的背带，再在木档上端装上横档，可以用手握住。晒稻谷或收稻谷时，一人在前面背着绳子拉，一人在后面握住横档并向下按，以把成堆的稻谷摊开，或者把摊开的稻谷收拢成堆。

拉板需要两人合作。前面背绳子的人——像长江上的纤夫——要有力气，后面扶拉板的人，虽然轻松得多，但要懂得机巧。所以拉绳子的一般是男人，扶拉板的一般是女人。在晒场上，男女搭配干活不累这句俗语，也算是颠扑不破的真理。

过去，生产队的晒场都大，可以并排竖起八到十副篮球架，同时放几部露天电影而不相互干扰。白天摊开来晒的满场稻谷，到晚上要攒成若干谷堆，几乎全靠这些拉板来完成。男人将绳子搭肩膀上，右手把绳头在手腕上绕几圈垂于胸前，左手在身后抓紧绳索，身体前倾，几与地平；姑娘姐儿们，双手紧握横档，根据拉板前稻谷的多少，调整拉板的下插深度，拉板前的稻谷多了，就把拉板略略竖直，扣些稻谷；如果拉板前的稻谷不多呢，就将拉板往下压紧，可以多拉些稻谷。

晒场上早晚最是热闹。早上晒稻，晚上收稻，全员上阵，速战速决。鸡在场边咯咯地叫，麻雀在电线上站了几排，远看像五线谱上快乐的音符，也像蝌蚪遨游在澄碧的海里。孩子们都跑到场上来玩，小狗跑前跑后。场边电线杆上，高音喇叭嗡嗡地叫，或是大队书记讲话，或是唱样板戏，后来是刘兰芳演说《岳飞传》。还有蝉鸣，唧——唧——

田野生产稻谷，也孕育

古代打场图

175

情歌。有一首涉及拉板的情歌，是这样对唱的：

女子——

妹在后面扶拉板，哥将绳子勒肩上，哥拉三下望望妹，妹扶三下看看郎，下下拉的是空稻板……

男子——

哥在前头拉绳索，妹在后头把眼眨，无心弯腰扯绳子，只想回头看娇娥，险些绊倒了哥的脚……

在晒场上，那些已婚的男人女人，可以这样肆无忌惮地大声说笑大声唱，即使他的妻子或她的丈夫在场，谁也不会小里小气地为此生气。即使生气，也只能生生闷气，否则，小心眼儿，今后谁还跟你合作？

一起合作的两个人，多是年龄相仿的男女，在晒稻或收稻时，也会相互开开玩笑。比如前面拉绳子的男子突然跑得飞快，叫后面的女子跟不上扶不住拉板；后面扶拉板的女子，也会故意把拉板插得很深，把斜度放得很大，前面的男子使尽浑身的力脸挣得通红也拉不动，或者把拉板竖直，让男子拉空，戗出很远，甚至跌倒在地，沾满身谷粒。但是都不生气。

不过有一个人会生气，生的是真气，而且还大声叫骂起来，那是生产队长。他眼看着田里的活还没做完，等着犁田耙田或者插秧，也可能眼见得天南边涌起乌云，生怕稻谷被暴雨淋湿，于是大声呵斥："日姐子的，男的女的硬是搅起浪来哒。快点拢堆，等雨下来，到手的粮食烂在稻场，看你们吃什么！"

稻谷全部摊开以后，留几个人看场，过一两个小时，用样闷把稻谷翻一遍。翻稻谷的人头戴草帽，肩搭湿毛巾，时不时弯腰拣几粒稻谷用牙齿嗑嗑，看晒到几成干了。看场的多是老人，也有些告病的年轻些的男女。翻过稻谷，都聚在树阴下歇着，男子点根香烟悠悠地吸，东扯葫芦西扯梨地扯闲白；女人拔出别在裤腰里的鞋底，一针一针地纳起来，

176

如果鞋底很厚，则先用锥子锥通，再用针线穿过，一针一针都是时间，都是对家人的深情。我因为年龄小，算半劳力，也晒过稻，翻过稻子，有时看小画书，有时跳进池塘里游泳。我也学过嗑稻谷，我知道如果一嗑断成两截，就说明有八九成干了。

稻谷晒干收拢，就轮到抛锨出场了。这个时候，稻谷凌空舞蹈，一粒粒抛向天空的稻谷，翻飞、腾跃，把我的心也带上了天。我仰起脸，满眼金黄，分不清是阳光，还是谷物的光。现在想来，前面的晒稻、翻稻，好像就是为抛锨的出场作铺垫，就像《明湖居听书》里的打前站的黑妞，就是为了衬托白妞的表演。

抛锨又称木锨、扬锨，它的功能，就是扬场：把稻谷抛向空中，扬尽杂质，留下净谷。那些稻谷凌空舞蹈，像幼儿园里活泼可爱的孩子。

抛锨的模样像放大的洋锨，一根高过人头的木把，一块略呈正方形的薄板，又叫锨叶子。木把前端有缺口，嵌入锨叶子。为了不使锨叶子松动或脱落，要加铁钉固定。抛锨的制作是有技术含量的。木把多长才好，用什么材质，木板多大才好，板面弧度应该多大，都有讲究。好的木锨，应该是轻巧和顺手。扬场的人，手执木柄，插进稻堆，撮出一板稻谷，随手向上一抛，稻谷迎风扬起，灰尘、稻叶、瘪稻和饱满的稻谷自然分开，饱满的稻谷垂直落下，瘪谷、稻叶、灰尘渐次飘远，好像学生们找自己的座位。

扬场扬的基本是稻谷，很少扬麦子、黄豆，等等。这是技术活，也是力气活。你用抛锨把稻谷抛到半空，要用力地一歪抛锨，形成一个弧度，各种物质才能自然分开。这力度要掌握恰当，像时髦用语"正正好"，用力大了，稻谷也会跟着飞远，用力小了杂质也会垂直落下。赵树理有个中篇《李有才板话》，将会扬场的农民，称为"好扬家"，是有道理的。

用抛锨扬场，最重要的元素是风。风大风小都不行，没有风更不行。

177

如果没有风，也有使用风车的。稻谷收割脱粒后，利用比重和风力把秕壳与籽粒分开的办法很早就使用了。从《诗经》中可以找到证明："维南有箕，不可以簸扬。"1973年河南济源县（现济源市）泗涧沟汉墓出土的陶风车模型，说明至迟西汉晚期已经发明了清理籽粒，分出糠秕的有效工具。可是这种东西太笨重，至少要两个人才能抬动，扬谷的效率低，摇起来费劲，远不如抛锨方便。

宋长征在散文《听风者》里写到过风，充满神秘气息：

> 风从村庄里走过，携来庄稼的密语，风的本身具有某种神秘主义的特征，所以从来不和急剧的、奔跑的事物攀谈。树是静止的，在沉默中与节气对抗，渐渐适应了人世冷暖，春来吐绿，秋来落叶飘零。我有时会把自己想象成一个可有可无的静物，就像小时候坐在长长的河堤上，看风吹动森森的杞柳丛。

在这方面，村里最出名的人物是袁叔。他身材修长，举止斯文，有时口袋里别支钢笔，像章子怡电影《我的父亲母亲》里的父亲。他是城里来的下放户，在村里单门独姓，但他会做抛锨，又是扬场好手，后来娶了本村土著庆祖凤——庆姓是村里大户，因而立住了脚。俗话说，扬场扬得好，半靠技术半靠家伙，就是说，锨叶子也得做得好。前面说过，锨叶子不是一块平板，而是要略有弧度，但是这个弧度不好掌握。

黄昏时分，太阳耗尽了热量，温和得像外婆；轻拂的风，在树枝上起舞。袁叔两只大手握住锨把，前腿躬，后腿绷，"豁"的一声，锨叶子撮到满满的一锨稻谷，再"刷"的一声，向天空奋力一扬，落下来时，形成三条线，最上风的是籽粒饱满的谷子，中间一条是瘪籽、半粒儿，最下风如扇面扬开的，是草屑、空壳。远远看去，像起伏的沙漠。一锨锨地扬下来，他形如猿猱，自如轻松。且说笑有声，大有"谈笑间，樯橹灰飞烟灭"的大将风度。

抛锨也有其他用途，但都属于客串。比如用牛轧稻把子时，牛转着转着，突然停住，张开两腿，抬起尾巴。于是就有人喊："婆婆耶，快，快，牛要拉屎了！"这婆婆慌忙端平抛锨，一泡牛屎，不偏不倚，全都接住了。过去育旱秧时，先将整好的育秧田里的水全都放干，将出芽的谷种均匀地撒入田中，之后以抛锨轻轻拍平，使其全部没入泥中，再以绿肥覆盖之。

我读初高中时，参加过生产队的劳动，印象最深的就是抢暴。那时候没有电视，没有网络，没有手机，有的只是高音喇叭。也有天气预报，但是不准，也不迅速。万一下暴雨，大家无论在什么地方，无论干着什么活儿，都要迅速往晒场跑，抢收稻谷。这是收获的最后工序，万一失手，前功尽弃，不死也要脱层皮。因为晒稻的多是老弱病残，他们没办法收稻。

到了晒场，有的用样闷推，有的两人用拉板拉，有人用大扫帚扫。基本拉拢了，如果雨没落下来，就趁着风抛稻。有时候人跑在路上，雨就下来了，把稻谷打湿，像栽在泥土上，叫人欲哭无泪。有时下一阵儿就停了，等晒场晒干，接着晒稻；有时雨连下多日，淋了雨的谷堆作烧，稻谷由金黄色变成黑色，接着拱出白白的嘴子。以后晒干碾米，米色黝黑，一股霉味，几乎不能进嘴。

棉箔：我在地上晒云

每次阅读孙犁的作品，都会想到《荷花淀》，开篇两段，诗意馥郁：

> 月亮升起来，院子里凉爽得很，干净得很，白天破好的苇眉子
> 潮润润的，正好编席。女人坐在小院当中，手指上缠绞着柔滑修长
> 的苇眉子。苇眉子又薄又细，在她怀里跳跃着。
> 这女人编着席。不久在她的身子下面，就编成了一大片。她像
> 坐在一片洁白的雪地上，也像坐在一片洁白的云彩上。她有时望望
> 淀里，淀里也是一片银白世界。水面笼起一层薄薄透明的雾，风吹
> 过来，带着新鲜的荷叶荷花香。

这女人是水生嫂。她坐在新席子上，就像坐于洁白的雪地，也像坐
于洁白的云上。多美！多年以前，村庄里有很多水生嫂似的女人。不过，
她们是在棉田里和棉箔间！

每年四、五月间，槐花白时，紫云英红，鸟儿密匝如雨，天空一碧

如洗，庆爷、王娘等人开始培育棉苗。待棉苗长到四片新叶，就用棉花拔子将其移栽入田，之后浇水、施肥、在苗根上找棉蚜虫、用喷雾器在叶片上喷洒农药，锄草，松土，再锄草，再松土，棉苗一路长高，就像粗壮的树，花儿次第开放，像热情的小喇叭，棉铃渐渐鼓凸，像刚上市的青柠檬。到了九、十月间，棉桃裂开，棉絮飞出，像玉兰花开，像白云朵朵。大姑娘小媳妇都围着大围腰俯身拾棉，像在云中穿行，像飞天。女人们弯腰姿势很美，衣袂飘飘。

采摘下来的棉花，有些潮湿，不能入库，就摊在棉箔上晒。

棉箔是什么呢？就是用小手指粗的芦苇，或者荻柴，或者细竹编成的长约两米、宽约一米八的晾晒工具。因为主要用来晒棉花、弹棉花、夏天晒霉，我曾用它在龙塘缺口处张过螃蟹，乡人称之棉箔。用的时候放开，不用就卷起来，靠在房间墙上。也可用以养蚕，铺干稻草，让蚕攀爬吐丝结茧，所以又叫蚕箔。还有金箔、银箔、锡箔等等名称，那些是指用各种材料打制出来的薄片儿。

棉箔的历史不可考，大概与蚕业发展同步。王建《簇蚕词》："蚕欲老，箔头作茧丝皓皓。"估计至迟唐时应该有了，是养蚕的工具。

《新唐书·卢怀慎传》："（卢怀慎）既属疾，宋景、卢从愿候之，见敝簀单藉，门不施箔。会风雨至，举席自障。日晏设食，蒸豆两器，菜数杯而已。"意思是，卢怀慎得病后，宋璟、卢从愿去看望，见铺的席子单薄而破旧、门上没挂帘子，适逢有风雨刮来，举起席子遮挡自己。天晚了摆饭招待，只有两盆蒸豆、数碗蔬菜而已。卢怀慎官至宰相，但其生活节俭，令今人思考。这里的"箔"，不是棉箔，而是竹帘。竹帘类似棉箔，只是前者挂在空中，后者支在地上。

棉箔用于晒棉，可能要后推几百年。

棉花的原产地是印度和阿拉伯地区。在棉花传入我国之前，我国只有可供充填枕褥的木棉，没有可以织布的棉花。宋朝以前，我国只有带丝旁的"绵"字，没有带木旁的"棉"字。"棉"字是从《宋书》起才开始出现的。据考证，棉花大量传入我国，当在宋末元初。有资料记载："宋元之间始传种于中国，关陕闽广首获其利，盖此物出外夷，闽广通海舶，关陕通西域故也。"据此还可知道，棉花的传入有海陆两路。随后就有历史课本中提到的黄道婆改进并推广织布技术的故事。至于全国棉花的推广则迟至明初，乃朱元璋用强制的方法推行。吾乡"卫棉"曾经驰名海内，享誉世界，其最早种植时间，确实是在明代洪武年间。

古代帝王重视棉花生产。清乾隆皇帝南巡途经保定，直隶总督方观承以乾隆皇帝观视腰山王氏庄园的棉行为背景，主持绘制的一套从植棉、管理到织纺、织染成布的全过程的图谱，装裱成册的《棉花图》恭请皇上御览。乾隆皇帝对《棉花图》反复诵读，叹为观止，倍加赞许，乃执笔为每图题七言绝句。如"灌溉图"题诗："土厚由来产物良，却艰治水异南方，辘轳汲井分畦溉，嗟我农民总是忙。""织布图"题诗："横律纵经织帛同，夜深轧轧那停工，一般机杼无花样，大辂推轮自古风。"这些诗精工典雅、意蕴万千，为方氏的棉花图增色不少。方观承将经过乾隆御题的《棉花图》正式定名为《御制棉花图》。此《御制棉花图》现藏于国家图书馆。书前收录了康熙《木棉赋并序》，是我国仅有的棉花图谱专著。

前面言及吾乡棉花，也很出名。据乌江镇据志载，清代诗人吴本锡曾来乌江，对乌江卫花大为赞叹。有诗云："湖洲丝棉甲天下，温暖不如乌江花；贾舶欲来天气好，家家白雪晒檐牙。"新中国成立前，乌江古镇，街道纵横，建筑多呈低矮的深巷，青石板路面，狭窄而长，镇上商店、当铺、钱庄、花行、木行、客栈、澡堂、各类作坊近百家，尤其是"乌江卫花"闻名遐迩。乌江卫花色白，纤维细腻，质地柔软，是棉花中的上品。宋美龄曾在乌江建造一座为全套美国设备的轧花厂，美国经济顾问团也曾在这里挂起了"棉花实验区"的招牌。

棉花朵朵开，一直开到四五十年前。那时，我还是勤快活泼的少年郎。印象中，家家都有棉箔，到晒棉时，各家都把棉箔扛出来，一头支在长板凳上，一头落地，斜放于晒场，再往上面铺棉花。远远看去，棉箔像雪像云，翻晒棉花的人如行雪地，如游云间。现在看来，还像太阳能电板，收集阳光和温暖，也收集节气、时光以及往事。

几年前，我到云南旅行，从南京禄口机场直飞昆明。正是傍晚时分，我们像夸父似的追赶落日。机窗外，蓝天白云，云边镶着玫瑰红的画框。现在，我想起云海苍茫之景，那真像上帝在天上晒棉。再联想到在秋阳之下晒棉之景，仿佛在地上晒云。我突然感受到一种久违的浪漫的诗意。

棉花是有一种淡香的味道的，所有棉花都有。把棉花放在竹箔上晾晒，芦苇通风，干得快。棉花晒不干会发霉、发黑，品质和看相都不好。那浪费掉的，不仅是棉花本身，还有大半年的时间和人们赋予它的种种期望。我们时常对时间持漠然态度，不把它当回事儿，实际上，一个人的一生没有几个半年，而怀着美好希望的时间段则更短。

《荷花淀》发表于1944年，描述老百姓抗击日军的斗争故事。那时老百姓生活艰难，游击队员随时可能牺牲，但是小说中的描写充满诗意，水生嫂就像一首诗。晒棉花的故事也延续，从集体晒棉花，到一家一户晒棉花。到了后来，有人在地上铺了塑料布晒，有人干脆直接铺在水泥地上晒，从我的感觉来说，他们对棉花的敬畏之心打了折扣。

棉花是要纺纱织布做衣服上身的，或絮棉袄棉裤棉鞋的，是要弹棉被保暖的，是要拧成线纳鞋底送给心上人的，怎么能随便待之，少了虔诚之心呢。你读刘庆邦的小说《鞋》，守明18岁那年定了亲，按当地的规矩，该给那个人做一双鞋。她纳鞋底时总是先洗净手上的泥，用布包着鞋底一针一针地纳，那鞋底连妹妹也不给碰一下的。她怕把鞋底弄脏。

再后来，化纤衣料多了，羽绒被、羊毛被、蚕丝被、真空棉被多了，农村实行土地流转，很多人家把田租出去，都不种棉了。但在女儿出嫁、孩子出生时，还是习惯于弹几床棉被或抱被，送给女儿和外孙。就是不知道年轻的女儿、年幼的外孙是否能够感受到他们暖暖的心意。他们晒棉时，是不会铺塑料布晒，或直接在地上晒的，他们用棉箔晒，没有棉箔就用簸箕晒。棉花是高贵的，不能零落成泥。

棉花品种很多。总的说来，纤维细长的，如海岛棉、埃及棉和匹马棉，纤维中长的，如美国陆地棉，都是不错的。纤维粗短的棉，品质差些，多用来制造棉毯和价格低廉的织物，或与其他纤维混纺。假如以颜色分，白棉（不管原棉的色泽呈洁白、乳白或淡黄色，都称白棉）自然是好的，棉纺厂使用的原棉，绝大部分为白棉。黄棉略差，可能是因棉花生长晚期，棉铃经霜冻伤后枯死，铃壳上的色素染到纤维上，使原棉颜色发黄。灰棉最差，多是由于在生长中或吐絮后，遇雨量多、日照少、温度低等情况所致。现在还有彩棉，是指天然具有色彩的棉花，是在原来的有色棉基础上，用远缘杂交、转基因等生物技术培育而成。其仍然保持棉纤维原有的松软、舒适、透气等优点，制成的棉织品可减少少许印染工序和加工成本。

周公解梦中说，坐月子梦见晒棉花，是个吉兆。因为棉花蓬蓬松松，象征着发财，财富像雪球一样越滚越大。说梦见在田里摘棉花，意味着生意兴隆，财源滚滚。我不相信这些，但我知道，总体来说，有了棉花相伴，日子应该是温暖的。

棉花的一生，就是棉花拔子、棉箔、轧花机、纺车、榨油机这几个点的连接，把它们连接成线，就是棉花的人生轨迹。棉苗还在田里时，像孩子，像少女，及至开花，花会变色，像新娘，像妈妈，那棉絮呢，温暖柔软，像奶奶，像祖母。今天读到一个句子："纯棉的妻子站在河湾里……"也对。人是死而后已，棉花荄子拔了，烧锅，棉花留着，继续奉献，死而不已。有时我想，它是把生命转移到洁花的棉花上来了。像伟人们，把生命转化到社会活动中，转化到高端技术以及艺术作品中，像平凡的人，转化到具体的物产或无形的家风中。棉花的一生，也是人的一生。

花朵乳白色，开花后不久转成深红色，然后凋谢，留下绿色蒴果，称为棉铃。棉铃内有棉籽，棉籽上的茸毛从棉籽表皮长出，塞满棉铃内部，棉铃成熟时裂开，露出柔软的纤维。那棉籽可以喂牛，可以榨油。用棉籽油煎鱼，虽满屋子是烟，呛鼻辣眼，其味温馨，至今不散。只是如今，爱吃棉花糖的小朋友是不会懂了。

大扫帚：扫净浮尘草屑

这回说说大扫帚。

大扫帚，又叫大扫把，平时用来打扫场院，打场的时候用来攒场（cháng）、漫场（cháng）。

大扫帚不是笤帚。笤帚用扫帚苗子或者高粱穗子编成，用来打扫室内地面；大扫帚有竹把，用青竹枝扎成，带着青叶，一根根紧密地挨着，扑棱棱的展开来，像一把大蒲扇，像春天的风。一扫帚，又一扫帚，几乎不留浮尘。

扫地不是难事，两手攥着扫帚把，猫着腰，一扫帚压着一扫帚扫就行，但是要有力气，要有耐心。只要拿动扫帚，大人孩子都能扫。你看过电视剧《聪明的一休》吗，小一休就经常抱着大扫帚打扫寺院。可是攒场、漫场是技术活，孩子们只能叹息。

每当午季或者秋季，在晒场上打菜籽、打麦子、打稻子、打黄豆之前，人们都要用大扫帚把晒场打扫干净，特别是要把石子、瓦砾扫净，以免搀到农作物里。之后晒菜籽、麦子、稻子、黄豆，等到太阳落山，要用样闷、拉板把它们攒成小山似的堆，收尾时还得用大扫帚把晒场扫净，把堆子底下的菜籽、谷粒等推上去。这叫攒场。

稻谷晒干以后，需要用抛锨把它们扬净。风来了，你把一抛锨稻谷囫囵抛向空中，落下来却依风向分了四层。比如起南风的话，落在地上最南端的一定是砖头、瓦砾、碎石、土块，后面依次是饱谷、瘪谷、草屑、尘土：因为它们各自比重不同，落点也不相同。这个时候，就需要用大扫帚把碎石土块等扫出去，把瘪谷区分开，把草屑浮土扫走。瘪谷可碾成饲料喂猪，草屑可搀入稀泥中抹土基或沤粪肥。扫重了不行，会把稻谷扫出去，扫轻了也不行，杂物掠扫不净，因此，村人发明一个词，叫作"漫"——只可意会，不可言传。这个活我小时做过，试了几年，也不过关。

有两首诗，写的是扫场情景。一是陈逸荪的《农家》："夕阳西下晚风凉，收谷扬尘扫晒场。一路歌声人影乱，女儿携篓下莲塘。"一是张经勋的《午季》："一片丹心总向阳，麦收将至穗飘香。菡萏喜阴塘水满，榴花炙火杏儿黄。妪娘和面摊煎饼，老叟磨镰扫晒场。帘箔影翻青荇沼，辘轳声度碧梧墙。"场面温馨，难以忘怀。

大扫帚在晒场上服役到秋后，基本就用成秃杆了，于是转岗于庭院，随便扫扫地，说好听点的，叫作发挥余热，说不好听的，叫作聊度残年。就像人老退休，继续带孙子、带重孙子，或者到医院做护工，到小区看大门，鞠躬尽瘁，死而后已。郁达夫在《故都的秋》中写道："扫街的在树影下一阵扫后，灰土上留下来的一条条扫帚的丝纹，看起来既觉得细腻，又觉得清闲，潜意识下并且还觉得有点儿落寞……"估计用的就是只剩竹丝的大扫帚。

大扫帚是晒场上的元老。如果它有记忆，一定会记得很多事情。

它会记得有篇小说，题目叫作《八路军的好儿子》，主人公是个孩子，叫憨子。他爸是名八路军战士，和十几个伤员留在村里养伤，没想到遭到日本鬼子的围剿。憨子为保护八路军伤员，把鬼子带到他爸藏身的窑洞前，看着鬼子将他爸爸杀死了。

它会记得记得农民在晒场上劳作、孩子们在晒场骑扫帚、扑蜻蜓、看月亮。麦收季节，蜻蜓满场，孩子们用大扫帚扑蜻蜓，说放帐子里可以吃蚊子。三伏天里，孩子们在晒场乘凉，捉迷藏，遥望银河。很多年后，当晒场消失的时候，有人写了一首《晒场上的月亮》："这是一枚秋天的月亮，完整的月亮 / 坐在粮食堆上，注视着幸福的两个人 // 遍地都是粮食，晒过太阳的粮食 / 粒粒饱满，粒粒都有阳光和马匹的味道 / 父亲在月亮的光辉里，一遍一遍地翻动那些粮食 / 脸上的汗珠，在月光下闪耀 // 现在，晒场不见了。天堂上多了一颗平凡的星。"

它会记得电影《被爱情遗忘的角落》。这部电影根据马鞍山市作家张弦的同名小说改编，以存妮、荒妹姊妹俩的爱情故事为主线，用现实主义的手法展现了"文化大革命"时期，在一个贫穷落后的乡村发生的爱情悲剧。19 岁的美丽姑娘存妮，与同村小伙子小豹子在收稻谷间歇的嬉闹中发生了关系，被人发现。结果存妮含冤自杀，小豹子则因"强奸致死人命罪"被捕入狱。这是一场爱情的悲剧，也是一场时代的悲剧。

它会记得一首歌曲，《听妈妈讲那过去的事情》，至今少年儿童还在唱："月亮在白莲花般的云朵里穿行，晚风吹来一阵阵快乐的歌声。我们坐在高高的谷堆旁边，听妈妈讲那过去的事情。"妈妈的故事是讲不完的，孩子们能听懂吗？

大扫帚的起源不可考。据说，早在四千年前的夏代，有个叫少康的人，一次偶然看见一只受伤的野鸡拖着身子向前爬，爬过之处的灰尘少了许多。他想，这一定是鸡毛的作用，于是抓来几只野鸡拔下毛来做成了第一把扫帚。这亦是鸡毛掸子的由来。由于使用的鸡毛太软，同时又不耐磨损，少康即换上竹条、草等为原料，把掸子改制成了耐用的扫帚。

《国风·豳风·七月》中的诗句"九月肃霜，十月涤场。朋酒斯飨，

188

曰杀羔羊。跻彼公堂，称彼兕觥，万寿无疆！"描写了农事之后相聚饮酒的愉快场景，大意是，九月下了霜，十月扫晒场。捧上两樽美酒，杀上一只羔羊。登上长辈的厅堂，高举牛角酒杯，祝一声"长寿无疆"！至少那时应该有大扫帚了。

由于大扫帚是生活中的主角，所以被赋予很多意义。

55 年前，毛泽东写了一首《满江红·和郭沫若同志》："小小寰球，有几个苍蝇碰壁。嗡嗡叫，几声凄厉，几声抽泣。蚂蚁缘槐夸大国，蚍蜉撼树谈何易。正西风落叶下长安，飞鸣镝。多少事，从来急；天地转，光阴迫。一万年太久，只争朝夕。四海翻腾云水怒，五洲震荡风雷激。要扫除一切害人虫，全无敌。"扫除害人虫的一定是大扫帚，可能还是铁扫帚。

"文革"期间，到处都有"扫除牛鬼蛇神"的宣传画。铁拳之下，所谓牛鬼蛇神比最丑的小丑还丑。所幸这个时代已经过去了。

现在扫马路，环境是越来越好了，土路、砂石路、水泥路、柏油路，一条大道宽又广，全民一起奔小康。扫帚是个跨时空的物件。这物件在当今依然在农家院落或城市环卫工手中挥扫。这宝贝虽自粗野俭拙，但有用处。

看蔡明小品，说拿大扫帚的不一定是清洁工，可能是哈利·波特。我就想到西方故事中的女巫，她们骑着一把大扫帚，在黑夜中航行；穿过猫头鹰和蝙蝠的轨道，怀抱她们那煤炭般漆黑的猫。为什么女巫要骑扫帚呢？

第一，扫帚是彗星的象征，彗星在古代就有扫帚星的外号，两者在外形上相似。根据传说，扫帚是巫师最常用的交通工具。女巫在古代社会中的地位和认同度都很低，用扫帚来做飞行器，证明人们下意识对其的轻视状态。

第二，大扫把是女性致力于家务的象征。古时女性专主家庭内务，日常清理房屋最不可或缺的工具便是扫把。由于女性几乎人手一支扫帚，而大部分行巫术的都是女性，因此扫把便成了女巫的代表物。

第三，几世纪前，女性出门前会将她的扫把推上烟囱或搁在门外，好让邻居和前来拜访的客人一望即知屋主不在家，这个习惯衍生了人们对扫帚是飞行工具的联想，认为女巫可以骑着扫把飞上烟囱。

第四，远古时异教徒为使作物丰收而举行祈求土地肥沃的仪式，其间包括信徒跨骑扫把或干草叉并高跃、舞蹈的动作。

就又想到习近平总书记在十三届全国人大一次会议的重要讲话。在我看来，习总书记这三句话特别提气：

（1）中国人民自古就明白，世界上没有坐享其成的好事，要幸福就要奋斗。

（2）中国人民相信，山再高，往上攀，总能登顶；路再长，走下去，定能到达。

（3）把人民拥护不拥护、赞成不赞成、高兴不高兴、答应不答应作为衡量一切工作得失的根本标准。

因而，我相信：晒场的劳作，能够使人民有更多的获得感；扫除邪恶，维护公平正义，能够使人民获得更多的幸福感。

第六辑　储藏农具

席芨：仓廪实而心安

小时候，年底生产队分口粮，总用米缸、泥瓮（用稻草裹泥土糊起来的瓮）存起；如果存不下，就用折子存起来。改革开放以后，包产到户，粮食逐年增多，于是有了大粮仓。如果家里有三间或四间房，那么堂屋厢庑墙后，多会隔出一米深的空间，专门用于存放粮食，这就是大粮仓。我估计，能存5000斤稻谷，一家子人，吃两年是没问题的。

折子，又叫席芨，用荻柴或芦苇编成，约30厘米高、5米长，平时卷起，像蛇盘着，用时一圈一圈放开，盘旋而上，就像拔地而起的圆柱形古堡。有座稻谷的古堡立在房里，心里就感觉到无比踏实。

十几年前，看过余华的小说《活着》。那里面，富贵全家死得就剩他一个人。他的儿女都挨过饿，他的外孙因为太饿而馋嘴吃太多蚕豆胀死。在料理我妻子外婆的后事时，外公意外发现她的枕头下面藏着一小袋米。她舍不得吃，想留给孩子们吃。

几年前，看过电视剧《天下粮仓》。该剧讲述的是清朝乾隆年间，关于粮食问题的惊心动魄的故事。故事距今已有近三百年，情节我已忘记，但粮食问题却铭记于心。

很多年前，人们见面，总会问上一句：吃饭了没？后来有些人认为这样的问法很土，多半不这样问了。犹如如今，把"三八节"，改为"女神节""女生节"。可是乡下，双脚插于泥土之中的长辈，依旧这样打招呼。他们知道，这是天底下最重要的一桩事，是生命中不可或缺的事情。

眼下，九已数尽，已是春耕时节。阳光扎入泥土，长出草木和庄稼。它们就是我们的粮食。人类的一切，无不根植于粮食之中。无处不在的粮食，恰恰又是最容易被忽略、被蔑视、被糟蹋甚至被篡改的东西。

我偶尔外出旅行，去过山西、河南，去年曾坐高铁，由南京直达成都，我几次看到农民把稻子种到山腰；在皖南，我看到蔬菜种在路边。我从内心里感到惭愧，因为我们，长江北岸，大片的良田，变成了路，变成了开发区，变成了抛荒地。太可惜了！

农业时代，人们将一些植物和动物从生长直到走向餐桌的过程，完

席芙

整地置于人的面前，让人参与其中。一粒稻谷，从发芽到分蘖抽穗，到最后长成谷粒，那是天和地以及侍弄水稻的人一同来到一株稻秧上的结果。

稻子长成了，鸟会飞过来啄走一些，还有一些，会从人的收获中悄悄溜走，逃进泥土的怀抱。这样一粒经历了艰辛曲折甚至是传奇一生的稻子，当它来到餐桌上时，人怎么能随随便便对待呢？农夫和他们的妻儿都相信，糟蹋粮食会遭电打雷劈。

我在中学教书，教龄35年。我经常跟孩子们说，不要浪费一粒米。由稻谷，到米饭，它走过的路程，比长城长，比长江长。

可是现在，大机器时代，人与食物，生命与他的源头被切断，来到人们面前的，只剩下大米、面粉和肉食，甚至连这些都不是，只是米饭、面包和精美的菜肴，或者干脆是一包包袋装的食品。机器颠覆了粮食，也在颠覆吃粮的人和吃本身。吃饭成了工作，成了闲暇，成了友谊，成为角力场，成为我们的出发点和目的地。

化肥和激素应运而生，改写了季节，改写了雨水，改写了大地和太阳的行期，改写了生命的密码，通往食物的路变得简单快捷，变得容易，农药又恰好可以代表人类的贪婪与凶恶在这个世界上出席，删改本属于上天的事情。人对于食物不再怀有敬意，有的只是贪婪的占有，只是吞噬撕咬带来的快感。饥饿已经远去，食物因多而贱，没有了饥饿，我们拿什么去尊敬食物呢？对食物的敬意没有了，我们拿什么去尊敬自己呢？

我早年读过一个吝啬鬼的故事。说他吃烧饼时，有几粒芝麻漏进桌子缝里去了。他装作经冥想苦想、茅塞顿开的样子，猛拍一下桌子，把芝麻震出来，然后用手蘸水装着在桌上写字，趁机把芝麻舔进嘴去。我那时候笑他，而今尊重他——他是看重粮食和劳作的人。

我觉得应该保护耕地。我读茅于轼的书，很赞同他的一些观点，但不同意他主张取消耕地红线的想法。没有耕地，哪来粮食？你依赖进口，听从于外国，就会被它们控制。"十分珍惜、合理利用土地和切实保护耕地"是必须长期坚持的基本国策。

我又想起缺少粮食的时代，家里以山芋充饥的情景。那时候，有些富家子讨厌吃山芋。但恰恰是这些山芋，把我喂养成人。妈妈太瘦，我总想让她多睡一会儿，所以每天黎明时分，就悄悄起床炜山芋，以山芋当早餐，再揣两个在书包里，留着当午餐。

我参加过生产队的集体劳动，关于种植的活基本会做。印象最深的是"稻堆写字"的事。那时从田里收割上来的稻谷，要在稻场上连晒几个太阳，晒得用牙一咬嘎嘣脆，才能入仓。晚上，为防雨水或者露水将稻谷打湿，必须将稻谷攒成谷堆，再用稻草秸盖好。但在稻谷堆好以后，生产队长要在谷堆四周，用稻草灰写上"丰衣足食""五谷丰登"等语，一是图个吉利，二是防止偷窃。莫言《丰乳肥臀》里，六妹为了一团米饭而任伙夫糟蹋的场景，母亲为了孩子吞咽黄豆的场景，至今想起，都忍不住泪水。

可以说，山芋和稻米，以及麦子、黄豆等，决定了我后来的人生。后来我们看事物想问题，都带上它们的痕迹。我觉得目前农村存在以下问题：

其一，随着快速工业化、城镇化发展，我国建设用地需求的惯性增长与其有效供给刚性制约的矛盾不断加剧，耕地保护的宏观目标与耕地建设占用以获得财富的利益博弈局面仍未根本转变。

其二，当前的征地制度导致耕地非农化远快于农村城镇化，一些地方征地中"占地不用地"，造成了大量伪城市化的农民和大量闲置浪费的农地。

其三，土地出让的主体不明，使用监管不到位，一些地方政府忽视农民土地权益，"代行"土地出让，随意改变约定土地用途，甚至变相开发建设，以致耕地"变性"和农村集体利益受损。

最后说说我的舅舅。1974年我妈妈去世后，家里少了挣工分的人，年年冒火——挣的工分，不抵所分粮草。舅舅关心我们兄妹仨，时常从南京来，送煤、送钱、送苹果。那个时候，哪吃过苹果啊。舅舅最关心我的是读书，他告诉我，只有读书才能改变命运。我考上大学，有了工作以后，他经常跟我弟妹说，你哥哥能有今天，是他努力的结果。夏天他脚插在水桶读书。冬天他躲在被窝里打手电筒读书。如果他读不好书，就他那小矮身材，够他受的。

古书上说，"仓廪实而知礼节，衣食足而知荣辱"，意思是，物质达到一定程度之后，人是会有牺牲短期利益，去追求更高层次的想法。我不赞同这个说法。远的不说，但看层出不穷的贪官，他们缺吃少穿吗？可是他们成了最无耻的人。

但我相信一句话，叫作仓廪实而心安。我最佩服的还是农民。脸朝黄土背朝天，半夜敲门心不惊。累了一天，浑身都疼，烫脚上床，睡个好觉。

犹记《悯农二首》："春种一粒粟，秋收万颗子。四海无闲田，农夫犹饿死。""锄禾日当午，汗滴禾下土。谁知盘中餐，粒粒皆辛苦？"这两首诗深刻地反映了封建时代中国农民的生存状态，表达了诗人对农民真挚的同情之心。然而，他晚年变了。所谓"司空见惯"，说得不就是他么？人是会变的。

最近我上课时，跟孩子们说起折子，也就是席芡，有个小捣蛋鬼说："我晓得了，可以存粮，也可以关小鸡小鸭小鹅"。现在的孩子太聪明了。然而关于粮食与土地的，那种深达骨髓的感受，他们是绝对不会有了。

草钩：直来直去

我说的草钩，是指拔牛草的铁钩。农具书上没有记载，百度也搜不到。在网购中，倒有"拔草"一说。"草"是指长势凶猛的购买欲；相应地，"拔草"是指把这种心痒痒的感觉和购买欲望给"拔"掉，即取消购买的计划。这与我说的不是一回事。

事实上，草钩已经从我们的生活中消失。我参观过几处农展馆，也没见着。有部香港电影《岁月神偷》，通过讲述鞋匠罗一家 4 口 10 年间的故事，表现"岁月是个神偷"的主题：偷走人的青春，偷走人的性命，偷走人的幸福与快乐。现在，我写这个题目，感觉它也偷走了草钩。幸运的是，它没有偷走我的记忆。

我小时候，见过草钩，也用过草钩。其结构极其简单，就是一根一米来长的木棍，叫草钩把，一头套着一只铁钩。铁钩三寸来长，小拇指粗，形如屈指，又似鱼钩。草钩是用来拔草的，从干草堆里往外拔草，也是农具。草堆太大，下面的草压得太紧，不用草钩拔不动的。拔草做什么呢？喂牛。怎么拔呢？你先用力把草钩插进草堆，插深一些，再用力往外一拽，铁钩会带出草来。由于经常拔草，草钩把被磨得细密光滑，沁着暗红；铁钩雪亮，闪着白光。草很干净，呈金黄色，牛不拒绝。冬天里，淫雨霏霏，有时大雪封门，牛卧在牛屋里，是需要人喂它的。

多年以前，深秋时节，你回农村老家，或到乡村旅行，最能引发你的诗情的，恐怕要数空旷的田野，和村头稻场上像城堡似的干草堆。从育苗，到栽插、除草、收割，再到把稻草晒干，码成草垛，水稻的一生都在这里，农人的一生也在这里。你有闲心的话，背靠着草堆，抽出一根草来，一截一截地咬，可以咂出许多味道。

我在水稻的生命中走过，我熟悉它生命的全过程。我栽过秧，薅过稻，在稻场参加过脱粒，晒过稻草，堆过草堆。

那时用牛轧场，兼以掼稻，后来才用脱粒机打稻。脱尽谷粒的稻草，两个人，一前一后，用两根一丈多长的树杠抬到空地上晒，包括道路，满村都是稻草的清香。我总是使劲地嗡着鼻子，要把那香味吸到肺里。中午、下午用叉钯翻两遍。傍晚时分，还是这两个人，用叉钯把晒干的草聚拢成垛，像座小山，用树杠抬起——自然也像抬着一座小山，运到稻场，码成若干座更大更高的山。远远望去，像用稻草建造的住宅小区。那负责码草堆的人，是我三哥，站在草堆之巅，如果起跳的话，可以脚踏祥云。

待到月上柳梢，或月黑风高，孩子们在草垛里躲猫猫。有时掏个草洞躲进去。有时钻到现成的草垛里。偶尔碰到里面有人，抱在一起，唧唧咕咕。这是几十年前的乡村爱情，美好而隐蔽，像独自品尝一块糖。不过，不用怕的，退身出来就行，他们不追，也不会吼，以后绝不会问。或许某天，有个人撞到你，会莫名其妙地脸红，而你当时并未看清是谁。你有你的乐趣，并不太懂大人的事。

鸡啊狗啊也喜欢干草堆。它们用两个爪子划拉着草，找秕谷吃，咯咯地叫。有时是被公鸡追逐，步子急促，叫声格外地高，格外清脆。还有时，一只老母鸡，突然从草窠里，带出一窝小鸡出来，也是格格地叫，小鸡呢，像一只小毛球，唧唧唧唧，兴奋得不得了。狗也喜欢这里，蜷在草堆底下，见到人也不叫，特别温和。我家养过一条小狗，叫阿黄，拴在草堆边上，吃不完的骨头，用草盖上，留着下顿吃。有时两条狗在那里磨磨蹭蹭，很亲热的样子。

如今，多种单季稻了。等到秋天，收割机突突突地下了稻田，张开鲸鱼般的大嘴，秦吞六国，风卷残云，还未来得及回味收获的喜悦，整块大田已被收拾干净。稻谷被运走了。稻草落在田里，排成小小的垄。如果碰巧下雨，那些还有点儿青的稻秆，便烂在田里；连续晴天的话，那些稻秆便晒干了，最后被打火机点着，像一条火龙，在黄昏起舞，烟笼四野，遮天蔽日。偶尔有人舍不得这些稻草，觉得白白烧掉可惜，甚至残忍，便用叉钯把它们收拢起来，码成草垛，时间一长，就成了干草堆。这个人，可能离群索居，可能有点儿忧郁，他骨子里，注定流着抒情诗人的血。

还是说说干草，说说喂牛。干草最主要的作用是喂牛。把草抱进牛屋，绕成巴掌大的把，在中间放几粒棉籽，喂给牛吃。棉籽含油，可以润胃，有点香味，可增进食欲。辛苦了一年，这个时节，牛暂得清闲，没有青吃，就吃干草。嚼嚼，吐出来，又嚼，再咽下去。满嘴白沫，也很满足。在我看来，在所有牲畜中，牛是最苦的，像极了我的母亲。

有年开春，憋了一冬的牛，在河堤上吃了太多的青草，结果被胀死了。村里把它杀掉，剥皮分肉，一家分几斤。我还看过老牛生小牛，老牛是站着生产的，后蹄底下垫了厚厚的稻草，哗啦一下掉出一包水，里面包着牛崽。落地一袋烟的工夫，牛崽已能站起，再过一袋烟的时间，就能歪歪地跟着母牛走动。我母亲去世后，我突然长大了，仿佛自己就是那只牛犊。

香港电影《桃姐》，讲述用人桃姐患病后，受到其抚养长大的孩子照顾的事。导演许鞍华说："我很想探讨一下传统的人际关系跟现在有什么不同，那时候的人们是怎么对待老人的，人和人之间是怎么相处的，而现在的年轻人为什么会失去一些东西。"人对牛也应有感恩之心。纪昀《阅微草堂笔记》里，有个屠牛匠故事，令人深省："里有古氏，业屠牛，所杀不可缕数，后古叟目双瞽，古媪临殁时，肌肤溃裂，痛苦万状。自言冥司仿屠牛之法宰割我，呼号月余乃终。"也可能你并不相信报应，但要懂得感恩。

干草除了喂牛，还有很多用处。事实上，乡村少不了干稻草，它们是乡村成长的温床，也是乡村的组成部分。在家庭里，它可垫床，当作被褥，有田野的气息和阳光的味道。可以烧锅。我烧锅时，喜欢就着锅膛的火光看书。可以盖房，做草屋的屋顶，贴在土墙外面，可以抵挡风雨侵袭。可以裹着稀泥抹土瓮。可以扎篱笆墙。储存稻子时，最底下垫层稻草，有防潮作用。拿只小盒子装几十鸡蛋，送亲戚朋友，底下垫层稻草，有防震作用。

在野外，可扎成稻草人，两臂伸展，两手各拽一根红布条，像在风中挥手。它的本意是赶麻雀，却时常见到麻雀站在它的头上，东瞧西瞅，甚是得意。麻雀还喜欢钻草堆，你用手电筒照，能抓住它。草可以盖菜畦。撒过菜籽后，上铺一层薄薄的稻草，浇水时，种子不会被冲远，幼苗不会被晒死。它是生命的遮阳伞，是蔬菜们的妈妈。夏天的晚上，我到稻场乘凉，先铺层稻草，再铺开席子，或者布的床单。仰面朝天，星光闪烁，飞机穿行，萤火虫乱飞，使我想起远方以及囊萤映雪的励志故事。

卖糖葫芦的，在一根粗木棍的尖端绑着稻草，稻草外围蒙着一层白塑料布，所有的糖葫芦斜插于上，像冬天里的一把火。亲人去世被送上山后，回来的人，要从点着的稻草火上面跨过去。我不知道是不是因为鬼最怕火，怕鬼来缠。死者已矣，生者安心？稻草还能用来造纸，不过纸质不好，黄，糙。草屑也有用，可以和泥抹墙，或做土基。

最可悲的用处，是在小女孩头上插根稻草，表示贱价出卖。钱红丽有篇文章《一块影响了人生观的锅巴》，说小时候跟妈妈上街，想买一块油炸锅巴吃妈妈都不允许，结果是："她终于养成凡事退缩的惯性，自卑、封闭，从未迎难而上，未曾客观地审视自己哪怕一次，将错就错地长到这么大，中途也试图突围，却再也无力。"被贱卖的女孩，没有一个好命。

我听螃蟹的时候，用草钩拔些干草，打成草绕子，垫着坐，软软的，又暖和。卖螃蟹时，可绑螃蟹。听螃蟹至半夜，星辰落心，空气冷冽，点起稻草取暖，像卖火柴的小女孩。那时候特别想我的母亲，如果她在，会不会阻止十三四岁的儿子孤坐水边听蟹，会不会来陪他。难道他天生胆大，不怕水鬼，不怕孤魂野鬼么？

草钩没有来处，出生卑微，在大草堆消失后，随之销声匿迹。而我写的草钩，不过是个引子，引出草堆、老牛、干草和我自己。像阴雨天，在菜园拔萝卜，带出很多泥。

土基模：土基有模有范

　　"土基"这个词条，《现代汉语词典》付之阙如，网上可以搜到两种解释。一是用土筑成的台基。例如，《公羊传·庄公十三年》有"庄公升坛"记载，汉代何休注："土基三尺、土阶三等曰坛。"此处土基即是台基。二是道路工程概念。这当是后起的年轻的概念。现今铺设公路，总体分为路基、路面两大部分。土基是指路面下面按照技术要求碾压密实、均匀、稳定或者经过特殊处理达到设计要求的土质基础，即掺入一定比例石灰的三合土。

　　本文说的土基，与土有关，但与以上两种解释不同。它是指用烂泥抹成、晒干用以砌墙的类似于砖的矩形土块。这墙可能就是隔墙或者围墙，也可能是用来建造房屋。制作土基的过程称为"抹土基"，抹土基所用的工具称为"土基模"。土基是农村常备建筑材料，抹土基也是农活，所以土基模也算农具。

　　孤舟独钓的博文《记忆中的文化巷》开头写道：

"文革"前两年，因父亲工作调动，我们家搬到了文化巷，门牌24号，是一所位于一段支巷底部的小院。那时文化巷的路是泥土路，一条青石板掩盖的水沟蜿蜒其中。小路两边多为土墙瓦屋，间杂着少量青色砖房，最高的也没超过两层。巷子北端是残留的土城墙，城墙下一小片简陋的土房里，住着一些靠"抹土基（做土坯）"为生的人，门口小土场上，常常晒满了刚"抹"好的"土基"。如遇雨天，就盖上旧稻草席遮雨。

　　我读到这段文字时，倍感亲切，少年生活的场景立时浮现眼前。因为文中提到的"土墙瓦屋""靠'抹土基（做土坯）'为生的人"，都与我说的土基有关。抹土基的人一定要用土基模，有了土基模，土基才能方正，大小一致。所谓有模有范，即是此意。土基模是什么样子呢？就是

木制农具，中间为土基模

用木板打成的长约一尺、宽约半尺、高约两寸的木框，一个极简单的模具而已，但是重要，就像"没有规矩不成方圆"中的规矩，就像人类社会中的道德法律。

若干万年以前，人类从森林走出，抵达平原或者丘陵，开始有了固定的居所。人类最早的居所建于树丫之上的巢穴，后来住进山洞或者窑洞，再后来演化成半地穴式房屋，最后才有了类似今天的房屋。我估计最初的墙壁，可能是用稀泥搭成，即"傅说举于版筑之间"，后来用土基砌成，再往后才有了砖。山区可能用石块砌墙。

我不知道砖墙最早出现于何时。从成语"秦砖汉瓦"推测，应该不会晚于秦朝，如果当作互文理解，最迟不会晚于汉代。吾乡 1985 年出土的汉"瑞鸟楼阁"画像砖，可为佐证。这块砖属于夹砂灰陶空心砖，左侧端面镂有三孔，图像上方以多层菱形纹饰边。画像砖上的楼阁立于台基之上，柱头上施栌斗，顶作"四阿"，正脊和檐口平直，屋面铺瓦，瓦沟垂直，直观地表现了汉代建筑的中正平实，是研究汉代建筑风格的珍贵资料。

砖头出现以后，有了砖墙，有了用砖砌的城墙，及至砖磨地面。然而直到 20 世纪 70 年代，吾乡村民建房，还是土墙居多，有的是用稀泥搭成，有的是用土基砌。当时有一种所谓里生外熟墙，即墙体外面是单片砖，而里面还是用土基砌成。我读明代文学家归有光的散文《项脊轩志》，当中写道"先是庭中通南北为一。迨诸父异爨，内外多置小门，墙往往而是。东犬西吠，客逾庖而宴，鸡栖于厅。庭中始为篱，已为墙，凡再变矣"，就想文中两次出现的墙，估计用的是土基，或者就是用泥土搭起的墙。

我小时候的记忆，与土基不可分离。

我家最早住的是两间草房：土基墙，稻草顶；墙外贴着草帘，以防雨水冲刷墙体，如同农民雨天穿着蓑衣。1974 年我母亲不幸去世后，东山墙向外倾斜，只得用老槐树干从外面抵着，树干顶端用绳子坠块石头。

土基墙

再后来墙体倾斜更甚，只得搬出，暂住邻居家中。两年以后，家里才建成用红砖砌墙的三间瓦房。

我曾多次参加抹土基的劳动，有时是生产队抹，有时是帮人家抹，因而熟悉抹土基的全过程。

抹土基从准备熟泥开始。三伏天里，双季晚稻栽插之后，有个相对轻松的间隙。这时候，生产队或有的人家，在靠近晒场的空田里，犁出一块直径七八米的地，远看像放大的蜗牛，再远就像太阳系图谱。之后，往泥土里浇水，撒长草屑，或用铡刀铡成寸段的稻草，人拉着牛在里面踩，反反复复得地踩，有时是男女老少在里面踩，如同今日跳广场舞，直到把泥土踩得很黏，粘在脚上掉不下来。我也踩过，开始手舞足蹈，兴高采烈，之后汗流浃背，口干舌焦，腿肚子酸胀，脚提不起来。踩泥是累人的活，比如今在健身房里拉汗减肥更有效果。

踩黏的泥谓之熟泥，可以抹土基了。把晒场扫干净，撒一层草木灰，用泥兜把泥挑到晒场上，男人或女人——反正是有力气的人——把土基模放在地上，用双手把熟泥掼进去，用手掌把上面抹平——"抹"即是此意，再抓住土基模外沿，把土基模拔上来，像栽秧、锄地一样边抹边退，继续掼泥，如是反复。抹好的土基方方正正，有棱有角，如同内有修养外形刚劲的完美男人；而排列整齐的土基，很像北京奥运会开幕式上表演的缶，又像我正在敲打的键盘，煞是壮观。不过，美则美矣，累则累矣，一场土基抹下来，汗水要滴斤把，手和胳膊使完了力，腰背半天直不起来。

不过晚饭还是不错的。如果是生产队的集体劳动，会杀鸭杀鹅，泡几斤黄豆同煨，参加劳动的都可分到一碗。如果是私人家请帮忙，自然没有工分，也不付工钱，但会请你吃饭喝酒，以后还会还工——你家有事他也会来帮忙。我至今记得喝酒的场景。傍晚时分，在门前摆张竹凉床，有鸡有鸭，有鱼有虾（鱼虾一般是自家孩子搞来的），有时还有螃蟹（也是自家孩子摸来或者掏来），最重要的是有烧酒。男人们光着脊背，大口喝酒，大声聊天，大声划拳；他们只用一只大茶杯喝酒，一倒一杯，转着喝。女人们再热，也是衣衫整齐，搛点菜坐旁边吃，有时喝点汽水，笑盈盈地。这个时候，所有的疲乏渐渐逃离，明天照样干活。

我那时十四五岁，跟男人同坐在凉床前，但我不敢喝酒，转到跟前，就抿一点。我二叔想了一个点子，就是把酒掺在汽水里给我喝，感觉极好。后来这个发明推广开了，女人们也喜欢喝，因为甜而不辣，就有喝多的时候。我三婶就喝多了一回，双颊灿若桃花，两眼顾盼生辉，人家叫她唱歌她就唱，声音尖尖，像能钻进人的毛孔里。

接下来就等太阳晒了。刚抹好的土基，没有收干，怕猪跑上晒场乱跑，把土基踩坏了；还怕不懂事的孩子在土基上玩跳格子游戏，如果跳了，再娇惯的孩子都会被打得皮开肉绽。但最怕的是老天。抹土基都在最热的天，目的是想早点晒干，假如突然下起暴雨，甚至滴滴答答连下几天，把土基打塌，只能自认倒霉。那个时候又没有天气预报，有也不准，所以抹一场土基很不容易。如果天气好，晒两天后翻过来，再晒两天，就可以收起码放成垛留用。

从那时起，我就佩服泥土的伟大。它可以种庄稼，可以糊泥瓮，可以抹土基，可以掼喇叭锅，太了不起了。小时候厨屎没有纸揩屁股，揪把草把屁股擦擦也行，如果连草也没有，找几块泥土擦擦也能对付。后来读书，读到女娲造人的传说，读到张明敏唱的歌词"一把黄土捏成千万个你我"，读到《红楼梦》中"女人是水做的，男人是泥做的"的句子，不仅仅敬畏泥土，更从泥土中获得了男女情事的启蒙。时光如流，弹指之间，40年的光阴倏然而逝，但是我对泥土的感情没有半点消减。我看到一些人浪费土地的行为，感到痛心，以至痛恨。

《孟子·生于忧患死于安乐》在"傅说举于版筑之间"一句之后，有几句更有名的结论："故天将降大任于斯人也，必先苦其心志，劳其筋骨，饿其体肤，空乏其身，行拂乱其所为，所以动心忍性，曾益其所不能。"我觉得凡能吃苦的人，即使将来一事无成，也能学会坚强。我感觉自己就是这样的人。

何休《公羊传·宣公十五年》中还有这样两句话："饥者歌其食，劳者歌其事。"劳者，指劳动者；事，指艰苦的劳动。意思是：饥饿的人用歌来表达他们对食物的渴望，劳动的人用歌来表达他们劳累的心情。隔着几十年的时光，我写系列农具，实际上也是表达对过去乐观坚毅精神的追记和怀念。在今天，只要有这种精神，再大的困难都能克服，天大的问题都能解决。

孟浩然《过融上人兰若》："山头禅室挂僧衣，窗外无人溪鸟飞。黄昏半在山下路，却听泉声恋翠微。"王安石《天童山溪上》："溪水清涟树老

207

苍，行穿溪树踏春阳。溪深树密无人处，唯有幽花渡水香。"这是我喜欢的诗。诗人的境界，是曾经沧海的境界，是奋斗之后的境界。

土基有模有范，方正不失规矩。如果土基也有魂灵，可能会让很多的人惭愧至死。为此，我们要终生感谢土基模。

第七辑　加工农具

木榨：劳作的芬芳

这是今天看到的帖子。有趣。

一个姑娘上了高铁，见自己的座位上坐着一男士。她核对自己的票，客气地说："先生，您坐错位置了吧？"男士拿出票，大声嚷嚷："看清楚点，这是我的座位，你瞎了眼吗！"女孩仔细看了他的票，不再作声，默默地站在他的身旁。一会儿火车开动了，女孩低头轻轻地对男士说："先生，您没坐错座位，但您坐错了车！这是开往上海的，你的车票是去哈尔滨的。"

现在的人，比如这位男士，像是吃了火药，出口就要伤人。哪知道他枪拿倒了，结果伤了自己。这当然是个故事，可是类似的事生活中经常遇到。如果乘坐高铁的男士，是我们村的鲁三哥，那绝对不会发生这样的笑话。

我小时候，每到午季，割了菜籽，用连枷拍打脱粒，晒干，用萌子萌净以后，都用稻箩挑到大队（现在称为行政村）油坊换油。印象中，3斤菜籽换1斤油，领的是油票——与粮票、布票相似，油存在那里，随时可取。收了芝麻，也送油坊，2.3斤芝麻换1斤油，领了油票，到过春节才取。秋后收了棉花，先挑到轧花厂加工，皮棉留着纺线、弹被棉、做棉衣棉鞋，棉籽也送油坊，换棉籽油。1978年以前，每家只有小块自留地，收的东西都少，换的油也少；以后，分田到户，收获自然增加很多，还送油坊，吃不了的油兑换成钱卖给他们。

我们大队就一座油坊，离大队小学不远。油坊房多成"凹"字形，缺口处是院门。有年夏天下了很长时间的雨，把小学教室下倒了一间，结果我们有个班级，在油坊里上过半年课。油坊原是建在小山包上，地势较高，树林荫翳，鸟鸣蛇行。油坊最大的特色是香，一年到头都香，如果是阴雨天，或是槐花季、油菜花季、午季更香。坐在低矮的平房里读书，那些桑葚似的方块字，也是香气扑鼻，沁人肺腑。课间依着墙壁晒太阳，或挤油渣，那墙脚土也香，油腻滑润，衣服上蹭层油灰，洗都洗不掉，时常遭到母亲训斥。

油坊里的镇宅之宝，是一架木榨。像一条大牯牛稳稳地卧在屋子中间，每天吃进粉饼，沥出油来。花浇了饼肥就肥，西瓜追了饼肥就结得大，木榨因为天天吃油，所以也肥得走不动路，像宫崎骏电影《千与千寻》中的河神。真的，我从来没有见它爬起身来，走动几步。现在我知道了，木榨长约5米，重达两吨，最神奇的是，它是由一段完整的树干掏空而成，如果把它推入长江，或许就是一只独木舟吧。直到如今，我都不能理解，这段又长又粗的树干是从哪里运来，又是谁把它掏空的呢？

木榨虽然没有卷起裤脚下田，没有与庄稼们亲密接触，但是它是油菜籽、棉花籽、芝麻，以及花生、大豆、葵花籽等加工工具，也算得上是农具。如果把庄稼们的一生比喻为在一条河流航行，那么它是它们抵达的最后一座下游港口。吾乡濒临长江，以圩为多，主要出产水稻、麦子、油菜、棉花，花生、大豆、葵花也种，不过都比较少。所以木榨的主食，是油菜籽、棉籽，其他只能算是零食。花生留着过年炒食、炆糖；大豆平常炀烂当作菜肴，过年磨豆腐；葵花籽更少，留着过年炒吃，待客用。芝麻也留，炆芝麻糖片是高级食品了。如今，没有人家磨豆腐、炆糖、炒干货、换糖节了，生活越来越简便，但烟火的味道也淡许多。

木榨之外，配套设备也不少。如土灶、碾盘、铁圈、撞锤、大水缸。院外还有一座大草堆，一座大木柴堆。榨一作油，从筛籽、炒籽、磨粉、蒸粉、踩饼、上榨、插楔、撞榨，到最后的接油，有10多道工序，全部靠手工完成。如果不耽误的话，耗时是6至7个小时。那时节，炒籽用的是土灶，磨粉用的是大石碾，蒸粉用的是木甑，包饼用的是铁箍，榨油用的是木榨，撞榨用的是撞锤。撞锤也是木制，自重达400斤，每一次撞击，又准又稳，它的力量，足使木叶簌簌下落，以至场院之中，只有些小灌木，长不起来大树。

推撞锤的主力是鲁三哥，还有另外两个副手。鲁三哥那时20多岁，络腮胡子，胸口有毛，像一片茂密的水稻。他的后背油亮，呈倒梯形，像大磨盘，铁一般硬。他双手扶住撞锤，先后退几步，再猛地上前，像卷起一阵风，像掀起一层浪，像一只威武的大老虎从山上猛冲下来，随着"嘿"的一声巨吼，一投难以估量的力，经由沉重的撞锤，猛然撞在楔子之上，轰然作响，整个世界为之摇晃。当他歇下来时，我听到巨人般的喘息。

木榨榨油的特点，假如以一个字概括，就是：慢！随着撞锤的撞击，随着木楔的不断加入，油由缺口滴落，连珠成线，清清亮亮，散发油香。用木榨榨油，程序复杂，出油也慢，但油坊工人不急，等着打油的人也不急。过去的人都有耐心。木心所谓"从前慢"，似也包括此意。

鲁三哥有时也给顾客打油。我每次打油时，他用油盅子舀油时总是满满当当。有时也跟我说几句话，都是很简单的。我知道他的老家在山东，但我不明白大文豪鲁迅也姓鲁，为什么老家在浙江。他说他也不知道。鲁三哥经常照顾我，很多年后，我才知道，他之所以对我好，是怜惜我小小年纪就没有母亲，看重我每天早早上学，最重要的，是我斯文，热爱读书，时常受到任课老师的表扬。那时教我们读书的，好几位是下乡知青，有上海来的，也有乌江街上来的，在我上初中及高中后，他们陆续回到城里面或者街上。当然我也知道了鲁迅之"鲁"的来历。

现在，我还知道，压榨法是历史悠久的制油方法。北魏贾思勰的《齐民要术》中，有压榨取油的记载。元代的《王祯农书》、明代的《天工开物》《农政全书》中，都有榨油机和榨油方法的记载。如果从唐代将木榨油作为朝廷贡品的记载算起，用木榨榨油的方法已经延续千年。

但是现在很少有人用木榨榨油了，一是工序繁杂，工时成本很高。二是出油率比机榨低，每100斤油菜籽出油约30斤，而机榨在35斤以上。三是辛苦，干这种活，几乎都是光背，晚上倒床就睡。

不过，木榨法在那些落后的年代里，曾苦苦地支撑着经济的发展，也是人类发展史上的重要发明。恩格斯在《家庭、私有制和国家的起源》中指出，榨油术和酿酒术，直接促进了第二次社会劳动大分工，即手工业从农业中分离出来，是人类文明初期生产力发展的重要成就。

为了便于各位了解并且记住这种木榨法，下面我以榨菜籽油为例略作介绍。概括地说，谓之"八步法"。

（1）选料除杂。选择菜籽时"宁选新不选陈"，以新菜籽为上乘，目的是保证榨出的油色亮、质纯。还要用风车、筛子去除沙土。

（2）炒锅煸香。将干净的菜籽放铁锅中，温火慢炒，为了得到好的口味，可以炒老一些。

（3）入槽碾磨。将炒熟后的菜籽用石磨碾压，磨成泥状，磨的粉越细，出油率也就越高。碾盘直径有4米多，石磨由老牛拉动。老牛被蒙住了眼睛，慢腾腾转，如催眠曲，如杨柳风。

（4）木甑蒸胚。菜籽碾成粉末之后放入木甑中蒸。甑中有木制甑桥、竹制甑簟，内垫干净稻草。以蒸软为准，不能熟透。蒸粉一次只蒸一个饼的油菜籽粉，每个饼需粉17斤。

（5）稻草包饼。把洁净的稻草垫在铁圈（又叫油圈）里，将蒸好的粉末倒入其中，用木榔头夯实，制成饼状。蒸熟的油菜籽粉要踩成饼，也是不容易的，脚有如踩在火上一般。踩好的粉饼高度在7厘米左右，当榨干油后就变成了枯饼，厚度变成了4厘米左右。枯饼可做肥料。

（6）上圈装榨。将粉饼平着装入木榨的木槽内，竖着排列。在木榨一侧塞进木块，再插入楔片，然后用撞锤撞击楔片，使榨腔中的粉饼受到挤压，金黄的清油便从油槽中间的小口流出。

（7）撞榨打油。人力挥动悬挂着的撞杆撞击木楔，这是木榨工艺的核心环节。适时添加木楔，直到将油榨干为止。

（8）沉淀沥油。榨出的油经油坨下的石槽流入油缸内，汇集沉淀，将油过滤、沉淀半月以后，杂质与油分离，即可食用。其过程如同用明矾澄清清水。

鲁三哥的妻子，就在油坊打工，发放油票。我喊她三姐。她是我们西庆自然村方大伯家的三女儿，见鲁三哥有力气，不偷懒，为人和善，就嫁给了他。鲁三哥原是兄弟三个，三年困难时期，大哥挑水库时累死了，二哥因为吃了有毒的草拉肚子拉死了，他算命大。改革开放之后几年，木榨基本停了，而从外面调机榨油。他有力气，却没有了施展之地。又过两三年，他到深圳打工，成为特区建设者，不久三姐也去了，在工地食堂烧饭。儿子鲁大海、女儿四凤都在家乡读的中学，后来都考上了大学。至于大队油坊，早就不存在了，那形如卧牛的木榨更是不知所踪。

木耷：磨炼成就人生

我在乌江读初中时，每天要在街道上走两个来回，街道约 4 米宽、2000 米长，商家林立，各有特色，就是闭着眼走，也能知道走到哪家门口。为什么呢？原因很多，综合因素使然，但主要是味道。鱼行是鱼的味道，腥气扑鼻，饭店是饭店的味道，香气弥漫。那时饭店兼卖早点，小笼包子、牛肉锅贴特别好吃。成年以后，我知道了中医的诊断方法"望闻问切"，其中有个"闻"字；读马尔克思《霍乱时期的爱情》，看到女主角喜欢闻丈夫的衣服，竟然发现丈夫有了外遇。我始感受到嗅觉的巨大力量。

印象中有两家饭店，一个是三八饭店，另一个是清真饭店。三八饭店还附带烧茶水炉子，供应惠北街居民开水。饭店门口就是一口大灶，中间是灶膛，周围是几个大铁炉子，烧茶水炉子的师傅，不时揭开灶膛口的盖，一把把地往里面撒耷糠，即完整的干燥的稻壳。火光映红他的瘦脸和刀刻似的皱纹；他的胡须被火燎得精光，连胡桩子都看不到。

我当然不会闭着眼睛走街串巷，街道人多，摩肩接踵，有些人挑着担子，如卖山柴的、送煤球的、卖鱼的、卖小鸡小鸭的。不过，过了40年，再回忆起来，印象最深的是挑砻糠的人。他们总是光着上身，两边肩膀凸着小皮球似的肉瘤，边走边吆喝："借光，借光，砻糠来了！"他们的扁担是定做的，奇长，两只竹篓又大又深，足可以站进去几个人。他们从街南头的粮站挑来砻糠，往各饭店送，如果横走，可以切断街道。但他们都直着走，两只竹篓一前一后，像两座小山慢慢移动。

从那时起，我就知道砻糠是种燃料，但直到如今，我都不知道那些完完整整的稻壳，是如何从大米身上脱下来的。我没参观过粮站，没见过那种机器。前不久，我到芜湖市三山区龙湖街道杨村，参观农耕文化馆，第一次见到木砻，才知道砻糠是这样形成的，以及砻糠生产的原理。

木砻是一种古老的、专业的破谷取米的农具。

它的形状很像石磨，由镶有木齿的上下臼、摇臂及支座等组成。下臼固定，上臼旋转，借臼齿搓擦使稻壳裂脱，使稻壳与糙米分离。

明代宋应星在《天工开物》里说："凡稻去壳用砻……凡砻有二种，一用木为之，截木尺许，……斫合成大磨形，两扇皆凿纵斜齿，下合植榫穿贯上合，空中受谷。木砻攻米二千余石，其身乃尽……一土砻，析竹匡围成圈，实洁净黄土于内，上下两面各嵌竹齿……土砻攻米二百石，其身乃朽。凡木砻必用健夫，土砻即屠妇弱子可胜其任。庶民饔飧皆出此中也。"

明代徐光启《农政全书》写道："又有废磨，上级已薄，可代谷磨，亦不损米，或人或畜转之，谓之砻磨。"

我小时候，村里有碾米房，用碾米机碾米。也见过用石磨碾米，但米粒易碎。现在知道，在更早以前，人们用木砻做米，因为它是木质，分量较轻，不易压碎稻谷，虽然耗时略长，但可解决碎米较多的问题。

在没有碾米机以前，把稻谷变成雪白的米，有很长的路程。

第一步是砻谷，即脱壳。砻分两层，上层是装谷子的砻斗，下面是砻身。砻谷时，先把谷子放进砻斗里，把磨钩（木制的工具）放入砻首眼内。由一至两人用手握住磨钩，推动砻斗旋转，磨出来的谷壳和糙米从砻斗的缺口落下，落入最底层的箩筐内。这个过程，与老式的磨豆腐相似。

木砻

第二步是风谷。前面讲过的风车，在这里又派上用场了。把磨出来的谷壳和糙米，倒入漏斗，从狭缝中漏入风箱，转动风扇轮产生风流，将较轻的稻壳从车后的出口吹出，较重的糙米则从车底落下来。稻壳就是砻糠，主要当作燃料，那些灰烬是很好的草木灰，也可充当填充物品，或铺在地上防潮，还可直接撒在田地沤肥。有人曾尝试过用粉碎机把砻糠打成粉末，当作饲料喂猪，猪不饿极了是不肯吃的，吃了拉不出屎。

第三步是舂米。糙米不能食用，需去除米皮才行。舂米有两种方式，一是手举石杵（像榔头样的捣米工具）一下一下地舂，二是用木制踏碓反复地舂，前提都是将糙米倒入石臼，用手舂或站在踏碓上用力踏。通过米与石臼、石杵，米与米之间的摩擦，将糙米的保护皮层糠蜡去掉，使米变白，而落在石臼底下黄黄的一层粉末就是米糠（又叫米皮，吾乡百姓称之皮糠）。米糠富有营养，猪喜欢吃。困难时期，很多人也吃米糠充饥。现如今，市场上有不去糠的糙米卖，粗糙，颜色暗黄，却被视为绿色的健康食品。这是因为有些人营养过剩，要去去肥。

第四步是筛米。舂过以后，白米和米糠是混在一起的，需要用筛子把混在米里的米糠和碎米筛下来。之后，白米干净了，用来煮饭或煲粥，有泥土、阳光、露水和风之气，有木质、石质、竹子和汗水之气。古人云："一粥一饭，当思来之不易；半丝半缕，恒念物力维艰。"昔日砻谷做米的复杂过程，也印证了古人所说的这个深刻道理吧。

木砻产生的历史，肯定要早于写《天工开物》和《农政全书》的明代。我国是世界上最早种植水稻的国家，稻谷加工工具应该相时而生。曹植《宝刀铭》有言："造兹宝刀，既砻既砺。"里面有个"砻"字，从字形看，可能是石头做的磨盘，但也可能是木砻，毕竟凿木为齿比凿石为齿容易很多。

木砻的生产特点，就一个字：磨。要使谷壳与米粒分粒，需要反复地磨，于是"磨"出了"磨砻"一词，由实而虚，意为磨炼。

曾于吾乡撰写《陋室铭》的刘禹锡，其《酬湖州崔郎中见寄》中有"昔年与兄游，文似马长卿。今来寄新诗，乃类陶渊明。磨砻老益智，吟咏闲弥精"几句。诗人以磨砻为比喻，称赞崔郎中诗写得好。

又如王安石《寄丁中允》诗中前几句：

> 人生九州闲，泛泛水中木。
>
> 漂浮随风波，邂逅得相触。
>
> 始我与夫子，得官同一州。
>
> 相逢皆偶然，情义乃绸缪。
>
> 我于人事疏，而子久矣修。
>
> 磨砻以成我，德大不可酬。

王安石被列宁誉为"中国十一世纪的改革家"，前半生激进，力主改革，受到打击也多，后半生却归隐山林。诗写两人萍水相逢，同州为官，交情很深；对方品德美好，给自己莫大帮助。"磨砻以成我，德大不可酬"两句，似说委以重任，以成就"我"，所以念兹在兹，感激不尽。

又如陆游《夜坐》诗中前几句：

> 灯暗一室幽，鸟鸣四山静。
> 道人坐倚壁，度此清夜永。
> 少时志功名，痴绝如捕影。
> 造物遗以穷，磨砻发深省。

陆游是著名的爱国诗人，主张北伐，收复中原，也曾入蜀，投身军旅生活。他写过若干首《夜坐》诗，这是其一。可以想见其生不逢时、怀才不遇、枯灯独坐、冥思苦想的情景。"造物遗以穷，磨砻发深省"两句，既写出不得志，又写出由磨砻引发的感想，颇有昂扬之态。

如果引用孟子的话，则是："天将降大任于斯人也，必先苦其心志，劳其筋骨，饿其体肤，空乏其身，行拂乱其所为，所以动心忍性，曾益其所不能。"古往今来，有很多卓尔不群的人，其人生过程，其实就是"磨砻"。

石碾：碾出生活原味

"父亲的水稻田"的创始人周华诚先生，在文章中写道，一直想去两个地方，一个是我国台湾的池上，一个是日本的越后妻有。因为池上有那么美的大片大片的稻田，作家蒋勋在池上驻村，每天在稻田间散步，在那片土地上行走；因为位于本州岛中北部越后妻有760平方千米的山野间，点缀着草间弥生、蔡国强等世界艺术大师的作品，还有张永和、阿布拉莫维奇等建筑大师的实验建筑。

很不好意思的是，我比较勤快的脚步，至今未曾走出大陆的地平线。我在中学教书，带两个班的课，兼以别的杂务，实在没有时间。我从小生活在农村，长大后时常在乡村游逛，有时就在大片的稻田中穿行，在山上玩在水边玩，虽无缘目睹大师们的作品，但看见过很多农作物，如水稻、棉花、油菜、麦子、玉米、向日葵，看见过很多古老农具，如风车、水车、石碾、石磨，觉得差可自慰。

这回说说石碾。它是碾米工具，碾出的米原味，碾出的生活也是原味。它也是乡村生命的碑石，农耕生活的形象代言人。在一些农家饭庄，在一些农展馆前，我不止一次与它相遇，总是情不自禁地走到跟前，抚摸它的身体，由时空倒推几圈。前两年播放的电视剧《平凡的世界》里，农村实行改革开放了，那位老支书想不通，老斜靠在生产队的石碾上晒太阳，说心口疼。如果仿照艺术所谓"后时代"之说，石碾可以说是"后时代农具"。它与纺车、木榨一样，都是农产品加工工具，位于农作物的下游，后于其他农具。

石碾分上下两部分，上面的叫碾砣，与晒场上的碌碡形似，下面的叫碾盘，又叫碾台。碾盘表面錾有碾齿，碾砣表面也有碾齿，两相磨合，犬牙交错，如同用牙齿嗑瓜子壳，或把食物嚼碎。碾砣被固定在用枣木或刺槐做成的四边形的碾框上。碾砣两头的中央有两个向里凹的小圆坑，里面固定着一个小铁碗儿，叫碾脐；在碾框的对应位置固定着两个圆形铁棒，与碾脐相对，凹凸相合，能自由转动。碾框一端，中有一孔，套在碾管芯——固定在碾盘正中央的金属圆柱上面，这样碾砣可以始终围绕碾盘转动。碾框两端还凿有两个碾棍孔，可以分别插入木棍，两人推动，要省力些。

也有用牛、毛驴拉石碾的。给它系上驻嘴棍，再给它戴上蒙眼，防止它转蒙，也为了防止它偷吃东西，或受周围环境影响分散注意力。蒙眼有用玉米皮辫制作的，像两个尖底的碗，用布条或绳索连接，两个碗状的东西扣在牲口两只眼上，所以这个东西就叫"蒙眼"，用旧衣服什么的罩上都可以。当动物一直处在转动状态的时候，很容易对方向产生错觉，也就是人们经常所说的"晕"。但是，如果把眼睛遮盖起来，因为看不到周围景物的变化，就使得大脑不会产生这种错觉，身体可以保持自然平衡。

实际上，石碾的构造与使用方法，跟碌碡差不多。不同之处在于，石碾是在叫作碾台的舞台上表演，而碌碡是在晒场上施展本领。还有一点，石碾在我国北方普遍使用，在南方用得较少。比如我们村庄，原有 4

个生产队，100多户，石碾只3座，用得也不是很多。

石碾的主要材料是石头和树木，铁只沾了点边，假如没有它也行。毛泽东《贺新郎·读史》中说："人猿相揖时，只几块石头磨过。"《红楼梦》里，有个"木石前盟"，这个爱情故事，符合人的天性，估计也是作家的理想。吾乡古迹甚多，如"和县人"遗址、凌家滩遗址、乔家庄遗址、狼窝山遗址，都属于石器时代。就是如今，石也在我们身边，我的朋友何前山先生，自己开办奇石馆，不仅展出多幅天然大理石画，而且还有珍贵的恐龙蛋化石、石宴。他对我说，"石不能言最可人"。信矣。

石碾是什么时期出现的，是谁发明的，至今尚无定论，但是以石器加工粮食的技术，肯定很早就出现了。纵观粮食加工历史——多数谷物是需要加工去壳或磨碎后才宜于食用，最早的加工方法可能是舂打，之后方为碾磨。《周易·系辞下》有"断木为杵，掘地为臼"之说。《王祯农书》对杵臼也有介绍。汉以前的文献中没有说到碾，南北朝以后才碾磨并提，到唐代时，用水力冲动的水碾比比皆是。唐代那些诗人估计吃的都是原味的米，不然怎么能写出那么好的意境深远的文字。不论碾出现在哪个年代，它的历史作用都是不容漠视的。

在以前，有两样东西是共用的，一是水井，老百姓叫"官井"；二是石碾，老百姓叫"官碾"。就我们村庄来说，有两口水井，三盘石碾。我们村庄外面，有七八口池塘，略远，是驷马河，并不缺水，水井只起辅助作用，夏天打水冰西瓜，冬天洗衣服不冷，如果下暴雨或干旱，池塘水黄或没有水，井上才热闹起来。石碾均匀分布，村中间一盘，东西两头各一盘。每盘都有固定的用户，没有特殊的情况，一般都不改动。有的富有人家，比如增富大爷，有自己的石碾，但是极少数。个人的石碾，一般都在自家院内，很少给别人使用。不过自我记事起，大队已有碾房，有些人家把稻谷、麦子挑到那里加工，要快得多；石碾渐渐成了摆设，成了孩子们的游戏场所。

在以前，水井和石碾把人们的日常生活和情感联系在了一起。用一盘石碾轧面，喝一口井里的水，成了衡量乡亲的标准。有时两家人有一些龃龉，德高望重的老人就出来劝解："吃一口井里的水，用一个碾子轧面，和一家人有啥分别，还有什么大不了的事儿。谁也没把别人的孩子扔到井里去。见面一笑就好了。"于是两家人就会和解。毕竟抬头不见低头见，见了面一扭脸，大家都不好意思。打个招呼说句话，心里都痛快。下次推碾子再赶到一起，你帮我扫扫碾台，我帮你萝萝面，相视一笑，一切烟消云散。

那时的人们对石碾怀着敬畏之心，也就自觉地遵守约定俗成的规矩。无论大人和小孩，都不能在碾房里大小便；不允许坐在碾盘上休息；不允许在碾盘上放脏东西。谁违反了这些规矩，就要受到责罚。在喜庆的日子里，人们不忘石碾。谁家生了孩子，都不忘在碾房门口挂个红布条。娶媳妇的，除了挂红布条外，有的人家还贴副对联。传说中，石碾是青龙。春节时，人们往往在一竖着的红纸条上，写"青龙大吉"四个字，贴在碾管芯上。也有贴对联的。自己不能写，就请别人写。当时，一位私塾先生，教了我碾房和磨房的对联，我至今还记忆犹新。一副是：推移皆有准，圆转恰如环；另一副是：乾坤有力资旋转，牛马无知悯苦辛。横批是：青龙永驻。

杜怀超在《一个人的农具》里写道：

　　每看到石碾，我总不由想到农人的艰辛。贫瘠的田野里，农人四季朝着阳光，荷锄日月，在不倦的泥土书本上，不断地翻阅这岁月的粮食，一粒麦子，一束高粱，还有块瘦弱的山芋头，无不缠绕着农人精耕细作的劳作。泥土以柔软的身价任凭农人侍弄，然后捧出大地内心的果实。可谁知道，在乡间的石碾房里，泥土，又用那坚硬的石头抵抗，风雨孕育的粮食，又要在夜晚，在农人足够辛劳与疲惫的极限下，继续白天的劳作，伴着汗水、心血，终于在咿咿呀呀声中，在周而复始的圆周中，接到来自上苍的米面恩赐，一口口或粗或细的粮食，然后架起柴火，点燃生活的滋味。农人种田，哪里是耕作？在坚硬的石块与沉寂的泥土之间，诞生的果实，分明是农人用心血与骨头磨砺出来的。

石碾有两个兄弟，一个叫石磨，另一个叫石臼，都是加工工具。据说石磨的发明人是鲁班。鲁班是春秋时期鲁国人，生于公元前507年，卒于公元前444年，石磨的历史之久可以想见。与石碾略有不同，石磨上下两页同等大小，合在一起，架在两根木棍上，故石磨计数单位称"合"。上页石磨的腰间楔入一木桩，用一绳索襻住，再插入一木杠推着磨页走，所以叫推磨。石磨主要用于磨面粉，磨元宵面，春节时磨豆腐。

石臼也叫碓窝，据说在石碾、石磨出现之前，人们就是用石臼加工粮食的。后来石臼的功能逐渐退化，只用来捣米（南方叫舂米，用木制机械）了——用石臼还是称捣米准确。石臼的形状很特别，一方大石块上凹进去个坑，一米左右深，直径半尺。捣米时，将稻谷或谷子放进去，然后将一根粗大的石杵插入石坑，双手拎着杵把上下捣击。捣击一阵后，须将坑里的谷物掏出来，用簸箕将谷皮除去，再放进石坑里捣。如此这般三四个来回后，石坑里就剩下白花花和黄乎乎的米了。用石臼捣米既是力气活又是技术活。首先那根几十斤重的石杵要拎得动。捣米时力气还要用匀，轻重缓急、抑扬顿挫都要将分寸拿捏准确，否则，不是捣不出米就是把米捣烂。这项工作非男子汉莫属，女人站在旁边除谷皮。

20世纪80年代初期，我到芜湖师专读书，后到镇上中学教书，再以后，搬到县城，与石碾三兄弟渐行渐远。我有个姓石的学生，父母亲是磨豆腐的，他自己读完中学，到县城开服装店卖瓦罐汤。每次见到他时，总能找回一些关于石的记忆。如今，石碾的时代结束了，以后的孩子们，只有在电影、电视和博物馆里见到它了，只有在故事里听到它了，老人们也只有在机器的轰鸣中怀念它了，但石碾的历史功绩和动人的故事，将永远铭刻在人类文明的史册上。

如今，五常大米很有名，不知道是不是原味。《草原》杂志编辑杨瑛最近出版了散文集《河流》，其中写到她的母亲，说她的母亲每年端午包粽子时，都会精心挑选大米，不知老人家能否识别石碾的米与机碾的米。

周华诚先生的"父亲的水稻田"项目已经坚持了5年。他希望水稻田所在的五联，也能成为池上、越后妻有。他是我的同道者。我是衷心祝愿他能够得偿所愿。

纺车：日子绵延不绝

我小的时候，家里有架纺棉花的车。1974年母亲去世后，纺车似架屋梁上了。再后来，房子倒塌，重建瓦房，纺车也不知搞哪里去了。

我感觉过去的妇女特别能干。你读《孔雀东南飞》，看刘兰芝："十三能织素，十四学裁衣，十五弹箜篌，十六诵诗书。"在裁衣方面，还有细节描写："左手持刀尺，右手执绫罗。朝成绣夹裙，晚成单罗衫。"我母亲会纺线、会裁剪、会做鞋、会用纱手套线打袜子织衣服，会用毛巾缝娃娃帽。我岳母也会。我女儿出生时，所穿的小衣服，都是岳母做的。她买了弗兰绒布来，摊在床上裁好，用针一针一针缝，比街上卖的都好。

我国纺车出现的历史远在丝绸时代，比棉花在我国出现得早。如今很多人喜欢欧洲游，觉得欧洲人生活节奏缓慢，日子过得诗意，他们可能不知道，唤起他们对欧洲村舍生活方式想象的家用纺车，其实起源于我国。只是现在，很多人过日子，追求像打排球扣球似的"短平快"效果，走路不是走路，都是跑动，自己把自己搞得很累，却又向往别人的悠闲。

在我国最迟不晚于公元前 14 世纪，蚕已被驯化，丝绸工业已经发展起来。关于纺车的文献记载，最早见于西汉扬雄的《方言》，记有"繀（suì）车"。繀，是指纺车上的收丝器具，也可当动词用，即把丝收在纺车的收丝器上。《说文解字》和《广雅》都提到过。1956 年江苏铜山洪楼出土的画像石上面刻有几个形态生动的人物正在织布、纺纱和调丝操作的图像，它展示了一幅汉代纺织生产活动的情景。这就可以看出纺车在汉代已经成为普遍的纺纱工具。

其实，纺车是在原始纺纱工具纺专，即纺轮基础上发展而来。在我国各地的许多新石器时代的遗址里，都曾经发现过大量的这种原始工具。所谓纺专，是由陶质或石质作的圆形的一个"盘"，叫"专盘"，中间有一个孔，插一根杆叫专杆。纺纱的时候，先要把纺的麻或其他纤维捻一段缠在专杆上，然后垂下，一手提杆，一手转动圆盘，向左或向右回转，就可以促使纤维牵伸和加捻。待纺于一定长度后，就把已纺的纱缠绕到专杆上去。这样反复，一直到纺专上绕满纱为止。这种纺纱方法是很原始的手工劳动，既吃力又缓慢，捻度也不均匀，产量和质量当然是很低的，经过多次改进，就有了纺车。

纺车在产棉区大量用于纺线，为织布提供原料。由于纺车结构复杂，要木工才能制造，所以非产棉区很少见，远不如纺锤流行。纺锤是用来纺纱的手工工具。由小骨棒或小木棒中间，安竹钩或铁丝钩构成。把棉絮固定在钩上，手握一把棉花，摇动纺锤，随时可以纺线。我小时候也见过老人一有空闲，就用纺锤纺线的情景。

我国古代纺纱工具分手摇纺车、脚踏纺车两种类型。手摇纺车约出现于战国时期，也称轩车、纬车。常见由木架、锭子、绳轮和手柄 4 部分组成。常见的手摇纺车是锭子在左，绳轮和手柄在右，中间用绳弦传动称为卧式。另一种手摇纺车，则是把锭子安装在绳轮之上，也是用绳弦传动称为立式。卧式由一人操作，而立式需要二人同时配合操作。因卧式更适合一家一户的农村副业之用，故一直流传至今。我母亲以前用的就是这种卧式纺车，吴伯箫在《记一辆纺车》中写到的纺车，也是这种。

脚踏纺车约出现在东晋，东晋著名画家顾恺之一幅画上有脚踏三锭纺车。元代皇庆二年（1313），著名农学家王祯在他所著的《王祯农书》中也有三锭脚踏棉纺车和三锭、五锭脚踏麻纺车。其结构由纺纱机构和脚踏部分组成，纺纱机构与手摇纺车相似，脚踏机构由曲柄、踏杆、凸钉等机件组成，踏杆通过曲柄带动绳轮和锭子转动，完成加捻牵伸工作。

北宋书画家王居正所绘《纺车图》，勾线细劲，纺车等都据实描绘，体现了北宋风俗画的较高水准。画面中，村妇坐在小凳上，怀抱婴儿哺乳，身旁放置一架纺车，左手正摇轮。哺乳理应身向后靠，而村妇由于身兼二事，只能身向前俯，并微微拔腰。她的前面是一老媪，双手引着线团，脸上体现出体量和爱抚。她的身后有一个席地而坐的儿童，手中拿着木杆，牵着一只蟾蜍，似乎等着婴儿下地玩耍。

因为纺车与人们生活息息相关，所以以此为题材的文艺作品也多。

曹雪芹《红楼梦》十五回中有村姑二丫头为贾宝玉演示用纺车纺线的描写。

剧作家骆文 20 世纪 40 年代编过《纺棉车》的戏。剧情是：青年妇女王氏，因丈夫张三外出贸易，三载未归，在家纺棉花时，忽然春心荡漾，遂以度曲遣情。时适其夫做客归来，在门外伺听，且掷金入，以试其心。王氏遂为所动，乃开门招掷金者，不意即其夫张三也。于是夫妇遂半真半假，打趣一场而毕。我觉得这出戏颇合人物心理，其中王氏、张三在生活中并不鲜见，不是他们品质恶劣，实在是由于"食，色，性也"。

还有民歌《纺棉车》。几个版本，表达的是不同的感情。其一：

太阳出来磨盘打，你我都来纺棉花。棉卷轻轻地捏在手，棉线不断地往出拉。你说我纺呀纺得快，我说你纺得也不差。这个纺车车两架，一天就纺出了两斤花……

其二：

姐在房中纺棉花，手儿酸痛脚又麻，纺出线儿长又长，管不住那薄情郎。姐在房中纺棉花，只有匆忙没欢畅，虽然棉花纺成纱，不见情郎在身旁……

其三：

太阳照在穷人的家，翻身的日子开鲜花。男人种地地里走，妇女在家中纺棉花。前晌纺来后晌纺，月亮底下也纺棉花。人人那个都说生产好，人人都把那劳动夸。双手来把筐子挎，去到集镇送棉纱。一送就呀送到合作社，合作社好比群众的家。缺啥要啥就给啥，油盐小米顶工价。纺车好比摇钱树，营子里家家都纺棉花……

还有美国电影《毕业生》的插曲《斯卡布罗集市》，又叫《百里香》，其情美妙。只要一想到古老的苏格兰乡村里，一个美丽的姑娘用她年轻的生命歌唱爱情，所有的人都会相信爱情。我想那白亚麻线也是用纺车纺出来的吧：

你是否要去斯卡保罗市集，我的花儿百里香。别忘了代我告诉他，他曾是我最爱的人。请为我捎上一件衬衫，我为他缝的白亚麻衫，没有用线也没有用针，只用心儿缝的衣衫……

文学作品中，写到纺车的更多。试举两例。吴伯萧《记一辆纺车》，回忆在延安纺线故事，文中表现出的与跟困难做斗争的勇气，于今颇有教育意义：

　　　　那个时候在延安，无论是机关的干部，学校的教员和学员，也无论是部队的指挥员和战斗员，在工作、学习、练兵的间隙里，谁没有使用过纺车呢？纺车跟战斗用的枪、耕田用的犁、学习用的书和笔一样，成为大家亲密的伙伴。

　　　　纺线有几种姿势：可以坐着蒲团纺，可以坐着矮凳纺，也可以把纺车垫得高高地站着纺。站着纺线，步子有进有退，手臂尽量伸直，像"白鹤晾翅"，一抽线能拉得很长很长。这样气势最开阔，肢体最舒展，兴致高的时候，很难说那究竟是生产还是舞蹈。

　　当代作家贾平凹写过散文《纺车声声》，令人唏嘘。"文革"初期，他才上中学，当校长的父亲就被定为"走资派"，拉到远远的深山里改造，自然也没工资。7年里，母亲带着子女四人生活，吃尽辛苦：

　　　　她是个小脚，身子骨又不硬朗，平日里只是洗、缝、纺、浆，干一些针线活计。现在就只有没黑没明地替人纺线赚钱了。家里吃的、穿的、烧的、用的，我们兄妹的书钱，一应大小开支，先是还将就着应付，麦子遭旱后，粮食没打下，日子就越发一日不济一日了。

　　　　我瞧着母亲一天一天头发灰白起来，心里很疼，每天放学回来，就帮她干些活：她让我双手扩起线股，她拉着线头缠团儿。一看见她那凸起的颧骨，就觉得那线是从她身上抽出来的，才抽得她这般的瘦，尤其不忍看那跳动的线团儿，那似乎是一颗碎了的母亲的心在颤抖啊！

纺车底下，有块压砖，叫瓦。我孙女出生时，朋友问我孩子性别，弄璋还是弄瓦，弄璋是生男，弄瓦是生女。现在，孙女20个月大了，说话较早，已能够和爸妈、爷爷奶奶、外公外婆简单对话，会咿咿呀呀地唱，无腔无调，无忧无虑。我不知道她以后会不会知道纺车，会不会知道纺车故事，懂不懂弄璋弄瓦的典故。但我知道，生活正在继续，明天会更好。

附录
农事的盛典

石杨镇位于安徽省马鞍山市和县北部，面积 158 平方千米，有 2 个社区 9 个行政村。区域狭长，很像一只雄踞山峰的狼。高关村是它绷得很直的后腿，石杨社区是它健硕的腹背，绰庙社区是它高昂的头颅。我每次看《和县地图》，都觉得它在仰天长啸，渴望诗和远方。1983 年 9 月至 1998 年 7 月，我在石杨中学教书，也确实多次听到狼的叫声，在夜空中传得很远，如泣如诉，如怨如慕。2016 年 9 月至 2017 年 6 月，我参与《石杨志》编写，在采访过程中听说，以前山上狼还不少。

绰庙社区在 2000 年以前是一个乡，属石杨区管辖。后来撤区并乡，石杨成为镇，它变成了社区。石杨镇名人名胜颇多，如气象树、迢迢谷、如方山、如山湖、三戴墓园、胡业桃墓、夹山关古道。单就绰庙社区而言，又有憨山寺、虞姬庙、端木草堂，更有农历三月三庙会，前后三天，人潮涌动。这是季节与绰庙的约会，是四乡八邻的雅集，也是农事的盛大庆典。

我在石杨教书时，每年都去赶庙会，一是离得不远，骑自行车就能到达。二是有位高中同学家住绰庙，可以顺便看他，增进友情。三是庙会上卖的东西实用、便宜。我家里有两把木椅，一张方桌，就是在庙会上买的，都30年了，不脱榫、不晃动。离开石杨以后，也经常去。有时是自己去，有时是参加采风活动。

庙会本是自发形成的群众性的祭祀活动，因为聚得人多，渐渐成为集市，兼有贸易作用。这种贸易活动，有着农耕社会小农经济的深刻印记。它的买卖多与农业生产、百姓日常生活关系密切。当然，庙会还是一种民俗，渐成习惯，就像如今的春晚。

绰庙庙会与项羽的爱妻虞姬有关。传说当年项羽兵败南逃，农历三月初三这天带着虞姬和十几名亲兵来到绰庙后山歇息。因为时令未到，山花半开。天性爱美的虞姬，拔下玉簪，轻轻地插入土中，霎时，满山姹紫嫣红。后人遂称这座山为插花山。这与司马迁《史记·项羽本纪》记载有些出入，但是传说就是传说。

亦说项羽屯兵山后营帐时，将已经自刎于垓下的虞姬的钗环埋于山巅，垒石以志，因钗环似花朵，或者人似花朵，故而得名。后人更是筑庙山上，以示纪念。每年农历三月初三，四乡八镇、甚至外省、外县，百里之外的香客，于绰庙聚会。有人的地方就有江湖，有江湖的地方就有市场。

现在虞姬庙更名普觉禅寺，不过寺里仍有一屋，依然供奉虞姬。其凤冠霞帔，俨然一代君王之后。其旁有一妇人。据说项羽逃亡途中问路时遇到的农妇。这个农妇识出了他的身份，为不泄露消息，取信于他，竟以镰刀自刎。后人感怀，立其塑像于虞姬之侧，也算是一种陪伴。这个故事颇似伍子胥问路于村姑的情景，当是牵强附会。但它表达了人们对诚信之人的敬仰之情。

不管传说可信度如何，凭借虞姬庙而兴起的庙会是形成了。这是紧随春节的一个大节日，村民们放下农活，梳洗打扮，来赶庙会。方圆几十里的商家，几天前就运来货物，摆摊设点。庙会上以农资产品和日用百货居多，五元店、八元店随处可见。小吃也多，都是面食、豆制品。今年来时，还看见西瓜、甘蔗、大麻花，等等。更多的是游客，还有县里的摄影家们。

我在庙会上买了一本《隋唐演义》。我最近在读吾乡中唐诗人张籍作品，想多了解些背景知识。在街边买了两件背心，全棉的，五元一件，我的同学说真便宜。妻子买了煎锅、筛子，都是过日子少不了的东西。还买了一把镰刀，两把草莓秧子。当天下午回来就栽入菜园，早活棵了，只是近期多雨，气温偏低，不知能结几多果实。我还想把两把藤椅，可惜不好携带。

剩下的时间就是闲逛。来来回回走了几趟，用手机拍了许多农具照片。每件农具后面都有一段故事，都有一段人生，都有一段历史。它们连接着农事、农业、农村和农民，是乡村生活的见证，若干年后，可能也会成为农业的化石。

比如秧马、秧架子、连枷、粪桶夹子。秧马形状像只小马，是在小板凳底下，安装一块或两块滑板，就像滑雪板一样，两头翘翘的，坐着拔秧时，可以轻松移动，而不下陷。以前春天撒秧要用整稻萝的稻谷作为种子，培育的秧苗有几亩田，拔秧是很累人的活。现在都有杂交水稻种子，每亩田有几斤种子就够，栽的时候，是一株一株的，等待以后发棵、分蘖，所以秧马基本用不上了。秧架子是挑秧苗用的，防止倒塌。连枷是打菜籽打麦用的。粪桶夹子是挑粪桶用的。过去种田强调"庄稼一枝花，全靠肥当家"，只是那肥，都是绿肥、畜肥、塘泥和人的粪便。现在倒好，图快，全用化肥，甚至是植物生长剂，吃的人都生病。路遥的《人生》中，写到过为抢粪便打群架的事，这是真实的故事。现在没有了，以后更不会有了。

我小时在家干过农活。秧马、秧架子、连枷、粪桶夹子等等都用过，虽然年小体弱，用起来都不是十分顺手，但是我对它们有感情。看见它们，就像看见过去的时光，看见我妈妈的身影——她已经过世40年，是那么的清晰。更看见过去的农村生活，大家在一起劳动时的热闹场面。有人喜欢唱歌，歌声清脆，含有庄稼的气息。和县是民歌的故乡，而农村是孵化民歌的温床。

单说种稻，从用盐水选种，到趁着星光拔秧，用乌斗推稻，在一尺多高的禾苗田间薅稻，割稻，脱粒，满场晒稻谷，满村庄地晒稻草，堆成高高的草堆，所有的流程我都熟悉。大集体时期，稻谷都入生产队库房，之后卖公粮、分口粮，马鞍山作家张弦曾在《被爱情遗忘的角落》里写到这样的场景。1978年农村改革，分田到户，很多人家买了折子，砌了瓮子，收藏粮食。去年曾到朋友的乡下故居玩，看到砌在正屋照壁后面的大粮仓，那要装下做田人多少的期待和希望啊。圣人说"食色性也"，俗语说"民以食为天"，仓中空空，心里总不踏实，社会也难以稳定。

我还在王店村、丰山杜村看到了一些农具。如驼峰、风斗、鱼罩、桅灯、水车、掼桶、叉鈠、牛头（打草绳用的）。有些人有意识地搜集、保存这些东西，保存农耕文化的记忆，很有眼光。只是现在收藏的东西不多，不成规模，仍需重视，加大人力物力的投入。因为有些东西失去就找不回来了，即使将来复制也不逼真，况且那些凝结在农具里面的情感总会淡薄。比如贾谊《过秦论》中有句"锄耰棘矜，非铦于钩戟之长铩也"，那几种农具到底是什么样子，现在只能出现在想象中了。

如果深入分析农具的作用，还不仅仅是农耕记忆问题，更涉及中国传统文化和中国文明史问题。对此，作家李锐在《太平风物·前言（农具的教育）》中写道：

几千年来，被农民们世世代代拿在手上的农具，就是他们的手和脚，就是他们的肩和腿，就是从他们心里日复一日生长出来的智慧，干脆说，那些所有的农具根本就是他们身体的一部分，就是人和自然相互剥夺又相互赠予的果实。我们所说的中华民族五千年文明史，其实就是一部农业文明史，是被农民手上的工具一锹一镢刨出来的。

李锐接着写道：

尽管在吕梁山偏远的乡村里，这些古老的农具还在被人们使用着，但人与农具的历史关系早已荡然无存，衣不蔽体的田园早已没有了往日的从容与安静。

李锐的感受并非危言耸听。近看《新闻联播》，已有"无锡出现无人种植水稻实验田""湖南培育出巨型杂交水稻，两米多高，像高粱似的，稻穗像扫帚那么高，稻米比花生米还大，生长期 140 天"等报道，估计将来的稻田里，可能没有农具以及农民什么事了。

在种植过程中，留下很多风俗。最近，拜读和县作家李大量先生《和县农耕文化浅议》，发现很多做法，如把神人性化，到处盖土地庙，还配上一个土地奶奶。神都是没有配偶的。这个很特别。且有对联："我敬你香烛、纸马，你赐我稻麦、棉花。"如烧田漏。为防止蛇、鼠钻洞漏水，正月十五晚上，点着柴草引燃塘埂、田埂上的杂草，边跑边念念有词："烧什么哟？烧田漏子。可有了？没有了。"希望田不漏水，也烧死了寄生在杂草上的越冬虫卵。所谓"春雨贵如油，塘满八成收"。如开秧门。撒了种子，秧床。未拔秧前，燃放鞭炮，主人先洗手，再虔诚祷告一番，把了头把秧后，其余的人才能拔秧。如敬太岁。农民把土质、肥力划给"立地太岁"来管，对其敬畏，切不可伤地脉，伤元气。传说大年初一，太岁巡访地脉地气，无处不到。这一天人们不扫地不倒垃圾，水不泼地，土不可动，否则就是"太岁头上动土"，轻则田地歉收，六畜不安，重则大灾大难，家破人亡。

拜读此文，对和县农业发展、民风养成也有了更多认识。书中写道：

> 我县早在 30 万年前就有人类活动。乔家山、磨盘山、王后埂子等新石器时代人类定居的遗址，出土所见的贝壳、兽骨、谷粒等，说明当时和县先人集采集、驯养、渔猎、种植为一体的原始农业结构已经形成，独具地方特色的农耕文化已现端倪。

> 以食用稻米为主要生存方式，植物性食物养育了他们纤巧灵活的体格，日日面对赖以生存、精心呵护的柔弱的庄稼，形成的只能是细腻、温和的品格。因此和县地域内的农耕文化自然是温和的、精致的和充盈着灵气的。

事实上和县历代文化人一直关注农事，对农村生活倾注极大热情。如南宋词人张孝祥写过《水车诗》的前几句：

> 象龙唤不应，竹龙起行雨。
> 联绵十车辐，伊轧百舟橹。
> 转此大法轮，救汝旱岁苦。

又如《劝农》的后几句：

> 我是耕田夫，偶然地方官。
> 饱不知稼穑，愧汝催租瘢。

愿言多努力，长年好相看。

明末诗人戴重写过《赠朱生》：

灌汝香椒酒一瓶，丰山田舍麦青青。
江船载妇归家好，朝出躬耕夜读经。

在这里，我发现一个有趣现象。即大凡边界地区，商贸总是做得较好，经济相对发达。绰庙社区地处两省三县交会之处。它的西面是全椒县官渡镇、襄河镇，它的东面是南京市浦口区星甸镇、汤泉镇。我想到地处苏皖两省交界处的乌江镇，自古就是商品集散地，20世纪80年代初，香烟市场一度覆盖半个中国。前年我到山西旅游，至雁门关，那里古代就有一个交易市场，很多内地人走西口，就是经过那里，走到关外去。大概是各有特产，便于交换，以村、镇为模块，各有行业制作，特别是农具、食品等，又是管理盲区，易发展。

在农耕时代初期，人们对商业是持排斥态度的，对商人也没有好感，白居易《琵琶行》中就有一句"商人重利轻别离"。然而随着经济发展，人们越来越认识到商业的重要作用，所以出现集市，出现很多大型的商品集散地。如何把绰庙庙会办得更好，如何发挥更大作用，依然是有待研究的大课题。

后记

当我谈农具时，我谈些什么

　　我一直想写一部农具散文，融合农具简介、劳作经历、读书心得、当下思考，类似杂说。

　　2017 年 10 月 19 日，党的十九大开幕式第二天，我所任教的高三年级举行考试。上午监考结束后，我从学校后门出来，想抄小路，穿过水上公园，去桃花坞广场西的小店吃饭。我边走边想会议报告，又看挂在树上的南瓜，结果下坡时脚被野草绊住，向前连跄几步，咕咚摔倒在地。等我爬起，将去头发上的草屑，扯直跌坏的西装，才发现离头部一尺远的地方，有块拆迁时从上面滚落下来的大水泥块，水泥块上戳着一截锈迹斑斑的粗钢筋，像鲨鱼的鳍。如果再远一点，估计小命呜呼。至今想起，心有余悸。

　　日本小说《萤火虫之墓》里有句话，珍惜今天，珍惜现在，谁知道明天和意外，哪一个先来。我想，既然命不该绝，就应该好好生活，做点有意义的事。

我爱好骑行。我的骑行服上印有一行字："有些事，错过了，就是一辈子。"我想起写农具散文的夙愿，于是在卧床休息的近两个月时间里，开始步入农具世界，走进农耕时代，并作一些感性的粗浅的思考。我还有两个爱好，就是读书、种菜，有时也把一些心得，插入农具散文之中。等我重新回到课堂时，基本完成初稿。所以我曾在一次读书交流会上开玩笑说："一跤跌出了一本书。"

　　我的床头有两本纸质农具书：一是柏芸编著、中国商业出版社出版的《中国古代农具》；二是杜怀远著、新疆美术摄影出版社出版的《一个人的农具》。它们给我很多启发。我经常上网，查阅"中国古代五大农书"，查阅相关图片，观看劳作视频，以找回丢失的记忆，弥补少年时对于农事的粗心。吾乡绰庙集、台创园、王店村、丰山杜村以及几座农家庄园，收藏了部分农具，我有机会就去看，用手机拍；印象中，南京总统府有农具展，愚园也有，希望以后可以去感受下。所谓感受，就是沿着农具的途径，走进渐行渐远、味道趋淡的农耕生活。

　　农具，指农业生产使用的工具，多指非机械化的，也称农用工具、农业生产工具。农具是农民在从事农业生产过程中用来改变劳动对象的器具。中国农业历史悠久，又因地域广阔，农具丰富多彩，又有各自的适用范围。可以说，中国农具源远流长，历朝历代农具的发明、改造，不仅提高了生产力水平，促进了社会经济发展，为人类文明进步做出了贡献，而且体现出民族风俗的变迁，展现了农耕文化的精彩画卷……

　　农耕文化是中国劳动人民几千年生产生活智慧的结晶，它体现和反映了传统农业的思想理念、生产技术、耕作制度以及中华文明的内涵。其内涵是顺应自然，尊重农业生产规律，依靠劳作获得收获，在劳作中感受幸福。弘扬、传承和利用优秀的农耕文化，构建现代乡村文明改善和保护生态环境、促进资源持续利用、传承民族文化，对推动乡村振兴战略具有重要作用。

然而时至今日，随着工业革命的发展，机器生产逐步取代单纯的手工劳作，有些农具渐渐退出历史舞台；随着科技水平的不断提高，现存的有些农具也将渐渐淡出人们的视野。这是社会进步的表现，也是农耕文化的部分丧失。

从这个意义上说，农具已经成为或者正在成为中国农村的兵马俑，而本书试图承担起关于农耕文化记忆的抢救性的、标志性的工作。它与全国各地相继建起的农具展览馆，在保存农具记忆方面目标一致，但多了一些体验与思考，是有温度的记忆。透过这些农具，可以看出劳动者在农耕方面的大智慧，可以体会到劳动者面对困难时的大无畏精神，可以感受到劳动者热爱土地、热爱生活的崇高感情。

本书涉及农具有四十种，分为整地农具、种植农具、排灌农具、运输农具、收获农具、储藏农具、加工农具七个部分，基本可以反映农作物的种植过程，也能体现农作物的生命过程。并插入精美图片，便于读者对农具有直观了解，对曾经的劳作场面有快乐的感受。由于本人生活经验关系，本书所写内容以我国南方稻作农具为主。当然这只是林林总总的农具中的一小部分。为便于读者对农具有整体的了解，略作梳理如下：

整地工具。整地工具用于耕翻土地，破碎土垡，平整田地等作业。经历了从耒耜到畜力犁的发展过程。汉代畜力犁成为最重要的耕作农具。魏晋时期北方已经使用犁耙、耢糖进行旱地配套耕作；宋代南方开始配套使用犁耙、木秒等水田耕作农具。

播种工具。耧车是我国最早使用的播种农具，发明于西汉时期，宋元时期北方普遍使用。北魏时期出现了单行播种农具瓠种器。水稻移栽农具——秧马，出现于北宋时期，它是拔稻秧时乘坐的专用农具，减轻了弯腰曲背的劳作强度。

中耕工具。中耕工具用于除草、间苗、培土作业，分为旱地除草工具和水田除草工具两类。铁锄是最常用的旱地除草工具，春秋战国时期开始使用。耘耥是水田除草工具，宋元时期开始使用。本书中说到的乌斗（又称乌头），属于耘耥之列。

灌溉工具。商代发明桔槔，周初使用辘轳，汉代创造并制作人力翻车，隋唐出现筒车。筒车结构简单，流水推动，至今我国南方丘陵河溪水力丰富的地方还在使用。再往后，就是龙骨水车的使用和推广。

运输工具。担、筐、驮具、板车、独轮车等是农村主要运输工具。担筐主要在山区或运输量较小时使用，车主要在平原、丘陵地区使用，其运载量较大。

收获工具。收获工具包括收割、脱粒、清选用具。收割用具包括收割禾穗的掐刀、收割茎秆的镰刀、短镢等。脱粒工具南方以稻桶为主，北方以碌碡为主，春秋时出现的脱粒工具连枷在我国南北方通用。清选工具以簸箕、木锨、风车为主，风车的使用领先西方近千年。

储藏工具。包括席芠、泥瓮等。过去一般人家少有余粮，大户人家粮食多了，会用粮仓。

加工工具。包括粮食、棉花和油料加工工具三类。粮食加工工具从远古的杵臼、石磨盘发展而来，汉代出现了杵臼的变化形式踏碓，石磨盘则改进为磨、砻。南北朝时期出现了碾。元代棉花成为我国重要纺织原料，逐步发明了棉搅车、纺车、弹弓、棉织机等棉花加工工具。油料加工工具主要是木榨。

总而言之，中国古代社会是以农业为本、以农耕文明为中心的社会。农具发展过程是从旧石器到新石器，从石器到青铜器、铁器，从简单工具到复合机械工具。每一次质的转变和飞跃，都有力地推动了社会经济的变革和发展。

顺便介绍一下"中国古代五大农书"。

它们是《氾胜之书》《齐民要术》《陈敷农书》《王祯农书》《农政全

书》，是中国现存的古代农学专著中的杰作。农学是中国古代科学技术中取得成就最辉煌的学科之一，和中医学、天文学以及算学并称于世。

《氾胜之书》的作者氾胜之是西汉人，汉成帝时出任过议郎，后因在三辅地区推广农业、教导种麦取得成效，而被提拔为御史。《氾胜之书》18篇是他在总结农业生产经验的基础上写成的。该书总结了两千多年以前以我国关中平原和黄河中下游地区为中心的农业生产经验，是我国最早的一部综合性农书。书中对整个农业生产过程做了详细总结。

《齐民要术》的作者是北魏贾思勰。约成书于6世纪中期，是我国现存最早最完整的大型综合性农书，主要反映的是黄河流域中下游地区的农业生产情况，对秦汉以来黄河流域的旱地农业生产技术进行系统总结，说明以精耕细作技术为核心的中国传统农学臻于成熟。

《陈旉农书》的作者是宋代陈旉，成书于南宋绍兴十九年(1149)。全书共有一万余字，分上、中、下三卷，上卷总论土壤耕作、作物栽培和土地经营；中卷为牛说，讲述牛的饲养管理方法；下卷述蚕桑，讨论有关种桑养蚕的技术。《陈旉农书》是我国现存第一部关于南方水稻种植技术的著作，但也总结了南方旱地作物的生产经验。

《王祯农书》的作者是元代王祯。全书由《农桑通决》《百谷谱》《农器图谱》三部分组成。《农器图谱》共分12卷20门，插图300多幅，占全书的五分之四。如此详细的介绍各种农业生产工具，这在以前的农书中很少见，标志着中国传统农具已经发展成熟。这也是《王祯农书》中最具有价值的一部分，奠定了该书在中国农业科学技术史，尤其是在中国农具发展史中的地位。

《农政全书》的作者是明代徐光启。他是中国明末杰出的科学家和近代科学的先驱。他的科学成就是多方面的，但一生用力最勤、收集最广、影响最深远的还是集中在农业与水利方面，其代表著作就是《农政全书》。全书共70余万字。作者在摘引了225种前人文献的同时，结合自己的实践经验和数理知识，提出了许多独到的见解。它是一部传统农业科学的百科全书，以其全面系统的总结中国传统农政措施和农业技术而著称于世。

在写作本书的过程中，得到了很多朋友的帮助和支持。马鞍山市作协主席郭翠华女士多次给予肯定，并代为联系出版事宜。《草原》杂志编辑杨瑛女士，在自然来稿中看到拙作，第一时间回复，随即刊用。和县图书馆副馆长柴木红女士、和县电视台记者撒曼莉女士以及我的许多同事都热情地鼓励我，帮助我解决写作中遇到的问题、为拙著出版出谋划策。各位师友之所以如此热心，不仅是对我个人的关心支持，更是出于对农具、农耕生活的热爱与留恋，还有一种找到知音欣喜之情。我由衷地感谢你们，愿你们把日子过成诗歌，把生活过成艺术，愿你们幸福快乐，笑口常开！

2018 年 5 月 6 日于得胜河畔

补记：此书稿联系过多家出版社，得到过多位编辑认可，但由于担心销路问题，而表示爱莫能助。经过一年多的辗转，到达凌翔先生手中并获首肯，又承蒙和县文化旅游体育局领导鼎力支持，即将面世。书中相关知识曾在安徽工业大学振华讲坛中面向大学生讲解，帮助他们了解农具及农耕生活，培养他们热爱传统文化、弘扬传承中华文化的感情。借此机会，对凌先生表示感谢，对为之作序的何叙局长、李又顺编审、薛从军先生表示感谢，对曾经代为联系出版事宜的戎林先生、张军先生、柴林红女士、马蓉女士表示感谢，对刊发农具书稿的《湖南文学》主编黄斌先生、《骏马》杂志主编姚广先生及其他报刊编辑表示感谢，对热心为此书稿拟写书名的魏振强先生、陈长训先生、郭春艳女士表示感谢，对认可并邀请我登坛交流的安徽工业大学图书馆馆长陈光华先生等人表示感谢。此书稿原名《中国农具》，后拟改为《农具影像·农耕文化》《农具脸谱》，最后改为《尖叫的农具——当代中国农耕文化记忆》，几易书名的过程，实际上也是我对于农具及农耕文化认识逐步加深的过程。农具自然不会尖叫，会发出尖叫的是人，是种种莫名的感叹。虽然传统农具的逐渐消失是历史的必然，但是记住农具就可记住社会发展的起点和来路，记住与之相伴而生的农耕生活，就可记住"从前慢"的坚忍不拔和优雅姿态。

2020 年 6 月 28 日于得胜河畔